U1017008

等一下，我能问我的男朋友一个问题吗？

什么？

你在感情里受过伤吗，她甩的你？

为什么这么说？

如果是因为上一段感情才让你这么谨慎的话，我希望你可以对我放心，我会对你好一点儿；如果不是，我会对你更好一点儿。

为什么没有受过伤反而对我更好？

因为我要对你很好很好，无论以后我们在不在一起，我都要你牢牢记住我对你好过，要你一直记得我。

你还真是……霸道。

姜芽~

他在蔚蓝之巅

姜芋几 / 著

黄河出版传媒集团
宁夏人民出版社

图书在版编目（CIP）数据

他在蔚蓝之巅 / 姜芋几著 . -- 银川 : 宁夏人民出版社 , 2022.12

ISBN 978-7-227-07737-4

Ⅰ . ①他… Ⅱ . ①姜… Ⅲ . ①长篇小说 - 中国 - 当代 Ⅳ . ① I247.5

中国国家版本馆 CIP 数据核字 (2023) 第 001348 号

他在蔚蓝之巅　　姜芋几 著

责任编辑　白　雪　杨敏媛
责任校对　陈　晶
封面设计　苏　荼
责任印制　宋　华

黄河出版传媒集团
宁夏人民出版社　出版发行

出 版 人　薛文斌
地　　址　宁夏银川市北京东路 139 号出版大厦（750001）
网　　址　http://www.yrpubm.com
网上书店　http://www.hh-book.com
电子信箱　nxrmcbs@126.com
邮购电话　0951-5052104　5052106
经　　销　全国新华书店
印刷装订　长沙金鹰印务有限公司
印刷委托书号（宁）0025788

开本　880 mm × 1230 mm　1/32
印张　9.5
字数　258 千字
版次　2023 年 3 月第 1 版
印次　2023 年 3 月第 1 次印刷
书号　ISBN 978-7-227-07737-4
定价　45.00 元

版权所有　侵权必究

目录

CONTENTS

目录

CONTENTS

第一章

温馨提示，你捡的真是个帅哥

01

晚春五月，已经有了初夏的气息。

晴空辽阔无际，海域蔚蓝无边，在这水天一色、茫茫万里的海面上，有一艘私家邮轮正以极快的速度朝北行驶。

“小鹤哥。”一个蓝衣青年从船舱客座室里急匆匆地走出来。

蓝衣青年手中握着的手机一直在响个不停，此刻他面露难色，怕铃声扰人，他对着甲板上那个男人的背影低声说：“是蒲老师的电话，打了很多遍了。我想，他已经发现你离开了。”

男人穿得很正式，白衬衫、黑西裤，显然是特意收拾过的。男人个子极高，长腿线条流畅有型，双臂有气无力地撑在轮船的护栏上，袖子微微卷起。

男人弓着背，头垂得很低，呼呼的海风迎面而来，将他原本修剪齐整的头发吹得蓬乱。轮船行驶速度很快，溅起的水花有一些落到了他的眼皮上。

他眯了眯眼，缓慢地抬手抹了一下，因为身体少了一只手的支撑，加上轮船起伏不定，他无力且无奈地踉跄了一下，显得有点狼狈。蓝衣青年本能地冲上前去扶他，却在距他还有半米的时候止住了脚步。

不能扶。

有人叮嘱过他。

就在蓝衣青年犹豫之际，一只苍白的手已经伸向了他。

男人眼底一丝情绪都没有，声音在海风中变得有些缥缈："给我吧。"

"鹤予。"电话那头的人极力克制着自己的情绪，"你不愧是你爸的好儿子，有胆识、有魄力，独树一帜，真是叫人敬佩。"他声音发寒，一字一顿地道，"唯独不要命。"

"你为什么要走？"电话那头传来翻找物品的声音，还有抛掷物品的声音。蒲利江打开药箱，声音里难掩震惊之意，"陈鹤予，我看你是疯了，你居然连药都没有带！"

仅仅一个"药"字，就让陈鹤予的脑袋"嗡"的一响。

他终于有了反应："蒲老师，你别——"话未说完，他倏地弯下腰，肩膀开始颤抖起来。

陈鹤予一只手将手机拿远，另一只手握成拳头紧紧抵在嘴上，眼睛飞速地在甲板上扫视。

不等他找到，蓝衣青年已经把垃圾桶送过来了。

胃里如翻江倒海一般，高而清瘦的男人猛然跪在地上抱起垃圾桶狂吐起来。先是淡白的唾液，后来便是黄色的苦水。他的胃里其实没有一丁点儿食物，因为知道自己会吐，他已经二十七个小时没有进食，没有睡觉了。

血糖急剧下降，陈鹤予眼前一片漆黑。他接过蓝衣青年递来的手帕，抹了抹嘴后，依旧跪在甲板上，头脑好一阵都是空白的。

即便是这样，陈鹤予依旧紧握手机，手指关节用力到泛红。

电话那头的蒲利江不知道陈鹤予这边的情况，依旧在警告他。

"如果天黑的时候你还在路上，如果你没办法在天黑之前躲起来，如果你住的地方意外停电……你该清楚危险所在，你连房间里的灯光暗上一点儿都不行，你到底打算去哪里？"

"你这半年之所以没有发病，是因为你半年都没有出过房门了。"

"你这是在拿自己的生命开玩笑，我再说一遍，你现在必须马上回来。”

……

“陈鹤予，你给我说话！”

良久之后，跪坐在甲板上的男人终于举起手机，他将听筒贴在耳边，胸口起伏，艰难地喘着气。

虚弱的身体似乎禁不住这海风吹，他缓缓移动着上半身，勉强靠坐到甲板上，光是这个简单的动作就花了他近一分钟。陈鹤予伸直双腿，头无力地靠着身后的栏杆。深邃的眼里布满血丝，眼睛通红，他声音低哑又绝望：“蒲老师，难道我要一辈子都这样生活吗？即便求死也死不得吗？”

“我不想永远待在岛上。”过了一会儿，他又补充道，“至少现在不想。”

“去外面生活当然可以，但至少得等你好了以后，你不该这么抗拒治疗，已经三年……”蒲利江话没说完，叹了口长气。

三年。

这是漫长的三年。

三年前，备受瞩目的海洋纪录片《蔚蓝宝藏》的制作团队正在东南亚加里曼丹岛上有条不紊地取景拍摄。

《蔚蓝宝藏》的制作团队很小，因此团队里的人大都身兼数职。

那时的陈鹤予是海洋纪录片总策划人，除此之外，他还要负责深潜拍摄。他有十年的潜水经验，水下拍摄的技术甚至比专业摄影师都要好。

第一次病发的时候，陈鹤予刚刚潜到水下十五米，幸运的是，另一个负责水下摄影的伙伴发现了他的异常，及时将他拖上来，他这才惊险地捡回一条命。

但陈鹤予这一发病，《蔚蓝宝藏》海洋纪录片的摄制也被迫停止了。

陈鹤予患上的是黑暗恐惧症，这种病以恐惧为主，但恐惧的程度与实际危险程度并不相符。

起初他积极寻医，最终医生确定他患上黑暗恐惧症的源头在于能见度极低的深海，他对黑暗产生了一种病态的条件反射。

第一次病发之后，他只要身处黑暗的环境中，就会产生恐惧感。而他发病的症状主要表现是生理性呕吐，难以自控，还伴随着全身无力，且有反复和持续性的回避黑暗的行为。

所有人都以为他很快就能好起来：一个和大海打过十几年交道的人，怎么会对它产生恐惧呢？

但事实上是，陈鹤予对海洋的恐惧感越来越强，持续性的回避行为已经导致他即便看见泳池都要呕吐好一阵子。

海浪翻滚的声音近在耳畔，这世上的每一片海域都是他曾向往过的，他也为此流过汗，流过血，可以说在生病之前，他以为他的命以后都是要送给深海的。

陈鹤予的脑袋里依旧混沌一片。

蒲利江在陈鹤予的房间里急得乱转，寻找着他离开前留下的痕迹。

垃圾桶里有已经空了的止吐药盒、特配的晕船药盒，蒲利江的目光停留在那两个空药盒上，狠狠地骂了一句："你究竟吃了多少会毁了你身体的药才上的那艘船？！"

"蒲老师，给我一点儿时间。"陈鹤予的语气近乎卑微，他恳求道，"半年就够了。"

"你的目的地是临州？"

临州是南方小城，江南水乡，是陈鹤予母亲曾经生活过的城市。

听到电话那头淡淡地应了一声，蒲利江叹息了一声。

陈鹤予的情况很不好，长时间紊乱的作息和不规律的饮食习惯已经让他的身体受到了影响，蒲利江一直都在为此着急，可陈鹤予这个人偏偏又这么固执。

"你太冒险了，鹤予，你难道不知道你现在的身体有多差吗？！你现在已经没有办法承受下一次的意外发病了。"

"我的身体状况我自己最清楚。"随着邮轮在海面上起伏，陈鹤予再次感到一阵眩晕，他撑住额头，声音淡漠，“我不会让自己死掉的，蒲老师。”

他的语气太过轻松，蒲利江一阵心酸：“你这孩子，你——”蒲利江实在想不明白，问道，“你为什么非得现在去临州？”

陈鹤予回答得很快，只是吐字有些慢：“因为我已经想不起城市里的生活了。”

“人间的烟火气，脱离海面、脱离岛上的生活。”他自嘲地笑了下，心底其实挺难过的，“自从十五岁那年，你和我爸妈把我接到国外后，这些我都没有再感受过。”

生病之后，他虽然回了国，但那三年他一直住在岛上，后来的半年他甚至连房间都没有出过。身边的人都在帮他逃避与海洋相关的事物，却又在想方设法地让他去面对海洋。这就很矛盾，他一直以来都是被动的那一个。

心理医生的建议是采取脱敏治疗，这虽不是唯一的办法，却是最有效的办法。只是，谁也没想到他的抵触情绪已经到了难以控制的境地。

“我不想过一眼就能看到海的生活了，蒲老师。”

小岛上，他房间的窗外虽然有椰影绿荫，但背景是那片暗涌不断的蔚蓝色海洋。他受够了，也看够了起起伏伏的海面，他已经到了一刻也不能再待下去的程度了。

蒲利江那头是长久的沉默，最后他说道：“半年太长了，最多三个月。三个月后，我会亲自去临州接你。”

蒲利江手旁是厚厚的一本笔记，这是陈鹤予的病情记录本，他闭目妥协，沉声道：“如果你非要这样，那就照顾好自己，惜命一点儿。等你到了临州，让姜老太太给我打个电话。”

电话那头的陈鹤予很久都没有出声，电话里只有海风和海鸥低鸣的声音。

临州市的码头在南岸，来往的船只以货运居多，客运极少。

毕竟跨海大桥早就造好了，开车和坐大巴都花不了几个小时，现在还有谁会愿意花一天的时间慢悠悠地坐船从海上漂过来呢。

除非是个笨蛋，姜西暗暗在心里嘀咕。

日头偏移，墨镜镜片被镀上一层光，姜西脚踩着一个木墩，有一下没一下地用力推它。

这是码头上唯一一家小店的休息区，这里摆放着三列长椅和桌子，却连一把罗马伞都没有。日光毒辣，姜西已经在这里待了好一会儿，只能时不时地换位置找荫凉处坐。

"咔——"姜西咬碎嘴里含了半天的充气薄荷糖，她摘下墨镜，露出一张明媚的小脸，粉唇黛眉，鼻子小而秀挺，一看就很灵气。

她轻哼着一首调子欢快的歌起身，转身去小店买西瓜汁。

"老板娘，你家西瓜汁是鲜榨的吗？"

"当然是了，难不成还是用粉泡的？"老板娘开玩笑地说着，把冰箱里的小半个西瓜拿出来给她瞧了瞧。

姜西笑眯眯地道："您是不知道，前几天就让我买到糖精泡的了，恶心了我一天。我啊，一看您这儿就是做正经生意的，看看，这西瓜用的还是无籽的呢！"

老板娘被她逗笑了，说："小姑娘识货啊，我给你榨一杯浓一点儿的。"

姜西扫码付钱，又从背包里拿出一个用竹纤维和玉米淀粉特制成的可降解随行杯，递过去："谢谢老板娘，榨好了帮我装在这里就行。"

老板娘一怔："哟，我这里的一次性杯子都是消过毒的，干净着呢。"

"我这不是正好带着杯子吗，还给您省下一个杯子的钱呢。"

老板娘笑了笑，把杯子拿过去，切西瓜的时候她又说："小姑娘，我看你不像本地人，说话带着一股京腔，是京州人吗？"

姜西拿出手机，点开微博，抬头笑了下："我可是土生土长的临州人，只是在京州上的大学，那会儿三个室友都是京州的，所以我的口音就被她们带跑偏了。"

“哟，京州上的大学，哪个大学呀？”

“京州航空航天大学。”

“飞行员？”老板娘下意识地问。

姜西淡笑道：“不是。老板娘，再加点儿冰块。”

“哎，好嘞。”

等西瓜汁的间隙，姜西再次确认了一遍微博上网友发的博文和配图。

“运气大爆炸，我在临州南岸码头偶遇大明星崔栩仟，本人真的帅到‘爆炸’！他还亲切地跟我合影了，说是在等人，我就不多打扰啦！”

合影的背景就在上岸口，大明星崔栩仟穿着一身黑衣、黑裤，黑帽、黑墨镜、黑口罩装备齐全，整张脸都被遮得严严实实。他的身后是两道用鲜红色油漆涂抹过的旗杆，姜西抬眼望去，那两道旗杆就在和她直线距离不过二十米的地方。

姜西将手机锁屏，又往四周扫了一圈，也没有看见这样的黑影。

“小姑娘，你要的加冰西瓜汁好了。”老板娘把她的随行杯放在台面上，又在旁边摆上一根吸管。

姜西拿走了杯子，没拿吸管，她说道：“谢谢老板娘。”

距离上岸口很近的地方，有一艘邮轮由远及近地驶来，在夕阳的衬托下，气势宏大得犹如军舰归航。

没看到崔栩仟，姜西只能耐着性子继续等待。她在小店门口的休息区再次坐下，双眼定定地看着上岸口。

邮轮已经靠岸，两个男人一前一后下了邮轮，穿白衬衣的走在前头，穿蓝衣服的紧跟在后面。

上了岸，两个人站定，不知说了些什么，只见蓝衣青年把一个硕大的黑布包往对面的人手里一递，便一步三回头地回了邮轮上。

“咳！”姜西一口西瓜汁呛在喉咙里。

她还想瞧瞧这么大一艘船会下来多少人呢，敢情就下来两个？

蓝衣青年一走，岸上只剩下那个穿白衬衣的人了。姜西低头，摇了摇杯子里的冰块，又随意地扫了一眼，赫然发现了一个黑色身影。

红色旗杆后，一个黑色身影正躲躲藏藏地朝岸边看着，显然一副小心翼翼的样子。

姜西一眼就认出那是崔栩仟，她没有任何犹豫立刻起身，然后朝着崔栩仟的方向拔腿狂奔。

旗杆后，一身黑的男人明显注意到了这个直奔他而来的女人，于是立刻拐了个弯往反方向跑。

“小仟小仟！等一等！”

“小仟！我不是粉丝！”

……

空气湿热，远处的天际一片霞光，海风吹拂着海面，灿烂的金光随波流动。

陈鹤予接过包后觉得有些体力不支，包其实没有多重，但落到他的肩上便显得格外沉，像背上了一块沉重的钢铁。

他刚走了两步，忽然有一个黑影一阵风似的从他身边掠过，是个和他差不多高的男人，对方猛的一下擦到了他的肩膀。

他被撞得一阵踉跄，瞬间觉得头更加晕了。

他刚站稳，就看到前方有道令人眼花缭乱的女人的身影正疾速朝他直奔而来，越来越近。

还未等他反应过来，随着一声闷响，女人的身躯已经毫不客气地扑在了他的身上，二人双双倒地。

姜西手中的随行杯被抛到了半空中，冰凉的西瓜汁从空中倾洒而下，她双眼一眯，西瓜汁瞬间泼了她一头，而后她耳边响起了杯子摔在地上的声响。

顾不上自己的狼狈相，姜西第一反应是抬头环视四周，然而早已看不见崔栩仟的影子了。

好气啊！她白白在太阳底下守了那么久！

姜西愤愤地捏紧拳头，没多看身下的男人一眼，她摸着脖子，语气不耐烦到了极点：“都给我摔蒙了，是哪个不长眼的……”

此刻海风轻柔，水波轻荡。

姜西垂眸一看，很好。

身下那张好看到过分的脸成功地让她住了嘴。

02

有着绿色牌照的众达第一代新能源汽车在高架桥上急速行驶。

“清越清越，我闯大祸了！”

“姜西？”在医院实习的伍清越喝了口水润嗓子，接到电话时她颇觉意外，“怎么了，你又跟二街的老太太们吵起来了？”

“哎呀，不是！”姜西变道超了一辆车，加速前进，“你现在有空吗？”

伍清越放下杯子，大概猜到了什么，她问道：“马上要去缝针，你怎么了？”

“我马上到你们医院，你联系一下你们的急救人员到医院门口等一下我，我车上有个晕了的人，是个个子很高的男人，我一个人弄不动他。”

姜西望了一眼车后座上躺着的姿势并不雅观的男人，他长手长腿，姜西连扶都扶不起他，还是请小店的好心老板娘帮忙才一起抬上车的。

“你慢点说，病人是怎么晕的？”伍清越问。

“好像是被我撞的。”

“车祸？你平时开车不是挺稳的吗？”

“不是。”她有些难以启齿，“是被我脑门撞的。”

到了医院，等陈鹤予被推进了急诊室做检查后，姜西这才问护士要了点纸巾擦头发。

她的头发是那种细软的发质，平时只要沾了水就会粘成一小束，更何况是含糖量极高的西瓜汁，姜西觉得整颗脑袋都黏腻腻的，浑身都不自在。

没一会儿，伍清越结束了手头的工作，过来找姜西。

伍清越双手插在白大褂的口袋里，居高临下地看着湿了脑袋的人：“你真行啊，西西妹子，说说吧，你的铁头功瞒着我们练了多久，还能把人撞晕了？”

姜西这才发觉伍清越来了，忽略伍清越的玩笑，她站起来紧张地问：“清越清越，帅哥哥哥没事儿吧？”

“帅哥哥哥？你‘咯咯咯’地下蛋呢？”伍清越白了姜西一眼，说，“帅哥没事儿，就是缺觉，他现在只是睡着了，医生正在给他做脑部检查，等血液检查结果出来再看看有没有其他问题。”

姜西的心安了一半：“但愿他没被我撞坏。”

伍清越点了一下姜西的额头：“放心吧，你的头还没有这么硬。联系他家人了吗？护士说他身上没有带手机。”

他的大黑包在姜西这里，姜西早就翻找过了，里面除了衣物，其他什么也没有。

“他好像没有手机。”姜西想起了那艘邮轮，说道，“我是在码头上碰到他的，他刚下船，大概不是本地人。”

“那就等他醒了再说吧。”伍清越说。

没多久，血液检查结果出来了。

伍清越将报告单交到姜西手里，告诉姜西：“病人晕倒之前服用过大量的晕车药。”

姜西皱了皱眉，想起他乘坐的交通工具，难道他晕船？

“脑部 CT 没问题，但是身体状态挺差的，血糖低，脱水症状明显，大概长时间没怎么吃喝了。”

伍清越抱着查房时携带的记录本，面色冷静地看着对面的人：“今天他晕倒不一定是因为你撞了他，即便你不撞他那一下，他估计走不了几步也会晕倒，你懂我的意思吗？”

此时已经入夜，医院里渐渐安静下来。住院部走廊上的灯十分明亮，护士们奔走于各个病房之间，偶尔有病人轻微的咳嗽声从病房里传出来。

姜西手里抛着一个红彤彤的苹果，这是伍清越刚刚给她的。

她还在想他坐船来的事，点点头，回道：“我知道，只是人是我送来医院的，总不能弃之不顾吧。”

六号病房是单人病房，里面只开着一盏床头灯，淡黄色的灯光照亮了一小片区域。

姜西去楼下匆匆解决了晚饭，回来后就安静地坐到床边守着人。

床上的男人长相绝佳，五官棱角分明，下颌线条流畅，隐隐带着一股贵气。他安安静静地躺在那里，脸上没有一丝血色，显出病态的苍白。

姜西猜测他的家世大概很好，之前他身上穿的白衬衫、西裤的材质很好。

当然，这只是她对他的第一印象。

他的白衬衫也因她那杯西瓜汁遭了殃，衬衫胸口的大片区域被西瓜汁浸透，惨不忍睹，他现在穿的是男医护替他换上的医院病号服。

姜西看了他一会儿，懒洋洋地打了个哈欠，抹掉眼角滚落的泪珠。

她揉了揉眼睛，正准备去摸床头柜上的手机看时间，床上的人突然咳嗽了一声，姜西伸出的手僵在了半空中，呼吸都停滞了。

见他只咳嗽了一声，再没别的反应，姜西小心翼翼地伸手，用指尖夹起手机。

突然，哐当一声，手机擦过铁质的床边，落地，发出沉闷的声响。

这样的动静成功惊醒了床上的男人。

病房的窗户开了一条小缝，五月特有的槐花香一阵阵地飘进来。

陈鹤予睁眼的时候宛若看见了一层轻纱。

他已经很久没有见过这样淡的光了。起初，他以为是外头透进来的月光，还有些不敢相信自己的眼睛，因为他已经半年没有见过真实的月亮了。

等他醒过神来，才发现那不是月光，而是床头的一盏小灯。灯光只罩住了他半张脸，他左眼在光里，右眼在黑暗里。

“你醒啦？”

“你没事吧？”

“喂，能听到我说话吗？”

耳边叽叽喳喳的声音实在是太吵了，他忍不住朝着这声音的主人看过去。

原来是个姑娘，眼睛大大的，鼻子小小的，长得挺可爱的。

陈鹤予收回视线，眼神有些空洞地望着天花板。

他心中有些吃惊，眼前是这样淡的光，整个房间几乎全是暗区，他艰难地吞咽了下，发现自己居然没有想要吐的感觉。

“还记得我吗？”一旁的姜西有些没底气，讪讪地道歉，“不好意思啊，今天我把你……”

“开灯。”

那轻松的感受仿佛是个错觉，下一秒，他胸口一紧，眼前暗淡的光像一坛沙子，毫不客气地向他倾泻而来。

他猛然闭上眼，垂在身侧的双手攥紧了被子，额上的冷汗瞬间冒了出来。

不等姜西反应过来，他立即侧身，抄起一旁的垃圾桶就开始呕吐起来。他额头上青筋暴起，眉头紧皱，面部不断地痉挛，撕心裂肺的呕吐像是要把五脏六腑都吐出来。

姜西见状，立刻打开灯，跑出去叫医生。

病床很快被涌进来的医生包围，姜西被赶了出去。

护士进进出出好多次，没多久，走廊的另一端又来了好几位医生。

“里面的人怎么样了？”姜西拉住一个出来的护士问。

“病人发生了神经性休克。”护士急匆匆地答道。

姜西蓦地一怔，站在原地吓得说不出话来。

她从来没有觉得这么难熬过，此刻的一分一秒被她过成了一年一月。她跟里面的人虽然只有一面之缘，但人是她送来医院的，如果他真的有什么事，姜西觉得自己也不会好过。

好在抢救及时，没多久医护人员过来告诉她，病人的生命体征已经恢复正常。

姜西这才松了口气。

这一次，陈鹤予昏睡了两天，每天靠静脉输液来维持生命。

也许这两天他醒过，在姜西睡着的时候，但是姜西醒的时候没有看见过他睁开眼睛的样子。

没办法再这样陪护下去，姜西考虑了下，还是托伍清越请了一位经验丰富的护工来照看他，她必须要回公司了。

明媚的五月，空气中已经有一丝丝热意了，承载临州人财富梦想的CBD高楼林立，薄云飘浮于楼顶，而底下是车水马龙、华盖云集。

商务区最中心的大厦当数众达汽车集团的总部大楼。

众达汽车集团是国内口碑持续上升的本土汽车企业。它始建于四十年前，是集汽车整车、零部件设计、研发、制造与销售于一体的大集团。

姜西大学一毕业就入职众达汽车研究院，一年后被内调至众达总部。

“西姐！”

姜西带的实习生灿灿在总部大楼门口碰到姜西，见面后她语气夸张地问她：“闫总只给了你一周的假去守崔栩仟，你怎么晚回来了两天？你是不知道闫总这两天的脸有多臭。”

“哦？”姜西精神欠佳，但还是笑盈盈地问她，“有多臭啊？比我上次请你吃的臭卤还臭吗？”

灿灿一听，作势要打她：“哎呀，你还说，我又想起那味道了！”

两个人边说边笑，在电梯口又碰到了一群同事。他们看到姜西的第一反应便是七嘴八舌地问她见到崔栩仟了没有。

“没有没有，昨天才睡三个小时，脑子都快被你们问炸了。”

后勤部的周姐开玩笑道：“又熬夜了？是不是又在追弟弟们的选秀综艺节目？”

技术部的杨工接话道：“我觉得不是，姜西昨晚肯定是在研究今天要怎么好好地夸闫总一番，毕竟动嘴的事情才是姜西最擅长的，你们说是不是？”

后勤部的妙妙点头：“那肯定啊，小姜嘴多甜啊！”

姜西笑了一声，脸上也没露出什么不快。

她性子一向随和，玩笑话她一般都不会搭理。

直到对面的闵允歌突然“扑哧”一声笑了，众人都朝她看去。

闵允歌道：“要我说啊，还是一周的时间太短了。”

她看着姜西，说：“新能源一组早就收到崔栩仟团队的拒绝回复了，也决定要放弃崔栩仟了，只有姜西不死心，一心要去找崔栩仟本人……是否愿意做形象大使本就是由艺人的团队来决定的，你找艺人本人有什么用？何况闫总只给你一周的时间。”

闵允歌说到这里，忍不住又笑了。

笑过之后，她冷嗤一声：“姜西，不是我说你，你从汽车研究院内调到总部也有一年了，是不是还觉得什么事都可以用研究院那一套来解决？这里可是总部——”

“研究院哪一套？乡下那一套？”姜西冷冰冰地打断闵允歌的话。

电梯门开了，几人看出了姜西脸色不对，闵允歌也不再接话，只阴阳怪气地说了句“我是开玩笑的”，说完她就往电梯里进。

“你别走。”姜西拉住闵允歌的手臂，“要说就把话说清楚。”

姜西从来不是闷声吃哑巴亏的人，就算要吃亏，那这个“亏”也得是她爱吃的。

姜西把肩上挂着的单肩包拿下来，拎在了手里，眼睛一一扫过面前站着的几位同事：“周姐，妙妙，杨工，允歌，我知道你们都是一毕业就进的众达，我也一样，只是我毕业后先进了众达的研究院，后来才调来了总部。”

她看向闵允歌，学着她方才阴阳怪气的语气，故意满脸堆笑地说：“在研究院的时候，我可从来没听过有人嘴里会说出‘总部那一套’的话，我今天倒是想请教请教允歌，我们‘研究院那一套’是哪一套？”

“是研究院的研究员汽车设计得不好、造得不好，影响到临州 CBD 唯一一家车企的形象，给总部的在职员工丢脸了？还是在总部工作的就该都是名校毕业生，研究院地处偏僻郊区，就该都是没素质的机械工，做事没规矩？”

没想到姜西会如此认真，闵允歌脸一白："我没这个意思。"

"那你是哪个意思？"

"我——"闵允歌说不出话来。

其他人都是和姜西差不多的年纪和岗级，而周姐是这里唯一一位前辈，她忙打圆场："姜西，允歌就是说笑的，你别较真。总部和研究院能有什么区分，不都是众达汽车集团旗下的吗？研究院的人好好造车，集团形象才会好，我们总部大多时候都是在配合研究院工作的嘛！"

杨工也附和道："是啊，姜西。就拿这一次来说，只有研究院把第五代新能源汽车造好了，你们才有底气为第五代找一个最好、最合适的形象大使。你看看你，昨晚只睡了三个小时，肯定是在想着怎么见到崔栩仟，肯定是……"

"闫总！"姜西对面几个人突然齐刷刷地变脸，对着姜西身后的人微微颔首打招呼。

姜西撇了撇嘴，一时没动。

姜西身后是个气场极强的女人，四十五岁上下的年纪，身着干练的竖条纹灰色西装，嘴唇抹得鲜红。

闫青山早在一旁听了大半的对话，她完全忽略了对面那几人主动打的招呼，只对着姜西的背影说："姜西，你跟我过来一下。"

姜西犹豫了一会儿，还是同闫青山上了一部高管专用的电梯。

03

姜西在闫青山位于二十五楼的办公室里足足待了三个小时，在这三个小时里，办公区的众人大气都不敢出，气氛十分低沉。

后来，不知道是谁把姜西早上在电梯口呛闵允歌的话传了出去。

"西妹厉害啊，真不愧是从研究院内调过来的得力干将。要我说，让她在运营部真是委屈了她，她就该来我们项目部谈生意，打天下！"

"我还指望姜西来我们部门帮我谈价呢。"采购部主管说。

也有人幸灾乐祸道："我早就看那个闵允歌不顺眼了，在总部工作怎么了，她哪来的优越感？她也不掂量掂量自己，野鸡大学毕业的，又是托关系进来的人，还好意思说姜西，人家姜西可是重点大学毕业的。”

众人的议论持续了好一阵。

姜西直到午饭前才从闫青山的副总裁办公室里出来。

灿灿第一个迎上去，要陪她去楼下食堂吃饭，姜西摆摆手说不去食堂。

“姐姐今天请你去外面吃。”

马路对面就有一个综合商场，这个时间，在附近工作的人很多都会选择来这里解决午饭。

姜西随便挑了一家本地菜馆，两个人点了三菜一汤，姜西是真饿了，她一边畅快地吃着，一边听着灿灿笑话早上吃了瘪的那几个人。

“闵允歌被她的部长叫去批了一顿，出来还摔杯子呢。”

“隔壁组的小芯姐让我替她转达一下她对你的敬佩之意，她说她上次被闵允歌嘲讽了没敢还嘴。”

“还有还有……”

灿灿说了一堆，饭都没吃几口，终于在姜西喝汤的时候想起来该吃饭了。

她夹了一筷子三丝，问姜西：“西姐，闫总没为难你吧？有人特意悄悄去闫总办公室门口打探过，说是没听到她凶你的声音，你的脸色也还可以，比我早上见到你的时候好。”

姜西“唔”了一声，将一大口热汤喝下去，说：“睡得挺舒服的。”

灿灿不解，问：“什么？”

姜西擦了擦嘴，笑了下，说：“在副总裁办公室的真皮沙发上睡了一上午，能不舒服吗？”

姜西收到伍清越消息的时候，刚刚解决完同事送给她的一杯奶茶和一根巧克力口味的冰棍，嘴角还残留有巧克力的痕迹。

伍清越：“小西妹妹，告诉你一个好消息，你苦守的帅哥哥哥终于醒了。”

伍清越："温馨提示，你在码头上捡的真是个帅哥。绝了，他刚洗了个澡，换了身自己的衣服。他把我们科室所有护士的魂儿都勾去了，现在每隔十五分钟就有一位护士进六号病房关心你捡的这位帅哥呢。"

看完消息，姜西不自觉地抿了抿嘴角。

姜西扫了一眼办公桌，手边还剩下一盒切好了的西瓜和一份刚刚送到的山药小米菠菜粥。

她缓缓勾起唇角，心想，正好可以带给他。

姜西："誓死捍卫帅哥哥哥的清白，我马上就到。"

下班时间点一到，姜西锁了手机，拎起小米粥和西瓜第一个冲出了办公室。

闵允歌正好从外面进来，看见姜西这么急匆匆地跑出去也没好气，对着她的背影自顾自地叨叨："下班跑这么快，上班也没见你这么积极啊！"

"你下班不走在这里嘀咕什么呢，是姜西挡着你的路了？"运营部的主管陈庭正好路过，见状冷不丁地来了一句。

闵允歌心里大呼倒霉，居然碰上人家的直属领导了，她讪讪地侧身让路："不是，没有……陈主管，你这是……你去哪里？"

陈庭盯了她一会儿，回道："我积极下班，不行吗？"

闵允歌一噎，涨红了脸说："行行行。"

姜西在住院部北门停车场停好车，正喜滋滋地拿着东西下车，突然接到伍清越的电话。

"喂，姜西，你到了没有？"

姜西以为是催她，心想怎么这么急，她把东西挪到另一只手上，腾出一只手拿手机，说："刚停好车，准备上去了，马上就到。"

"有个事。"伍清越语气非常着急，"主任主刀的手术患者在手术过程中突发大出血，患者是A型Rh阴性血，医院血库告急，调血需要时间，我就想到了你。"

姜西是A型Rh阴性血，之前有一次碰上了伍清越负责的病人缺这种类型的血，可那时候她刚喝了酒，没能献上。

这次她没有任何犹豫，三步并作两步地往里赶："马上来。"

抽血处的护士知道姜西是伍医生的熟人，是来救急的，于是找了一张病床让她躺着。

姜西不是第一次献血，但每一次都有点紧张。

献完血，姜西躺在病床上，耳边偶尔传来制氧机发出的"嘭嘭"声，因为前几个晚上都没睡好，这会儿姜西只觉得内心平静。很快，她脑袋一沉，睡着了，即便是外头传来的一阵慌乱的脚步声都没能吵醒她。

"里头怎么有个人？"有位护士进入病房，正好看到了躺在病床上的姜西。

"刚刚献血睡着了，是伍医生的朋友。"

"那也该让她换一个地儿睡啊，这是最后一张床位了，走廊上的床位都满了。"

"我这边正忙着呢，你去叫醒她。"

两个护士手头上都有事，你一言我一语，最终谁也没去叫醒姜西。

也不知道过了多久，走廊上偶尔能听见的嘈杂动静没有了，仿佛万事万物都陪着她睡下了。半梦半醒间，姜西本想不顾一切地睡去，却又听到了一丝动静，是男人压低嗓音在说话。

那声音朦朦胧胧的，低沉悦耳。

隐约想起还有什么事情没做，姜西逼着自己睁开眼，恰好看见护士正举着体温枪向自己的额头靠近。

这位小林护士姜西认得。

小林护士见姜西醒了，惊喜地说："小西妹，你终于醒了，再不醒你家哥哥快撑不住了。"

她哪来的哥哥？

蓦地，她往右侧看过去，立刻对上了一双幽深如深潭的眼。

他坐在病床边的椅子上，一身黑衣黑裤，第一眼看去只觉得气质阴郁。他坐姿不正，背靠着椅子，双腿敞着，一只脚踩着床底的置鞋架，神色冷淡，莫名给人一种又颓废又丧气的感觉。

这是很惊艳的一副长相，他有一双疏离与清淡皆存的瑞凤眼，眼尾狭长，看人的时候有点冷淡。

他就这么神情淡淡地和姜西对视着，姜西却觉得胸腔里的一颗心开始猛跳起来。

她顿了顿，看着他没话找话：“你醒了？”

陈鹤予敛眸，低头咳嗽了一声。

他将拳头抵在唇边遮掩着，眉梢有一丝刻意隐忍痛苦的痕迹，声色淡淡的：“听说这几天是你在照顾我。”

见姜西只是看着他，他又自我介绍道：“陈鹤予，白鹤的鹤，给予的予。”说完又补了一句，“这两天谢谢你了。”

姜西看了他好一会儿，才开口说道：“姜西……生姜的姜，西瓜的西。”

“你想吃点什么？”陈鹤予站了起来。

他是真的高，有一米八五左右，怪不得她一个人托不起他。

“伍医生说你献完血就睡着了，还没有吃晚饭，吃点什么？我去买。”

透过头顶惨白的灯光，姜西终于看清了这里的环境，这里是六号病房，这张床是他的。

她一个鲤鱼打挺从床上跳下来，鞋子都顾不上穿，问道：“我怎么睡了你的床？”

“不要紧。”

他一只手插在运动裤的口袋里，是那种四四方方的口袋，镶在边侧，位置比普通裤袋都要低，如果不是他个子高、手长，姜西觉得都不一定能碰到这个位置。

视线一转，姜西突然感觉有点奇怪。

比如这间病房的灯光似乎比前两天更亮了，她差点以为有人换过灯泡；比如窗帘被拉得严严实实，窗户估计也已经关上了，但是房间内并不闷，空调正在发挥着通风功能，发出呼呼的声音……

比如她还站在冰凉的地砖上，脚底板很凉，姜西动了动脚趾，忽然看见他俯下身去，把她红白相间的帆布鞋从床底的鞋架上拿了下来，放到她脚边。

他站起来后说的第一句话还是之前那句："吃点什么？"

"我记得我带了粥和西瓜过来。"

"要喝粥？"陈鹤予忙抓重点，问病床另一侧正在记录的小林护士，"二楼食堂这个点儿还在营业吗？"

小林护士笑眯眯地回答："食堂是二十四小时营业的。"

"好。"陈鹤予又对姜西说，"你再上床躺一会儿，我去买粥。"

看着陈鹤予走出病房，小林护士开始笑她。

"平时看惯了你对伍医生张牙舞爪的样子，现在这个矜持的样子还真是教人不习惯。小西妹妹，你在想什么呢？"

"我……"

姜西干站着，支吾了半天，也没说出一句完整的话来。

晚上十点，姜西俯在床头柜上解决掉了陈鹤予买来的鸡丝粥，粥味道很淡，鸡丝却出人意料的多。

陈鹤予大概有些体力不支，他双臂抱在胸前，靠坐在沙发上闭着眼睛休息，也不知道是真的睡了还是在假寐。

姜西侧头偷看他。

他穿的这一身衣服很宽松，上身是一件纯黑色的短袖，左胸口有一个白色的字母"C"，下身是一条松松垮垮的运动裤，类似工装裤，两侧各有三个裤袋。这样一身远看会让人觉得他很慵懒，等走近了看到他的脸，又会让人觉得这哥们儿挺酷。

他应该是刚刚洗完头，头发吹得半干，额前垂下几缕头发半盖住眉毛，配合着他清贵疏离的气质，十分吸引人。

真的好帅。

姜西吃完粥把柜面上的垃圾都收起来，将打包盒、一次性餐具和打包袋统统扔进了脚边的垃圾桶里，然后她把垃圾袋打了个结拎出来，又从抽屉里找出新的垃圾袋准备换上。

“放着就好了。”

姜西回身看去，他已经睁开了眼睛，额前的刘海盖在眼皮上，正看着她。

姜西一边套垃圾袋，一边说：“我走的时候顺便一起带下去。”

他动了一下，气息一变，顿时又是一阵咳嗽。半晌，咳嗽平息后，他问：“你怎么走？”

姜西听着他咳嗽就觉得揪心，要不是他的检查结果显示肺部正常，她真的要怀疑他的肺有毛病。

姜西回答说：“我开车来的。”

他“嗯”了一声，清了清嗓子，道：“抱歉，没法送你。”

“不用送。”姜西笑眯眯地同他说，“我在车企工作，开的是我们自家企业的汽车，质量很好。那天送你来医院的时候如果你没有昏睡的话，你还会发现我的车技很好。”

“哪家车企？”

“众达，民族汽车。”

她没好意思把最后两个字“之光”说出来。

陈鹤予回忆了一会儿，只知道这是个国产汽车的老牌子，于是说：“厉害。”

说厉害是假话，他对国内各家车企了解甚微，要说轮船哪家造得好他倒更清楚些。

姜西单手拎着垃圾袋一边往门口走，一边碎碎念地叮嘱他要好好休息。末了，她笑盈盈地说：“我明天再来看你。你明天要不要吃西瓜？其实那盒西瓜本来是带给你的。”

“姜小姐。”将人送到门口，他止步，低头看着她，声音冷淡，“能不能留个电话？你的。”

他居然叫她“姜小姐”。

身边没有人这么称呼过她，她带的实习生和比她小上好几岁的弟弟妹妹会叫她一声“西姐”，其他人都是“西妹”“小西妹妹”这样叫，纯属叫着亲切、好玩儿。

姜西忽然觉得这声“姜小姐”叫得谦逊有礼，无疑给眼前男人的形象又镀上了一层闪闪的金光。

她从挂在身上的包里抽出一张名片递给他，上面印着“众达汽车集团运营部新能源分部姜西”，还有一串电话号码。

“好，有机会我打给你。”

“你是不是没带手机，需要我借手机给你打电话吗？”

“今天已经跟护士借过了。”他将她的名片收进裤袋，道，“姜小姐，路上小心。”

病房外的走廊上静悄悄的，姜西走到一半又折了回来，她回到护士台前，敲了敲台面。

坐在里头的小林抬问道：“西妹，你还没走？”

“小林。”姜西抿着嘴角，表情古里古怪的，一副欲言又止的样子，“小林，我是想问你，我明明在献血的地方睡着了，你知不知道我是怎么从那里过来的？”

闻言，小林“嗤”的一声就笑了。

“还能怎么过来，总不会是梦游过来。”

小林往陈鹤予的病房方向抛了一个极其暧昧的眼神：“伍医生查房的时候告诉他的，说你献血居然在人家那边睡着了，谁知道没过多久他就把你抱回来了。”

“公主抱哦，我们护士站的护士全都看到了。啧啧，小西妹妹，没想到你在帅哥怀里一点儿都不安分……还一个劲儿地往人家胸前拱！”

04

第二天，姜西一觉醒来，被告知陈鹤予出院了。

“为什么？”她的手机开着外放摆在洗手台面上，两只手慌乱地束着头发。

伍清越正在办公室里吃早饭，嘴里含混不清地说："我刚到医院，才听说，说是今天早上天一亮就被人接走了。"

姜西嘴里叼着牙刷，说话也是含混不清，急切地问道："男的女的？"

伍清越扶额笑了一声，回答："男的。"

姜西含了口水，漱完口后慢慢地吐出来，心想怎么那么突然呢？她本来还想下班后去看他的，公司食堂里的盒装西瓜特别甜，她还想带西瓜给他吃呢。

"你是不是很失望？"

电话那头一直没有声音，伍清越大概猜到了，这姑娘没谈过恋爱，但做什么事情都挺主动的，这次她把人送到医院，又是陪夜又是心神不宁的，大约是动了心思。

说实话，这个男人的样貌是真的不错，伍清越查房的时候和他讲过几句话，告诉了他出现在医院的缘由。他听人说话时虽然神情淡淡的，但很有耐心，时不时会抬眼皮看一下人，那双眼睛看似暗淡无光，实际上挺精神的。

"昨天我走的时候他问我要了电话，说有机会打给我，当时我还奇怪，'有机会'是什么机会。"

姜西哼了一声，把手机放到一旁的架子上，拧开水龙头捧了把清水洗脸，说道："估计早就决定了今天走。"

"他的手机号呢，你留了吗？"伍清越问。

姜西白皙的小脸湿淋淋的，她抿了抿嘴唇，说："没——"她懊恼道，"我这不是觉得还有时间，不着急嘛。"

"小西妹妹，就当是长个教训，这帅哥估计也不是什么好人，你好心送他到医院，他竟然一声不响就走了，连句告别和谢谢的话都不说。"

姜西皱着眉头想了会儿，突然说："清越，他昨天醒了以后有没有填住院信息？上面有没有留电话？"

这大概有。

伍清越说："你等等。"

电话挂断，姜西抽出一张纸巾把脸擦干，简单护肤之后收起情绪准备出门。

她在门口换鞋的时候，伍清越发来了微信消息。先是一张图片，是伍清越拍下的一张银行卡照片，银行卡上都是英文。

伍清越："小林刚送过来的，他给你留了张 VISA 卡，说是给你的医药费和误工费，他还让小林转达一声'谢谢'，对你，他还算有点良心。"

伍清越："还有，他填的住院信息上确实留了一个号码，你要的话我就发给你。不过这是个海外号，他难道是海归？或者是华裔？"

姜西收到信息，有些诧异。

"别发，你的身份不合适。"还是不要让清越为难地透露病人的隐私了。

她点着手机屏幕，将那张 VISA 卡的图片放大，卡片的左端有凸起的英文刻字。

"CHENEY CHEN。"

陈鹤予。

姜西住在城北郊区，离汽车研究院很近，但开车去市中心要四十分钟左右。

她出门耽误了会儿时间，高架上的车已经一辆紧接着一辆了，想超个车都没有空隙。

姜西将车窗开了一条小缝，深吸了一口晨间清新的空气，耐心地跟着前面那辆车行驶。

姜西恼陈鹤予也只是一会儿，她只是太惊讶了，不知道他为什么突然走了。她后来问过伍清越，知道以他的身体状况出院没太大问题，也就没再多想什么了。

出门前，伍清越替姜西拨过陈鹤予在档案上留的号码，确实是个海外号码，但是打不通。

那就等他打过来吧，反正他留下了她的名片，说过“有机会打给你”。

二十分钟后，姜西开着车驶下高架，会入主城区道路。此刻正值早高峰，路上堵得不行，开不了多久就会碰到红绿灯，车子走走停停的。姜西索性拐了个弯，走另一条道，准备从公司的北门进去。

她正专注地开着车，忽然左侧有车超过，余光瞥见银灰色的车身一闪，姜西迅速踩下刹车，那辆车疾速滑到了她的前面。

她瞧了一眼车标，是辆宾利欧陆。

姜西倒吸一口气：“开这么快是想碰瓷吗？不知道我赔不起吗？”

她嘴上碎碎念着，车开得更加小心翼翼了，只盼着后面再来辆车超过她，她真的很不想担惊受怕地跟在豪车后面。

此时，银灰色的宾利欧陆车内，坐在副驾驶座上的男人合着眼，手撑在一旁的车窗上，耳朵里听到的是聒噪到快要爆炸的摇滚乐。他皱着眉，神色中的阴冷劲儿一下子透了出来。

“我说。”陈鹤予睨着驾驶座上口罩帽子俱全的人，沉声道，“你能关了这乱七八糟的鬼音乐吗？”

“啊？”驾驶座上的人拽下口罩，偏头看向边上的人，“哥，你说什么？”

陈鹤予无语，抬下巴指了指前方，冷声提醒道：“崔栩仟，开车看路。”说完，他在一片乱七八糟的按钮里找到了音响的开关键，按下。

“哥，你也太伤人心了，”开车的人爽朗地笑了一声，“Jerome 要是知道他的音乐这么不受你待见，一定伤心死了。上次见面他还跟我说呢，叫我务必给你一张他下次演唱会的门票。”

“我能看得了？”陈鹤予轻哼一声，眉眼冷淡，又慢悠悠地来了一句，“除非他的演唱会在白天开。”

驾驶座上的人一愣，旋即笑出声来：“白天？顶级男歌手的演唱会在白天开？又不是新农村建设的时候举办的露天会演。”

“那你转告他，哪天他参加新农村建设的露天会演了，我一定捧场。”

崔栩仟“咦”了一声，笑道：“你这是咒他呢。”

陈鹤予动了动唇角，没说话。

宽阔的道路上仍旧拥挤不堪，姜西开着她的众达新能源汽车，跟在银灰色宾利欧陆后方，逐渐没了好脾气。

前面的车一下快一下慢的，害得她也随着前车一快一慢。她想超车的时候，那辆车又突然加快速度，感觉就像在和她作对。

姜西实在忍不住了，“嘀——”，她按了喇叭提醒。

陈鹤予淡淡地扫了一眼后视镜，抬手敲了下开车的人：“好好开，没听见人家在按喇叭吗？”

“听见了。”崔栩仟也瞄了一眼镜子，说，“后面那辆车里肯定是个女司机。”

“为什么？”

崔栩仟一乐，笑得没脸没皮：“因为我刚刚看见了，是个小姑娘。”

陈鹤予一怔，听着崔栩仟这笑声，忽然发觉他这腔调莫名很像昨天那个说话叽叽喳喳、像只黄莺一样的女人姜西。

前方又是一个红绿灯，姜西把车开到了左转车道，准备左转，而那辆宾利欧陆右转，终于消失在了她的正前方。

众达大楼底层，每部电梯门口都排了长队，幸好姜西早在园区门口就摸出手机打了卡，卡点八点五十九分。

惊险。

远远地，灿灿隔着人群看到了从大楼正门走进来的姜西，朝她挥了挥手：“西姐！西姐！”

姜西一眼看到灿灿，灿灿用眼神示意她插队。

“不用啦。”姜西摇了摇头，用唇语说着，走到一列队伍的末尾站好。

楼层高，电梯运行很慢，每天早晨都是这样的排队盛况，她早已经习惯了。

十五分钟后，姜西到达二十五楼。刚出电梯，灿灿正好从茶水间出来，她捧着一杯泡好的速溶咖啡问姜西：“西姐，吃早饭了吗？”

“没呢，包里塞了面包，还没来得及吃。”

“你要不要尝尝我做的米糕？”灿灿一脸献宝的样子。

“你会做米糕？”姜西怀疑道，“好不好吃啊？我把塘东老街那儿十来家的米糕店都尝遍了，合口味的也就那么一家。”

灿灿不好意思地笑道：“不知道是哪里出了错，有点酸，但多吃几口就觉得也还可以，要不尝尝？”

“可以，我用我的南瓜红豆面包跟你换。”

灿灿用手撑开纸质食品袋，里边的米糕白嫩软糯，已经切成了小块儿，看着还算不错。姜西捏起一小块儿米糕尝了尝，咽下去后，才对身旁一脸期待的灿灿说：“味道不错，值得表扬，小灿同志继续努力。”

“真的？”

“那是，你西姐说话能有假吗？”

灿灿拿着姜西的南瓜红豆面包开心地走了。

姜西收下灿灿的米糕，就着水慢悠悠地吃着。

上午工作时间过半的时候，姜西正在处理研究院发来的邮件。邮件很多、很杂，重要的几封都是在催促他们新能源一组和二组尽快为新能源第五代汽车找合适的形象大使，因为新车很可能会提前上市。

姜西所在的是运营部的新能源二组。

邀请崔栩仟做新能源第五代汽车形象大使是他们一组和二组成员共同决定的，给崔栩仟工作室团队发送合作方案的是一组的成员，而二组的成员则主要配合一组的成员解决一些他们无法独立解决的问题。

众达当天发出合作邀请，当天就被崔栩仟的团队拒绝了。崔栩仟的团队拒绝的速度比他们意料中的要快，快到他们整个新能源分部的人都有点蒙。

闵允歌说得没错，一组那边眼见二组这边解决无果，已经在商讨另择艺人做形象大使了。因此，昨天早上在电梯口，知情的闵允歌才会那么嚣张地嘲讽姜西。

这一次，二组没有跟着一组讨论，因为二组的意见和姜西的意见一致：崔栩仟绝对是最合适的那一个，能争取到他最好。

邮件回复完毕，姜西觉得自己已经死了一大半脑细胞，她看了看手边刚偷溜去食堂买回来的西瓜，赶紧尝了一口。

“姜西。”

姜西嘴里正含着一块西瓜，被这冷不丁的一声吓了一跳，她抬头望向来人，便看见了一张冰山脸。

来人是闫青山的秘书——章纭。

“章秘书。”姜西忙站起来，朝她笑了笑，“上午好呀，章秘书。”

“闫总请你过去。”

说完，章纭板着脸头也不回地走了。

除了职位高的人有单独的办公室，普通员工都在同一个办公区域里办公。

章秘书这句“闫总请你过去”说得不轻不重，但坐在附近工位的人都听见了，姜西扫了一眼，恰好和白眼快翻上天的闵允歌对上视线。

其实早在姜西从汽车研究院被内调至总部的第一天起，总部就一直有各式各样的流言蜚语。

比如，姜西在汽车研究院工作的时候，认了老院长做干爹……

比如，姜西在汽车研究院工作的时候，只是在名义上参加了新能源汽车的BMS项目，该项目大获成功，而没有出力的姜西也被署名在项目上……

比如，姜西后台颇硬，董事长都要让着她几分……

更扯的是，还有传闻称姜西是总部闫青山副总裁的私生女。

这些流言传到姜西耳朵里，她只觉得这些人都太牛了，真能扯！

其实姜西很小的时候就认识闫青山了，她们不是私生母女的关系，姜西一直都叫闫青山“闫阿姨”。

能从众达集团的储备干部变成副总裁，闫青山显然是个狠角色。她对姜西这样一个老友的女儿虽然有几分偏袒的心意在，但也不乏利用之心。

闫青山要姜西明天陪她一起去京州参加有战略伙伴出席的高层峰会，顺便给了她一份峰会出席人员名单。

姜西扫了一眼，便看到印在首页的那个名字：AC 酒店集团执行总裁——韩域。

第二章

为什么装作不认识我?

01

银灰色宾利欧陆稳稳地停在塘东老街街尾一幢淡青色的建筑外。

陈鹤予迷迷糊糊地睡了一会儿，感觉到车子停下，他懒洋洋地睁开眼，透过车的挡风玻璃看到前面的房子，眉眼之中显露出些许迷茫。

徽式建筑的新房子，青砖、黛瓦、马头墙，墙线分明，错落有致。大门用的是上等木质，从外看，似以仿古的木栓作锁，其实里侧已经安装了智能密码锁。入院，面阔三间，中为厅堂，上头的长方形匾额上刻有“桑梓必恭”四个字。

崔栩仟的父母把生意做到了全国各地，人虽然不怎么着家，但都是念家的人，于是夫妻俩断断续续抽了半年时间设计了一副建筑图，在塘东老街的旧家址上砸钱建了这幢房子。

“造好了他们就没回来住过，一点儿人气都没有。”

崔栩仟带着陈鹤予进门，关锁，而后才把口罩和帽子摘下来。

崔栩仟已经提前请家政来打扫过房间了。两人各选了一间房，放下行李，崔栩仟去厨房烧水，打算把桌椅板凳都擦一遍。

为了避人耳目，崔栩仟今天天刚亮就去医院接人了。

陈鹤予正睡得沉，猛然被人硬生生地推醒，睁眼就见一个戴着帽子、口罩、墨镜的家伙站在跟前，吓得他魂都差点飞了。

到了崔家，陈鹤予还是不清醒，于是去洗了个澡。没想到，洗澡的时候被热气闷得有些头晕，他感觉身体轻飘飘的。

他用手拨弄了几下吹得半干的头发，从长廊一头走过来，路过厨房时，看见崔栩仟在里面擦椅子。

陈鹤予没见过崔大公子这个样子，他扯下挂在脖子上的白毛巾，靠在门框上笑了下，难得称赞他："还挺勤快。"

崔大公子手里的抹布没停，擦得更加卖力了，说道："还不是因为你，不擦你能坐吗？"

"什么？"

陈鹤予一开始没懂他是什么意思，后来才反应过来是在说他有洁癖。

两个人很多年没见了，崔栩仟对他的记忆还停留在他还是小少爷的时候。

陈鹤予那会儿还没去欧洲，父母全球跑，根本管不了他，就把他丢在 S 市的爷爷奶奶家里。那会儿的他，真是金贵小少爷一个，水只喝维提岛产的，饭只吃家里营养师做的，衣服只穿陈老爷子早年创的成衣老牌子的。

陈鹤予这家伙无论什么都挑剔得不行。

那年崔栩仟的父母来 S 市做生意，正好租住在陈鹤予家隔壁那栋楼。孩子们很容易就能玩到一块，两个人很快就熟了。

周末，兄弟两个一同上绘画课。那会儿崔栩仟调皮，又比陈鹤予小五岁，总是用削过铅笔的脏手挑战陈鹤予，去碰他的手背，只一下，陈鹤予就能黑着脸挪开椅子，离他半个桌子远。

"早就不讲究了，桌上铺层泥我也能照常吃饭。"

陈鹤予一边面不改色地说着，一边跨过门槛走进厨房。

厨房里摆着古色古香的桌椅，看起来像是专门请木匠制作的。他大大咧咧地坐了下来，坐的正好是崔栩仟没擦过的那把椅子，上面明显有层薄灰。

崔栩仟惊讶地举着抹布看着他，说："你……"

“我爸妈把我接走的第一年，有半年时间我都跟着他们住在船上，”他靠着椅背，将白毛巾往肩上一搭，神色淡然地说道，“天气恶劣的时候，船上漏雨漏得厉害，被子床铺都是湿的，睡床还不如睡地上呢。灰算什么，那时候我只希望自己可以快点接受鱼腥味，因为到最后天天吃的只能是这个。”

他这意思是，哥风里来雨里去地在海上漂了那么多年，早没什么公子少爷的臭毛病了。

崔栩仟听他这么一说，索性不擦了，一屁股坐在他身边的另一把椅子上，然后把抹布往桌上一丢，看着他：“哥，你这几年过得挺辛苦的吧。”

陈鹤予眉梢一挑，正想死要面子地说还好，崔栩仟紧接着抛来个可怜兮兮的眼神，又意味深长地来了一句：“看看，你现在都成什么鬼样子了。”

陈鹤予瘦了很多，皮肤显出病态的苍白，说话都好像是勉强提着一口气。无论谁看他一眼都会觉得，他是个病人，而且已经生了很久的病。他那双眼睛里毫无求生欲望，似乎看淡了生死，好像只是在得过且过地混日子。

陈鹤予漫不经心地笑了下，扯过肩上的毛巾丢过去：“你才鬼样子。”

午餐是点外卖解决的，毕竟两个男人都不会做饭。陈鹤予倒是会蒸鱼，只是现在他吃不得这类东西。

吃过饭，陈鹤予把几个打包盒收起来，问一旁正往嘴里灌可乐的人：“你什么时候走？”

早上崔栩仟提了一嘴，他明天晚上在京州有个商务性质的活动。

进演艺圈后，崔栩仟一直很忙，这次假期也是他两次无缝进组，等剧组的戏杀青之后才休的。不过，他后面的工作还算轻松，只有断断续续的品牌站台活动和综艺节目录制。

“其实推了也可以，我这就给小岳哥打个电话。”说着，崔栩仟放下可乐罐，从裤袋里摸出手机。

崔栩仟正打算打开通讯录的手一顿，出声道：“哥。”

陈鹤予将垃圾袋一拧，抬起眼问道：“干什么？”

“要不你明天跟我一起去京州？”

“不去。”陈鹤予垂眸，想也没想便利落地拒绝了。

“在酒店里，而且是高奢酒店，晚上全亮着灯，保证不会有昏暗的地方。”

陈鹤予看了他一眼，喉咙一痒，咳了咳，说：“我没兴趣，你也不用担心我，过两天我就去姜老太太那儿了，她答应给我一份工作，到时候我会住到那里去。”

崔栩仟一愣：“你不住我这里？”

陈鹤予说：“不住，老太太在艺术馆里收拾了一间屋子给我住，也省得我跑来跑去了。”

崔栩仟仔细一想觉得也有道理，又问：“姜老师的艺术馆就在这条老街上吧，你干吗还要等两天？今天不过去打声招呼？”

陈鹤予顿了顿，看着他，眼神意味深长：“不是你说的吗？我现在这副鬼样子，站都站不稳，可不得休养两天。”

崔栩仟将桌面上的残余都收拾干净，把喝完的可乐罐抛进垃圾桶里，突然抬步往门口走。

陈鹤予看着他的背影，问：“你干什么去？”

崔栩仟没回头，一边往外走一边嘟囔着，语气挺委屈，还有点惆怅：“检查一下拿完外卖锁门没有，最近粉丝挺多的，那天在码头就是为了躲一个女的才错过接你。”

AC 酒店集团始创于 20 世纪 90 年代，业务涵盖酒店设计、酒店建设、酒店管理三大核心板块，旗下的奢华酒店、豪华酒店和高端酒店等目前已覆盖全球一百余座城市，亦是国内首屈一指的高奢酒店品牌。

此次闫青山要姜西陪同参加的高层峰会就是由AC酒店集团主办的。

AC 酒店的小公子韩域是 AC 酒店集团的执行总裁，也是姜西高中时的同班同学，这位韩公子喜欢姜西的事在他们高中同学圈子里已经不是秘密。

他们念的是私立高中，同学基本上都是富家子弟。临州的富商就那么几位，韩公子喜欢且长情于高中同班同学姜西这件事就被这么一传十、十传百地传遍了，也传进了几位长辈的耳朵里。

自然，这件事也传进了闫青山的耳朵。

隔天上午，姜西陪同闫青山抵达京州，韩域虽然没出现，但是他专程派了豪车来机场接她俩。中午吃饭，韩域又安排了具有京州特色的宴席给二人接风。

吃过饭后，闫青山对韩域赞不绝口，向姜西说出心里的疑问："韩家公子专情于你这么多年，你怎么就不答应他呢？"

"什么？"姜西没想到闫青山会问得这样直白，她微微一怔，才打趣说，"我配不上，配不上。"

峰会开幕式安排在下午，姜西这位不重要的小嘉宾被安排坐在最后一排的位置，她全程听得一知半解，昏昏欲睡。

晚上的时候，她听说韩域在AC酒店的宴会厅组了个商务局。

也是到了宴会厅里，姜西才见到阔别已久的韩域。

闫青山与姜西都是礼服加身，姜西这套水蓝色的礼服还是闫青山送给她的，穿上之后居然大小正好。

"不去打个招呼吗？"闫青山晃着香槟酒杯，神色不明地睨了她一眼。

偌大的宴会厅，来的都是各个集团的精英，韩域正在宴会厅的中心和人热络地攀谈着。

他今天一身黑色西装，意气风发，身旁还站着一位身着红色礼服的美女，那个美女几乎要靠到他的肩膀上了。

姜西抿了抿唇，说："他在忙，晚点儿吧。"

闫青山勾唇问道："姜西，知道我今天为什么带你来吗？"

姜西坦白说："知道一半。"

"哪一半？"

“下个月 S 市车展，AC 酒店将门口的展位私下给了驰腾。”姜西轻声说，“您也想要那块地方。”

国内汽车行业的竞争一直是波涛汹涌的，驰腾是众达目前最大的竞争对手。姜西甚至听小道消息说，驰腾那边也在争取崔栩仟做新一代汽车的形象大使。

闫青山“嗯”了一声，点头，说：“还算聪明。”她又道，“不过区区一块展位并不值得我亲自跑一趟京州，我来这儿另有目的，稍后你就会知道了。

“韩域也许在那边等你，你真的不过去打个招呼？”

姜西看着韩域身边的那个红衣美女，一脸为难，叫苦道：“闫总，人家的未婚妻在那儿呢，我现在过去不是让韩公子为难吗？！”

闫青山一副胜券在握的表情，勾唇笑道：“不会为难。”

她说：“那位女士充其量算个女伴。姜西，你知道吗？为了你，韩域今天把崔栩仟都给请来了。”

02

韩域刚刚和几位商务人士聊完，点头握手告别之际，闫青山已经径直朝他走去。

姜西没办法，只能硬着头皮跟在闫青山身后。

“闫总，好久不见。”韩域谦和有礼地打招呼。

“好久不见，小韩总。你调来京州办公有多久了？在临州的时候倒还经常能在饭局上碰到你，你这么一走，见你一面也太不容易了。”闫青山同他握手说。

“也就来了小两年，这边业务处理得差不多了我就回临州，到时候我多多组饭局，闫总可千万别不给我面子啊。”

“怎么会？”闫青山一脸笑意，一边若有似无地把视线放到了一旁的姜西身上，一边对韩域道，“小韩总不介意我带姜西来吧？我也是昨天才仓促决定的，都没来得及给她预订一间房。刚刚我去前台问了一下，说是已经没房间了。你在这边熟，还得麻烦你一下，给姜西就近预订一个别的酒店的房间。”

姜西今天拎着行李进了闫青山的房间就知道不妙——那间豪华房间里只有一张床。

闫青山在外人面前从来都是以高姿态示众的，凡事处理得体到位，颇有些自命不凡。她花大把的心思让自己更加精致，花更多的时间与精力使自己不输气势，名利、能力、样貌在她心中是同等的地位。

姜西还是上小学的时候见过她，这么多年过去了，竟从来没见过她不化妆或是窘迫的样子。像她这样的人，姜西知道，她绝不会因为AC酒店没房而勉强收留姜西与她同住一间房。

韩域作为东道主，答应得很爽快：“附近酒店倒是多，姜西想住哪一家？我晚点儿亲自送你过去。”

姜西犹豫了。

她要是答应了，这是给闫青山台阶下，韩域脸上也能添光；她要是不答应则能避免一场她与莫璧微之间无硝烟的战争。

莫璧微，韩域身边那个穿红色礼服裙的女人，是他们的高中同班同学，也是当时的校花。

姜西和她的关系一般。

几分钟前，莫璧微察觉到姜西的存在之后，那双杏眼里已经流露出毫不掩饰的深恶痛绝的目光。

姜西直接忽视了莫璧微，但也不打算得罪自己的领导，她笑眯眯道：“闫总，其实我在京州上学那几年还挺爱往这里跑的，这里哪条街通往万豪，哪条街通往希尔顿我都知道，就不劳韩总亲自送我了。要不麻烦韩总帮我打个电话预订下？我晚点儿自己过去就行。”

韩域颔首：“好说。”

他招了招手叫来一位端着香槟的服务生，自己拿了一杯，又递给姜西一杯，直接说：“姜西，我先带你见一个人。”

姜西顿了顿，问：“崔栩仟？”

姜西猜对了，要见的人真的是崔栩仟。

崔栩仟在后台，穿了一身笔挺的西装，五官格外精致，他今年才二十三岁，颜值正处于巅峰。他露着白牙对姜西一笑，姜西觉得自己像在做梦。

她不是被他帅到了，崔栩仟长得是不错，但她前两天碰到的那位帅哥更是绝色，以至于对比下来，崔栩仟的长相对她来说没有太大的惊艳感。

她震撼的是，他们新能源分部两个小组追天追地都追不到的人，竟然因为韩域的邀请，就这么轻而易举地“送上门”来了。

“姜小姐你好，我是崔栩仟。”

“你好你好，小仟，真没想到今天有机会能见到你。”姜西连忙主动伸手同他握了握，表情里都是惊喜。

韩域办事周到，给姜西和崔栩仟安排了后台的休息室，姜西终于有机会向崔栩仟说明众达有意请他做第五代新能源汽车的形象大使。

崔栩仟听后，竟然露出一副十分感兴趣的表情：“听着不错，贵公司联系过我的团队了吗？如果没有的话，我可以把我经纪人的电话给你，代言这方面他们都会审核过之后告诉我，我通常是最后做决定的那一个。”

姜西端起面前那杯香槟酒慢慢地喝着。

她的猜测果然是对的。

众达发出的合作邀请，当天就被拒绝了，显然这个消息没有传到崔栩仟本人耳朵里。

“其实我们已经和贵工作室的周小姐联络过，合作方案也给她看过，不过……”姜西笑了笑，“不过周小姐给了拒绝的回复，理由是，您的形象与我们的企业形象不大相符。所以，我一直想着能亲自见您一面，看看您本人有没有兴趣。如果您有兴趣的话，不知是否可以和周小姐再商量一下？贵团队完全可以提任何要求，我们公司一定会给出最大的诚意。”

“好，我回去问她一下。”崔栩仟挑眉笑了一下，“我还没代言过汽车呢。”

崔栩仟表现得足够温和，姜西反而有些不自在。

他这样的温和多半是因为接受的采访多了，演出来的。就说坐姿，但凡姜西离开一会儿，他估计就会把脚高高地跷起来，而不是规规矩矩地摆在那里，两只手还搭在膝盖上，食指相对。

知道机不可失，姜西还想抓紧时间再介绍两句，不想崔栩仟的手机突然响了。

“抱歉，接个电话。”

姜西摇摇头，微笑道：“请便。”

崔栩仟站起来，走到窗口，拨弄了下窗帘，懒洋洋地说：“喂，哥，怎么了？”几秒后，他又道，“你没吃饭？我有叫餐送到你房间啊。

“你不要吃牛排？太生了？生鱼你都啃过，怕什么牛排生……

“粥呢？不要？知道了知道了，AC 西餐好像挺有名，我看看有什么别的你能吃的。”

崔栩仟挂断电话，走回来，直接问姜西：“后面商讨出结果，我是让团队联系众达的对接部门还是你？”

“我就是对接部门的，联系我也可以。”好在姜西随身携带了名片，她将名片抽了一张出来，双手递给崔栩仟，“真的非常感谢。”

崔栩仟笑起来少年感更浓了：“姜小姐客气了。”

他们的交谈不超过十分钟，但崔栩仟的态度让姜西心安了不少。

出休息室时，崔栩仟便问韩域：“酒店除了粥还有什么味道淡一些、好消化一些的食物？”

姜西站在后面，突然探头来了一句：“土豆泥怎么样？”

两个男人一愣，继而崔栩仟拍了下手：“是个好主意！韩总，你们酒店有土豆泥吗？”

“当然。”韩域示意一位员工去点餐。

看着崔栩仟离开的背影，姜西诚挚地向韩域道谢，拍了拍他的肩膀：

"谢了啊，域哥！"

韩域睨了她一眼，道："西妹，光嘴上道谢有什么用？"

姜西想了下，说："等你回临州了我请你吃饭。"她补充道，"吃顿大餐。"

韩域嘴角抽了抽，道："我是吃不起饭吗？姜西，你未免太过小气了，以前你的碎碎冰可都会分我一半。"

她心里说，那是因为她吃不完。

难得韩域做了一件好事，姜西说："好吧，韩域，有什么我能帮到你的，你尽管提。"

"姜西，你知道我还在等你吗？"韩域突然问道。

姜西面色镇静："你真会开玩笑，怎么会呢？"

"高中三年，毕业七年，盼星星盼月亮，还是没能盼到你回眸。"韩域仰着头，说得很深情。

姜西莫名觉得不适，她扯了扯嘴角，道："盼星星盼月亮，你这不是盼来星星月亮了吗？校花都快被你娶到家了，你还有什么不满意的？"

最后韩域也没多说什么，只是给了她一张房卡："还有一间空房，2301，别走错了。"

"咚咚咚——"

2311 的门被敲了三下。

屋里的人刚入睡就被吵醒了，明亮的光照射在他额前乌黑的发丝上，陈鹤予缓缓睁开眼，不情不愿地从沙发上起身去开门。

"你睡了？"崔栩仟见开门的人一脸生无可恋的模样，忍不住笑出了声，"搞笑吧，这么大个酒店居然没有土豆了，酒店员工现在去超市买土豆了，你再等会儿。"

陈鹤予没吭声，过了一会儿之后才淡淡地"嗯"了一声。

"别的都有，薯条也有，一定要土豆泥？"

陈鹤予走回房内，给自己倒了杯白水，灌下去，感觉胸腔凉凉的，有点恶心，他又抿了口，反问："不是你给我决定的吗？"

崔栩仟脱了外套挂在手边的椅背上，人在沙发上半躺着，舒了口气，说："还真不是我决定的，刚刚碰上一个姐姐，是她给我推荐的。"崔栩仟啧啧两声，"没想到还对上你胃口了，真神奇。"

陈鹤予吃过五分熟的牛肉之后就觉得很恶心，想吐却吐不出的感觉比呕吐更难受。他又饿又困又觉得恶心，想着跟崔栩仟来京州就是错了，早知道宁愿被他唠叨得耳朵生茧也不该陪他来的。

"知道了，你回你房间，我要洗澡了。"他神情困倦，一副没有精神的样子。

"你洗澡和我在这里有什么关系啊？"崔栩仟拿了一个抱枕抱在怀里，死皮赖脸地说，"我又不会偷看你！"

陈鹤予被呛住，他放下杯子，懒得理崔栩仟，去柜子里抽了一件睡衣自顾自地进了浴室。他随便冲了下澡，不到十分钟就从热气氤氲的浴室里出来，一看，沙发上早没人了。

崔栩仟这人，来去自由的样子像个幽灵。

胸腔又是一闷，陈鹤予吞咽了下，觉得嗓子干得厉害，于是擦了把头发过去端水喝。

杯子刚拿到手里，就听到一阵嗡嗡的震动声，陈鹤予低头一看，西装外套端端正正地挂在椅背上，声音是从口袋里发出来的。

这个马大哈。

陈鹤予也不看是谁的电话，抄起衣服就推门出去，他头发还湿着，额头上的水珠顺着高挺的鼻梁滑下来，他连抹都懒得抹一下，任由它挂在鼻尖上。

崔栩仟的房间靠近楼梯口，过去需要穿过走廊。走廊上不算安静，电梯口正好有大批西装革履的商务人士过来，皮鞋踢踏在地板上，一群人有说有笑地回各自的房间。

陈鹤予站在崔栩仟房间外，他刚抬手，余光忽然瞥见楼梯口突地一闪，灯光一暗，紧接着又是一亮。他脑中一根神经警觉地绷起，偏头看去，此时楼道已经光亮如常。

“呀……”那边传来受到惊吓的女声。

“这边的灯今天报修了吧，怎么还没人来修？”又是另一个女声。

“没呢，好好的灯也不知道怎么的突然就坏了，报修的时候师傅都下班了，明天才能来。你这会儿上来干吗？”

两个酒店的女员工在楼道里你一言我一语地闲聊。

最先说话的女员工神神秘秘地道：“猜我今天见到谁了？”

“谁？”另一人问。

“韩总的‘白月光’小姐！”

“真的？！”另一个女员工很惊讶，而后恍然大悟道，“怪不得韩总昨天临时组了今晚的商务局。快说快说，韩总的‘白月光’漂亮吗，漂亮吗？”

那人感叹道：“还真不是漂亮能形容的，女明星帕夏大家都觉得她好看吧？‘白月光’小姐比帕夏漂亮多了，气质纯纯的，又美又甜！”

“那得多漂亮啊！”

“听说韩总追了她得有将近十年吧，十年都没追上，果然是‘白月光’。”

“要我说，韩总的专情只是人设，不然身边怎么会时时刻刻带着莫小姐？”

“今天‘白月光’小姐来了，韩总该不会想对‘白月光’小姐……”

另外一个人一拍手：“猜得没错！客房部的 Alice 给我发消息，说韩总刚刚让 Alice 留了这层的一间高级套房，2301！”

“嚯！”

……

“客房服务。”

晚上十点多，侍应生终于推着餐车把两份土豆泥送到了 2311 房间门口。

“先生，实在抱歉，耽误您用餐了，酒店特意送您两张顶楼汤池的体验券，希望您在AC住得愉快。”

陈鹤予沉默地点了下头，侧身让侍应生把餐车推进来，他人靠在门框上，合着眼，一副“我很困”的样子。

侍应生很会看眼色，把餐食放下之后立刻走了。走廊里很安静，侍应生推着的餐车轱辘滚过地面发出的声音显得格外清晰。

他正要关门，抬眼间，视线正好对上对面的房门，房号：2301。

2301原来就在他对门。

此时，他耳边回响起刚才两个女员工在楼梯口叽叽喳喳讲的那些话。他那会儿有些眩晕，完全没法动，那一秒闪过的黑暗让他脑子里的神经不安地叫嚣起来，他只能靠着门缓了好一会儿，方才一点一点地压下从胸腔里传来的不适感，也因此听完了八卦。

不过，那关他屁事。

土豆泥煮得并不烂，他特意叮嘱过不加奶油，所以除了咸味就只有寡淡的口感。吞药似的吞完土豆泥，把房间的其余几盏夜灯也打开，陈鹤予掀开被子，正准备躺下，就听见门外传来门卡解锁的声音。

解锁。

解锁失败。

解锁。

解锁失败。

冰冷的电子锁一遍遍地播着提示音。

大约是走错了吧，陈鹤予不想理会，想着那人看清房号后自然会离开。

五分钟后，他忍不了了。

打开房间门，陈鹤予看见门口蹲坐着一个人。

水蓝色的裙子铺在走廊的地毯上，整个人蜷成小小的一团，双手还抓着下摆的蓝纱。来人委屈巴巴地抬起头，圆圆的眼睛泪汪汪的，里头还有亮晶晶的星光在闪。

“怎么是你？”陈鹤予停了几秒，才确定自己没认错人。

“呜。”姜西真的醉了，连原本心里牵挂着的帅哥哥哥也不认得了，只知道缓缓在她面前蹲下的这个人很帅，他一脸见鬼似的表情，说了一句“怎么是你”。

姜西委屈地嘟囔道：“你怎么在我房间里呀？”

陈鹤予从她手心里抽走了房卡，上面写着房号：2301。

下一秒，姜西只觉得手腕一紧，男人力气极大，一把将她拉了起来。

她被拉进了房间里。

03

隔天一觉醒来，姜西只觉得头痛欲裂。她吸了吸鼻子，感觉整个房间里弥漫着酒味。

这个臭韩域……昨天到底灌了她多少酒？

她靠着床头缓缓坐了起来，摸了摸自己，低头一看，身上还穿着昨天那条水蓝色的礼服裙。想来是因为她昨天花了全部的力气坐电梯、回房间，连洗澡的力气都没有了。

记忆很模糊，姜西只记得一开始韩域给她递了一杯又一杯的吉尼斯黑啤，接下来两个人开始喝老汤姆金酒，她觉得还不过瘾，又问侍应生要了白兰地混着金酒喝。

韩域大概不知道姜西的酒量有多好，因此在姜西还能发消息叫莫壁微来领人的时候，他就已经醉醺醺地趴在桌上动不了了。

姜西靠着床头缓了一会儿，这才拖着沉重的身体去浴室冲了个澡，她想洗去身上的酒气。从浴室里出来，姜西想起她的行李还在闫青山房间里，只好把那条满是酒气的水蓝色礼服套了回去，坐电梯上楼去找闫青山。

开门的闫青山妆容精致，她上下扫了姜西一眼，嘴角带着意味深长的笑，语气不明地问道：“昨晚睡得好吗？”

“还好。闫总，我来拿衣服。”

“进来吧，换好衣服叫辆车，我们直接去机场。”

“您不参加今天的峰会了？”

闫青山慢悠悠地在阳台的沙发上坐下，端起茶几上的咖啡看了她一眼：“你以为我大老远飞一趟京州，真是来参加这破峰会的？”

参加峰会是假，带她去见崔栩仟才是真。

当天下午到达临州，姜西和闫青山在机场告别，直奔医院去找伍清越拿陈鹤予留下的那张VISA卡。

伍清越见到姜西，从姜西嘴里得知她在京州见到了崔栩仟，便一个劲儿地追问她崔栩仟本人长得如何，是不是明星的五官真的比他们普通人要立体很多？

姜西点头又摇头，说：“帅，但是没有帅哥哥哥帅。”

“嘁！”伍清越翻了个白眼，“这个坎儿你是过不去了是吧？！”

是呀。

姜西在心里叹了一口气，不知道陈鹤予到底会不会打电话给她，都已经过去这么多天了。

如果他不打给她，她是不是再也没办法见到他了？

伍清越摇摇头，又突然想起来什么似的，问道：“我一直忘了问你，你捡到陈鹤予那天是在码头吧，你没事去码头干什么？”

姜西撇撇嘴，双手一摊，这次把气叹了出来：“哎，说来话长，那我长话短说，我是去蹲守崔栩仟的。”

“崔栩仟？你蹲守他干吗，追星啊？”伍清越怀疑地看着姜西，“他不是老演些文艺片吗，难道你喜欢看？”

伍清越对娱乐圈里的明星不太了解，但崔栩仟她还是知道的。

瑞华娱乐是势头正盛的新兴综合性娱乐公司，旗下的艺人崔栩仟年仅二十三岁，却成为当之无愧的“瑞华一哥”。

当初，十九岁的崔栩仟凭借国庆献礼剧《真我》走红，同年搭档影帝出演的贺岁片《与家》夺得了贺岁档票房冠军，后来接的片子不是传递正能量的正剧，就是与环保相关的公益性质的电影。

姜西否认，并纠正她：“不是文艺片，是公益电影。”

她说："清越你不太关注娱乐圈可能不知道，崔栩仟这两年的势头很好，他虽然只有二十三岁，但是在圈内圈外的口碑都很好，不单单小姑娘喜欢。因此，众达想请崔栩仟做第五代新能源汽车的形象大使。"

众达旗下车型较多，具有代表性的独立车型会请明星做形象大使来加大推广。

伍清越略有耳闻，但众达这样一个偏稳重的民族汽车品牌，之前请的明星都是三十五岁以上的知名演员，二十三岁的崔栩仟未免有些不符。

"但是崔栩仟团队把我们拒绝了，我们发出合作邀请的当天，就被拒绝了。"姜西说。

伍清越一怔："当天？"

伍清越没急着追问原因，不过稍稍一想，其实也能猜到原因何在。

众达虽说近两年渐渐成了国产汽车的主导品牌，但再往前推几年，还是有污点在的。

2013 年 7 月，众达汽车集团的新闻在某一日突然占据了各大新闻板块的头条，缘于十八岁女高中生向京州市环保局的举报。

当日众达股价大跌，口碑骤降，至今仍被许多车友当作笑谈。

崔栩仟团队显然也是顾虑到艺人的形象不能因这样的代言受损，所以才直接拒绝了。

"所以你就去蹲守崔栩仟，是想当面问他？"伍清越渐渐明白过来。

姜西有些惆怅道："虽是个笨办法，但我没别的办法了。合作的事一直都是一组在交涉，我们二组说难听点就是个收拾烂摊子的，一旦我们这个摊子没收拾好，一组那边就直接换方案了。所以这次赶在一组换方案之前，我必须见崔栩仟一面，我也没别的什么期盼，就是希望能把众达的诚意传达给他本人，如果他知道有这个代言邀请之后再拒绝，我也就死心了。"

姜西本能地相信崔栩仟和他的团队不一样。

二十三岁的青年，有着许多年纪大的演员都没有的大气。自出道开始，他仿佛就知道自己该走一条怎样的路，就好像他进这个圈子不是来赚钱的，而是利用这样一个身份来宣传环保的。

出道五年，崔栩仟始终借自己的影响力宣传环保，而众达汽车如今也将重心放在了低碳出行上，全心全意要将新能源汽车做到行业最佳，所以姜西才会这么坚定地相信，这合作邀请如果没有被崔栩仟的工作团队拒绝，那么崔栩仟本人应该是有意愿的。

“你是觉得他本人的想法会和他的团队有所不同吗，姜西？”伍清越问。

“当然。”尤其是这次在京州跟他见了一面之后，姜西就更加确定了。

姜西大学毕业已经有三年了，今年二十五岁，没有男朋友，甚至没有谈过恋爱，只在年纪小的时候暗恋过班里的帅哥。

她从小就爱玩爱闹，好像永远不会有心事的样子。

伍清越和她高中时是同桌，两个人的友谊从第一天做同桌起就建立起来了。

伍清越家是医学世家，而姜西的父母在出国给弟弟陪读前都在众达汽车研究院工作，职位颇高，因此二人家境都不错。她们高中是在当地一所教育颇为出色的私立中学念的，身边一帮富家子弟，成绩两极分化十分严重。

成绩好的那些勤奋又刻苦，成绩差的那些则连书都不怎么碰。

姜西和伍清越都属于成绩好的，她俩在家天天熬夜做习题，手边时常摆着一瓶一千毫升的便携氧气瓶以保持清醒，周末热衷于上各种补习班，每次考试都拼成绩。

2013 年，伍清越圆梦首都医大，大学毕业后考上了本地的省大医学院的研究生，现在一边上学一边在医学院的附属医院实习。她跟的导师是她奶奶当年的徒弟，对她尤其严厉，实习工作也是在导师手下。

伍清越一度跟姜西叫苦，说她除了上课做实验，其余的时间几乎都是在医院度过的。

2013 年的高考，姜西却考出了有史以来最差的成绩。当年，京州航空航天大学并不是她的第一志愿，她想要念的那个专业，排名第一的是西航。

毕业后，姜西一刻也没在京州停留，而是马不停蹄地回了临州，进了众达汽车研究院。

众达汽车研究院设在城北的塘东郊区，而总部则在临州的 CBD 内。

姜西父母都是在研究院工作了半辈子的人，他们也没想过有一天女儿会被内调到总部去，所以当初给孩子买房子的时候，想都没想就把她的房子买在了距离汽车研究院只有五公里的地方。

塘东虽是郊区，却是国内小有名气的历史文化名城，游客多是冲着塘东老街慕名而来的。

老街区现存明朝大家族崔氏家族的家宅建筑，虽经过多年修补，但仍保存着古朴的外貌。

经历数百年的风雨洗礼，加之现代的商业开发，无数家商铺争相入驻，塘东老街已经和其他的古镇老街无太大区别了。

姜西的姑婆姜颖陶退休后，就在老街接手了一家小型公益性质的艺术馆，姜西只要回来得早都会去艺术馆蹭饭。

告别伍清越，姜西开车回塘东时天还亮着。她想着好几天没见到姑婆了，这下有时间去看看她老人家，赶上饭点，也正好吃饭。

“干吗呢？”姜西到家把行李放下，先给姜颖陶女士发了一条消息。

老太太回得很快，反问她：“你有事吗？”

“没事就不能给你发消息了啊？”

“你没事，我有事，我这正面试呢。”

嚯，不知道的还以为老太太念了段绕口令。姜西拿着手机笑了笑，打字：“就您那一千平方米都没有的艺术馆还要招人？这次又是什么岗位呀，老太太？我看您就是太爱发善心了，您这艺术馆赶明儿个也别收藏照片和画了，我看收藏人就够了。”

老太太半天没回应，直到姜西都快走到艺术馆了，她才收到消息：“你来了别流口水就行。”

笑话！

莫非她招了个绝世帅哥？

她可是刚刚见过大明星崔栩仟的！

艺术馆内，七八个女人穿着艺术馆的红色志愿者马甲，正围坐一圈有说有笑的。

“等西姐来了，我一定要告诉她！”姜西刚进门，正好听到年纪最小的小应激动地说。

“哦？要告诉我什么？”

“西姐！”娇小的小应从人群中跳出来，满脸的喜气，“终于等到你来了！有个好消息要告诉你，姜馆长新招了一个讲解员，你知不知道？”

姜西会心一笑，巧了，她刚刚听说。

姜西点头：“知道。”

花痴小应激动地握住她的手臂摇啊摇，说道：“绝世容颜啊，小西姐！我长这么大，从来没见过这么帅的帅哥！我快要晕过去了，怎么会有这么好看的男人！”

姜西抽出自己的手臂，道：“差不多就行了，我都快被你晃晕了，有这么夸张吗？”

“当然！你见到人可千万别流口水！”

艺术馆的前厅是展馆，后院是会友的地方，四周围墙高高拦起，青瓦白墙，几棵茂盛的古树在院中自由地生长着。入目皆是景，靠近北门的墙角处，青翠欲滴的竹叶顺着风的方向轻轻地摇曳着，使得半个院子都变得幽静、清凉起来。

正是日暮时分，霞光占了半边天，姜西踏出前厅的门槛，踩到了后院一棵古树的树影。

握在手里的手机突然振动了，她打开一看，是一个陌生号码发来的短信。

“姜西吗？”

姜西刚刚点开，还没来得及回，对面又来了一句：“我是陈鹤予。”

一瞬间，心脏的热意直奔指尖——他终于联系她了！

她手指飞快地打出一个字，回道：“在！”

她点击发送。

发送失败。

她再点击发送。

依然是发送失败。

怎么回事？

她站在原地将手机的飞行模式开了又关，将流量关了又开，就这么试了无数遍，最后还往手机里充了五十块钱的话费，可短信还是显示“发送失败”。

姜西皱着眉头朝老太太的馆长办公室喊了一句：“姑婆！你这里的信号是不是被屏蔽了？”

没人回应她，她埋头专注地看着手机屏幕，打开另外几个软件，发现居然都显示不出新动态来。

后院面积不大，她跨过两级台阶，到馆长办公室门口的时候象征性地敲了敲门，然后走了进去。

姜西恼得小脸红通通的，嘴里嘟囔着：“姑婆，我手机刷不出来了，你看看你的网络是不是——”她话没说完，后面几个字就硬生生地卡在了喉咙里。

她的第一反应是自己出现幻觉了。

老太太年纪大了，接手艺术馆纯粹是为了退休后给自己找点儿事干。她的馆长办公室相当于一处休息室，里边布置得古色古香，风格清新典雅，自然得体，中式的字画、盆景和书架，还有招待客人的桌椅板凳，样样俱全。

步步锦窗棂旁坐着一个人，斑驳的光影透过窗棂映在他的侧脸上，寡淡的表情中显出十足的疏离。

推门的动静和叽叽喳喳说话的声音自然惊扰到了他，那双淡漠的眼睛就这么毫无预兆地朝她看来，一时间姜西只觉得四周过分安静了，她动了动嘴，却没能说出话来。

陈鹤予抿着嘴，皱着眉，眼底意味不明。

他今天依旧穿着一件纯黑色的短袖，左袖口有一个字母“C”，左手搭在腿上，手上握着手机，在抬头看清来人是姜西之前，他对着手机一副苦大仇深的样子，好像对手机做了什么错事。

姜西看得很清楚，他看到她时的表情分明不是惊喜，他眼里有错愕，有哑然，有喟叹，更多的是惊讶。

老太太坐在陈鹤予的对面，瞧着这两个人眼神相对，笑着问：“怎么，你们认识啊？”

姜西没说话。

陈鹤予却几乎是下意识地恢复了冷淡自若的神色，眼底的情绪也在顷刻间消失，他将手机边侧的键一按，锁了屏，然后扫了姜西一眼，没什么情绪地说：“没见过。”

04

“西姐，你杵在树下干吗呢？好吓人啊！”

小应刚刚打扫完前厅，这会儿正往后院走，后院白的、紫的碎花落了一地，清扫起来会是个大工程。她举着扫把刚跨过前厅与后院之间的门槛，就看见姜西整个人贴在一棵古树上，双手紧紧抱着树。

她面容萧索，神情惆怅。

后院的灯都是矮脚灯，姜西脚下正好有一盏，光源自下而上地照着她那白皙的脸庞，让她看起来像鬼一样。

姜西兴致缺缺地看了小应一眼，语气懒散地问：“陈鹤予呢？”

小应愣了一下，小西姐这语气听起来怎么和他很熟悉似的。今天馆长介绍的时候提到过，鹤予哥今年二十八岁了，虽然她觉得鹤予哥看起来不过二十四五岁的样子，但年纪摆在那里，叫一声“哥”也是应该的。

艺术馆的另外几位讲解员，只要是比姜西大的，她不都是叫“姐”

或者“姨”吗？

小应抬了抬下巴示意那间靠近后门的小房间，那里窗户紧闭，窗帘虽然拉起，但看得出来里面的灯是亮着的。

听说鹤予哥是从外省来的，来的时间不久，也没地方住，所以姜馆长才会在艺术馆的后院腾出一间空房，安排他在这里住下。

另外，小应觉得姜西今天有些不对劲。

吃饭前她的情绪就不对了，平时大家聚在一起吃晚饭，她通常是最能聊的那一个，小嘴叭叭地讲笑话，有时候还会把公司里发生的搞笑的事情讲给大家听，常常能把大家逗得前仰后合，饭都吃不下。

今天的她却格外沉默，好像是从姜馆长的办公室出来以后就这样了。

“小应，扫把给我，这边我来打扫，你先下班，等会儿我走的时候会关门。”姜西放开那棵树。

小应摆摆手：“不行的，西姐，今天轮到我值班。”

“你把地让给我扫，我明天给你带烤猪蹄。”姜西说。

“哎，好嘞！”小应一口应下，把扫把递给了姜西。

小应离开的时候关掉了前面展厅的最后一盏灯，后院这一方区域只有矮脚灯静静地亮着。碎花不好扫，加上姜西有些心不在焉，因此她扫了好久才扫完。

她有些想不通，想不通为什么前一秒还在给她发短信的人，下一秒却当着她的面说他们没见过。

后来姑婆一本正经地介绍说“这是我的侄孙女姜西”和“这是我新招的讲解员，叫鹤予，陈鹤予”的时候，他居然可以那样泰然自若、面不改色地说“姜小姐你好”。

姜西听到的时候甚至无语到笑了出来，还被姑婆说没礼貌。

她越想越想不通。

终于等到人都走光了，姜西将扫把靠到了一旁的墙上，走到那扇紧闭的木门前，敲了敲。

“陈鹤予，你睡了吗？”

“没睡的话我有话跟你说。”

万籁俱寂，月朗星稀，角落里几棵紧挨着的竹子发出沙沙的声响，衬得此地更加静谧。

她等了一会儿，手心里的手机嗡嗡地振动。

他发来的消息，只一个字：“说。”

说？她就在门外，还要用手机“说”吗？姜西不明白他为什么不见她，她继续抬手敲了他的门。

“陈鹤予，你开门，我就问一句。”

“听得到，你说。”隔着门板传来懒洋洋的声音。

院子里很安静，小屋里更加安静。

屋内只有一张木板床、一把椅子、一张桌子和一个柜子，空落落的，很单调，但打扫得很干净。头顶的灯也不是普通的白炽灯，想来蒲老师早就和姜老师打过招呼，让她提前知道了自己的实际情况。

姜老师很有心。

姜西晚饭过后就没走，一直在外面等，陈鹤予虽然没看见，但也猜到了。

挺伤人的，人家明明救过你，你却当着她长辈的面把两个人的关系撇得干干净净。

会不会有点过分？

这个念头仅在他脑中存在了不到半分钟，他就将其抛之脑后了。他给过她钱，算两清了，不是吗？

陈鹤予靠在门上等了一会儿，没等到姜西的下一句话。

他看上去很有耐心，但其实并非如此，等了一会儿不见回复，他反手学她一样敲了敲门，问她：“还在不在？说话。”他话刚说完，手还没放下，耳朵突然警觉地听见铝框摩擦滑动的声音。

不好。

他下意识地看过去，只见遮光布连同窗帘一起被掀开一角，隐隐显出室外黑色的轮廓。

陈鹤予在心里低骂了一句，猛然背过身，但本能的生理反应已经让他的胃里泛起一股难言的恶心感。

这时，姜西已经轻巧地踩着窗沿利落地跳了下来。

“还以为你在屋里藏人了。”姜西用不甘心又委屈的语气喃喃道，“陈鹤予，你是患了暂时性的失忆症吗？如果你忘了的话，我可以提醒你。

“一周前在南岸码头，我把你撞了，然后我送你到了医院，你昏迷两天我守了两天，第三天你醒了，第四天你留下一张卡就走了，然后在几个小时前，你给我发过短信，记得吗？”

陈鹤予没说话，甚至依然保持着背对她的姿势。

姜西径直走到他面前，说道：“我是想问你为什么装作不认识——”

“我。”对上他的眼睛，她顿时惊呆了，嘴里无意识地吐出最后一个字。

充满血色的眼睛，眼底带着一抹阴鸷、狠戾，难以遏制的怒火清晰可见，他额头上因隐忍而青筋暴起，病态苍白的脸也在瞬间变得通红。

“出去。”他咬着牙，极力控制着。

陈鹤予拳头握得咯咯作响，在姜西后退一步的时候，他将身侧的门迅速打开，在姜西来不及有任何反应的时候，他闭着眼猛地将她推了出去。

陈鹤予的力道出乎意料的大，姜西几乎是踉跄着被推出门的。

“砰！”门被重重关上，由此产生的风扑在姜西脸上，吹得她额前的发丝乱飘，然后是速度极快的关窗声，窗帘也紧接着被唰的一下拉上。

姜西整个人都是蒙的。

她愣愣地站在屋外，过了好一阵，也没听见屋里传出其他的动静，仿佛在做完那些事后，陈鹤予就没再动过。

虽然不知道他原本是一个什么样的人，但姜西觉得他今天很反常，至少在医院见到的那一面，他给人的感觉是谦和有礼的。

院里突然刮起一阵冷风，吹得她打了个哆嗦。

她抬起手又放下，最后还是没敲门，只是略微提高声调问里面的人：“陈鹤予，你怎么了，要不要送你去医院？”

没有回应。

姜西这回敲了下门，木质门发出的声音很沉闷，她说道："要是没事的话你说句话，或者给我回一条短信？"

脚底竹林的影子像是被蒙上了一层雾，时间似乎变慢了，万物都在陪着她等。

这晚，姜西不知道自己在那扇木门前站了多久，也不知道里面的人因为窗帘被掀起时露出的那一小片黑色院景吐得天昏地暗。

陈鹤予跪在木质地板上，高大的身子缩成一团，浑身痉挛伴着呕吐，泪腺完全失控，脸上布满了水迹。他仿佛失聪了，根本没听见姜西在外面敲门的声音，还有那一声声小心翼翼的询问。

吐光了胃里所有的东西，理智恢复的第一时间，他艰难地挪到墙角，大口大口地喘气，沉沉地闭上了眼睛。

这就是蒲老师不愿意让他离岛的原因。

不接受治疗，就必须得保证他所在的环境完全与黑暗隔绝，所以在岛上的时候，他身边每个和他接触的人都吊着一颗心，晚上绝对不会来找他。

这都是自找的。

他在心里自嘲。

过了很久，他才听到外面的人在叫他。

姜西靠在门边的白墙上，有一句没一句地叫着："陈鹤予，陈鹤予？陈鹤予，陈鹤予，陈鹤予，陈鹤予……"

陈鹤予阴沉着一张脸，动了动眉梢，神色是与世隔绝的冷淡。胸腔里突然传来一阵酸涩，他抬手粗鲁地扯了扯领口，冷冷地瞥了一眼那扇木门，接着他站起来，视线在小屋里一扫，看到了被他随手丢在床上的手机。

姜西把手机的铃声打开了。

手机"嘀嘀"响的时候，她下意识地解锁屏保。

果然，是那串她还来不及备注的号码发来的，只有三个字："明天说。”

姜西回：“你没事？”

陈鹤予回：“只要你别叫，我下一秒就能睡着。”

这次窗帘拉得严严实实，她完全看不到里面的灯是不是还亮着。只是，她在外面等了这么久，他却舒舒坦坦地准备睡了？

姜西发短信继续问：“为什么装作不认识我？”

“明天说。”

姜西：“你不说我今晚就睡不着了。”

这次，陈鹤予过了很久才回：“因为姜老师。”

陈鹤予：“你送我去的医院，应该知道我身体是个什么鬼状况。”

陈鹤予：“我只是不想丢了工作，以前因为身体不好，丢过很重要的工作。今天你见我的时候我刚面试完，这份工作包吃包住有钱拿，我懒得再找别的了。”

姜西皱着眉头打字：“你这么说就不怕我站在我姑婆那边，明天就把你的老底抖出来？”

她刚想继续回复他的担心是多余的，因为姜老太太是这塘东老街上出了名的好人，陈鹤予的消息紧接着就发了过来。

只有三个字。

陈鹤予说：“你不会。”

第三章

姜西，是我

01

空气中弥漫着轻纱似的薄雾，晚春的早上还是冷，凉风一阵接着一阵。

走廊的地上残留着几滴白色油漆，是翻新过的印记。陈鹤予房门外的两级台阶之下就是一条青石板小路，一旁方方正正地整出了一块泥地，里头一小簇一小簇的青草正冒着尖尖。泥土湿润，一夜过后，小白花铺了满地。

陈鹤予几乎整夜未睡。

昨天晚上姜西站在他门口发了几条短信才走，最后她还很“大方”地原谅了他装作不认识她的行为，说：“既然以后要经常见面了，那就加个微信吧？”

加了微信后，他就把手机扔到一边了。姜西似乎在微信上给他发了消息，不过他没什么心思看。他强撑着清理了现场，漱口、喝水，而后拖着昏昏沉沉的身体躺到了床上，结果怎么也睡不着。

好不容易来到了母亲生前待得最久的城市，见到了母亲的恩师姜颖陶前辈，老太太人很好，看到他的第一眼就红了眼眶。

昨天下午，老太太絮絮叨叨地和他说了很多话，情到深处，她握着陈鹤予的手，嘴唇颤抖地告诉他：“你妈妈是我最值得骄傲的徒弟。”

人牺牲了，但她是个英雄。

陈鹤予很长一段时间都不愿意自己的母亲做那个英雄，他甚至可悲地想，如果母亲没做那个英雄，他今天或许也不会是这副鬼样子。

没了妈妈，也丧失了自我。当初风雨无阻地漂在海面的日子，他现在根本不愿意去回忆。

一个凡人，自命不凡，狂妄地试图用渺小的力量去改变世界，本身就是愚蠢的。

艺术馆的讲解员阿姨多是退休后来做志愿者的，有工资，但很微薄。小应和小达是在陈鹤予之前仅有的两个二十出头的年轻人，他们二人虽然是这里的正式员工，却是大学生扶贫计划中的志愿人员。来这里工作三年之后，他们再回到家乡就能分配工作了。

在陈鹤予来之前，小达是艺术馆里唯一的男同志，他个子高且壮，常年穿格子衬衫。姜西刚认识小达那会儿，还开玩笑说他在这里做讲解员太违和了，这个打扮比较适合去他们众达总部的 IT 岗。

小达性格温和，给自己的职业规划就是回家做个博物馆的小文员，然后娶妻生子，过着平平淡淡的日子。

昨天小达休假，今天早上来艺术馆上班才见到陈鹤予。

他们是在后院的公共卫生间里碰上的。艺术馆上班时间是八点半，小达八点就到了，一进卫生间就碰到正捧着水洗脸的陈鹤予。

两人一见面，小达就握住陈鹤予的手激动地说：“总算盼来了一位男同志啊！哥！”

陈鹤予的手还湿着，被人这么一握很是不自在，况且对方还是个男人，一个他不认识的男人。

小达自我介绍说：“你好你好，我全名叫马一达，他们都叫我小达，我来这里工作一年了，真没想到姜馆长还会招第二个男员工！”

“陈鹤予，你怎么叫我都行。”陈鹤予礼貌性地笑了下，抽离自己的手，淡淡地回应他。

“好嘞，鹤予哥！”

小达很激动，本来他是要上厕所的，这会儿也不着急了，他站在陈鹤予身边像是有很多的问题要问。

“姜馆长前几天就和我们打招呼，说你要过来上班了。鹤予哥，你怎么住在馆里，为啥没在外面租个房子啊？”

陈鹤予慢条斯理地又洗了一遍手，抽了一旁的纸巾随便擦拭了两下，把纸扔到垃圾桶后才说：“刚来，对这边不熟，住馆里挺方便的。”

“也是啊，起床就能上班了。那鹤予哥你吃早饭了没？我让小应带早餐了，没吃的话我让她再多买点。”

“谢谢，不用了，我等会儿自己随便吃点就行。”

陈鹤予有点纳闷，是不是临州人都这么热情？崔栩仟是，姜西是，姜老太太是，昨天那一帮阿姨妹妹也是，现在连刚刚见面的男同事也是。

八点半，轮班的讲解员陆陆续续到齐，小应是最后一个到的。进门后，她把三个肉包子丢给小达，说：“马一达，下次找我带早饭能不能头天晚上告诉我啊？不知道我不睡到最后一分钟是不会起床的吗？买个包子差点害我迟到。”

小达捧着还热乎着的包子，满脸堆笑，讨好地说：“辛苦应姐了！不过我还真不知道你要到最后一分钟才起床，毕竟咱俩也没共处一室过，是吧？”

小应白了他一眼：“吃你的包子！”

小应去后院的员工休息室放包，小达啃着包子屁颠屁颠地跟了过去，嘴里含混不清地说：“哎，我来的时候碰上新来的鹤予哥了，没想到是这么酷的一哥们儿，一点儿都不像是找不到工作的人啊。单凭他那这张脸、那副身材去做模特也比来这里做讲解员强吧。你说他会不会是有什么问题？”

“人各有志懂不懂？就像你长得像个保镖，穿得又像个程序员，不也是在艺术馆里做讲解员吗？”小应把包塞进她常用的柜子里，从里面拿出了一件红马甲，她看了小达一眼，又回想了一下陈鹤予的脸，竟然觉得小达有那么点不顺眼，“让一下，挡着我关门了。”

小达突然想到了什么似的，神秘兮兮地压低声音说：“西姐昨天是不是来了？她见到鹤予哥了没？”

“来了，当然见到了。”小应说。

“啧啧啧。”小达颇有深意地感叹。

小应不解：“你‘啧’什么？”

小达挑眉道：“应姐，要不要跟我赌一把？我猜西姐不出一个月就会对鹤予哥有所行动。”

“请你不要再叫我应姐了好吗？我们同龄，达哥。”小应叮嘱完才道，“为什么这么说？你也太看得起西姐了吧，西姐从来没谈过恋爱，别说恋爱了，她连个暧昧对象都没有……我觉得不会，绝对不会。鹤予哥是长得好看，但西姐不至于因为鹤予哥长得帅就对他一见钟情吧。退一步说，就算一见钟情，一个月那也太快了。”

“行，你那么笃定，那我们就赌十个烤猪蹄，一个月后见分晓，看西姐到底会不会追鹤予哥。”

小应奇怪地看了小达一眼，不知道他哪来的自信。

不对，是对西姐哪来的自信。

小应：“十个太少了，我赌一百个。”

“阿嚏！”艺术馆后门的停车场，姜西刚刚停好车，就猛地打了一个喷嚏。

额角突突跳了两下，她抬手揉了揉，感觉怪怪的。

大多数时候，姜西是不会把车停在这里的。塘东老街的内街与外围是截然不同的两个天地，内街是张灯结彩的热闹之地，而外围是一片被遗忘的野竹林，野竹林里还有几棵参天的古树。

这些古树和艺术馆后院的古树是同一个品种，但生长的地方不同，看起来的感觉完全不一样，特别是每逢夜里，古树枝叶随风而动，很是阴森可怖。

竹林外是一片废弃的停车场，姜西是因为老街的停车场没位置了才被迫将车停到了这里。不过这里离艺术馆更近些，除了要穿过竹林让她很不情愿，把车停在这里也没什么不好的。

姜西一边想午休的时候她跟伍清越的聊天内容，一边往外走。

她把陈鹤予来艺术馆应聘讲解员这件事告诉了伍清越，没想到伍清越比她还惊讶，她又说了陈鹤予在老太太面前装作不认识她的事，这点伍清越就不惊讶了。

伍清越当时的原话是：“他既然能到艺术馆找工作，那就说明他在临州可能真的走投无路了。你姑婆的艺术馆不就相当于一个收容所吗？那几位退休的讲解员阿姨，哪一个不是家里有人病着，或者是欠了别人钱的。

“西妹，你和你这位帅哥绝对缘分深厚，电视剧都不敢这么演。看来是老天爷终于看不下去你单身整整二十五年，所以亲自下凡送‘桃花’来了。

“只是他身体不太好，不知道他……”

姜西看到最后一句，发了一个“你可别说了”的兔子表情包，结束了对话。

快走出竹林了，眼前零零星星地落下几片叶子，姜西深深吸了一口气，闻到了一股腐朽的味道。她缓缓吐气，眼角余光忽然看见林子里有个黑影一闪而过，还传来一阵窸窸窣窣的声音。

姜西忐忑地回头看了一眼，却只看到竹影层层叠叠，并没有看到人。

“吱呀”一声，艺术馆破旧的黑色老木门毫无预兆地被人从里推开，姜西恰好走到门外，闻声吓了一跳，整张脸瞬间就白了。等她看清开门的人，硬生生地将差点脱口而出的尖叫给憋了回去。

“你怎么突然开门啊？！”姜西以一种质问的语气问陈鹤予。

里面的人看见姜西，竟然毫不意外，相较于姜西的惊讶，他冷静得不正常。

陈鹤予今天还是穿着一件纯黑色的短袖 T 恤，姜西这次没有一眼看到字母“C”在哪里，她的第二反应居然是在他的衣服上寻找……

他的右手还扶在门上，左手夹着一支才点燃不久的烟，配合着他冷淡的神色，莫名有种斯文又颓丧的气质。

“你不是要从后门进来吗？”陈鹤予反问道。

“难道你能预见到我今天会在这个时间点走后门？”她可跟谁都没说啊。

陈鹤予点了点头，额前翘起的两小撮头发也跟着颠了颠，看起来居然显得有点乖：“嗯，我听到了你的脚步声。”

里头传来小达的一声大叫：“鹤予哥，你干吗呢？我还没告诉你怎么关监控呢。”

“来了。”陈鹤予声音不大不小，正好够后院石凳上坐着的小达听见。

后面这老木门不常开，不扶着就会自动关了，姜西赶紧过去扶着门。姜西的手一搭上门，陈鹤予一秒没犹豫地松手转身，他左手夹着烟也不吸，就这么垂在身侧走了回去。

姜西看到这次的字母“C”在他背后衣领的中下方。

02

后院古树下的石桌上摆着两台笔记本电脑，小达坐在一台电脑前，陈鹤予走过去，在另一台电脑前坐下。

“西姐？”小达看见姜西从后门进来，惊讶地问，“你怎么走后门啊，不怕遇到变态吗？”

“什么年代了，哪会有变态。”姜西满不在乎地说。

小达严肃地警告她：“西姐你可长点心吧，前几天老街上罗阿姨的女儿就报案了，说是碰上两回暴露狂了，警察来了两趟都没抓到那个人，说不定他就在后面那片野竹林里藏着呢。”说着，他放大了电脑界面里的一块区域，指了指，道，“看，为了协助警察破案，姜馆长昨天装上了新监控。”

姜西低头看了一眼，新监控装在后门外面，摄像头正对着那片野竹林。

怪不得陈鹤予能预知到她在门外，原来早在监控里看到她走过来了。

姜西漫不经心地点了点头，在另一个石凳上坐下来，问他们：“你们在干吗？”

“我在教鹤予哥怎么查看监控。”小达说。

“哦。”桌上有瓶没开封的矿泉水，姜西拿过来，抵在下巴下面，有些索然无味地问，“教好了吗？”

小达站起来说：“好了。鹤予哥，你再熟悉一下，有什么问题的话等会儿问我，我先去前面展厅帮忙了。”

陈鹤予道了声谢，视线又回到了电脑屏幕上，他手上那支烟仍旧没吸，就那么悬着。姜西目不转睛地盯着那支香烟看了一会儿，又从那支香烟看回他的脸。

姜西的目光太过炽热，陈鹤予有些无语，他偏头看了她一眼，摆出一副事不关己的姿态问道：“你平时都是用这种眼神看男人的吗？”

姜西怔了怔：“哪种？”

“慈祥。”陈鹤予说完，俯身将烟头按在湿润的泥土中，等火星灭了，他轻轻一抛，将烟头扔进了一旁的垃圾桶里。

姜西脸一热，倏地抬头，没提防下巴下面的那瓶矿泉水“哐当”一声倒下，滚着滚着就掉到了地上。

她慌慌张张地将水瓶捡起来，拍了拍瓶身上的尘土，清清嗓子，没脸没皮地说：“分人吧，我对小达这样的弟弟通常都是用关爱的眼神，哥哥这不是不一样吗？”

哥哥？

陈鹤予看了姜西一眼，她眉眼弯弯，笑容倒是挺甜，他不自觉地也跟着她哼笑了一声，问道：“哪里不一样了？”

姜西抛了下矿泉水瓶，道：“说实话，我觉得你有点神秘，所以会忍不住多看你几眼，可能是因为我还不够了解你吧。不过我们好歹也见过两次，应该算是朋友了，我可以问你几个私人问题吗？”

陈鹤予敲了下键盘，语气淡淡地重复：“两次？”又漫不经心地质疑，“你确定是两次吗？”

“医院那几天算作一次，加上昨天一次，有什么问题吗？”

“没，你问吧。”

姜西会心一笑，问道：“陈鹤予，你有女朋友吗？”

陈鹤予顿了顿，有些无奈地笑了，反问她：“你对其他男人也这么直接吗？”

姜西一本正经地道：“分人吧，对于小达这样的弟弟，我通常不会问私人感情的问题……”

“没有。”陈鹤予重重地敲了下回车键，合上笔记本电脑，调整了个姿势，冲姜西抬了抬下巴，说，“继续。”

居然真的没有。

姜西抿着唇，在心中小小地窃喜了一下，她尽量控制着嘴角不要咧得太大，不然会露出她那两颗尖尖的牙齿。

她暗自笑了一会儿，又清了清嗓子，正要开口时，却忽然看到陈鹤予白皙的脖颈间居然有红色的抓痕。他一动，圆领短袖下的皮肤上三道整齐的、已经结痂的红色抓痕更是清晰可见。

姜西脑子里开始胡思乱想，他没有女朋友，难道是有男朋友吗？

陈鹤予注意到了姜西盯着他锁骨处那三道抓痕的视线，忽然想逗逗她，他扯了扯衣领，将那三道抓痕毫无遗漏地展露出来，说道：“如果我说这是野猫挠的，你信不信？”

姜西深吸了一口气，大眼睛忽闪着，语气虚弱地问：“是‘性感小野猫’的那种野猫吗？”

她将“性感”两个字念得很重。

陈鹤予的视线在姜西身上扫了一眼，她今天穿着紧身的紫色中袖，身材曲线被勾勒得恰到好处，小腹看不出一丝赘肉痕迹，很是美好。

他挑眉，语气淡淡地道：“算吧。”

算……吧？

姜西不知道该怎么描述自己的心情，她脑子里已经想象出陈鹤予对面站着一个戴着黑色猫耳发箍的男人了！

姜西的脸一阵红一阵白，陈鹤予怕她想起京州那晚之后有什么阴影，伸手在她面前挥了一下，找补道："行了，我开玩笑的，这是洗澡时我自己抓的。"

"哦。"姜西松了一口气。

两个人沉默了一会儿，姜西又主动开口问道："你在医院醒来以后填了住院信息，上面留了一个电话号码，那个号码是你的吗？"

她说的是那个海外号码。

昨天他给自己发短信的时候，用的是一个国内的号码。

陈鹤予想了好一会儿，才想到姜西说的是他在医院留的他之前在国外用的那个号码。

那个是他在英国常用的号码，已经被弃用了很久，生病这三年他都在岛上，完全用不上那个号码，留在医院的信息只是随手一填。

"嗯，不过现在不用了。"陈鹤予没什么情绪地说。

"你在国外待过吗？是留学生还是华裔？"姜西几乎把好奇写在了脸上。

"我是中国人。"陈鹤予动了动嘴唇，似乎想说什么，但他忍了下去，只说，"待过，去打工的，哪里脏、哪里臭我就去哪里，所以别把我想成什么名校海归，我要真的是，今天就不会在这里了。"

姜西点了点头，从牛仔裤口袋里摸出一张银行卡，放在石桌上。

"知道你在国外打工不容易，这张卡里的钱不会是你所有的积蓄吧？我查过了，三千美金。你没必要给我这么多，我垫付的那点住院费，早在你出院后医院就退给我了，误工费倒也不必，两天的假我还请得起，这卡必须还给你。"

陈鹤予看着对面女人认真又怜悯的表情，唇角微勾，饶有兴趣地问："追你的人不少吧？妹妹这么有同情心，又长得这么可爱，很危险的。"

"哥哥说错了，我这个人偏心得很，谁让哥哥你很特别呢？"

陈鹤予收下了卡，没再说话。

饭点未到，姜西也不打算等了，她今天来的目的本来就只有一个——

还卡。

她起初以为卡里最多不过一千元人民币，她要是没再遇到陈鹤予，收下就收下了。鬼知道她看到卡里有三千美金的时候有多惊讶，换算过差不多有两万元人民币了，他有必要给这么多吗？

小达不在，陈鹤予也去了前面展厅，还了卡，姜西觉得轻松多了，她独自在石凳上坐了一会儿，打算回家点个外卖吃。

原先是怎么来的，她就打算怎么回去。如果不走后门，那她得绕好大一圈才能走到那片停车场，而从后门出去，只要穿过竹林就能到了。

天还亮着，光天化日之下，应该很安全。

她急匆匆地走了一段，干枯的落叶被她踩得沙沙响，每走几步她就会回头看，因为她感觉有人在跟着她。

真的有小达说的暴露狂吗？

姜西双手紧紧地捂着胸口，不安地再一次回头。

蓦地，她神经瞬间紧绷，这一次回头的时候，她看到一个黑色身影起身又蹲下，真的有古怪的人。

再往前几步就是那片废旧的停车场，但是那里空无一人，也早就过了艺术馆新装的监控能监视到的范围，喊人都不一定能听见，姜西不确定那个人会不会有过分的行为。

往后可以跑回艺术馆，但她走的时候后院没有人，即便她去敲艺术馆的后门，在前面展厅里的陈鹤予和小达也不一定能听见。

姜西这下开始慌了，她不敢再回头看那个身影还在不在，又担心跑起来会刺激到他，只能埋着头快步往前走，希望能赶紧回到车上。

她一边脚步匆匆，一边从身上挂着的包里摸车钥匙。

迷你的水粉色水桶包，她最喜欢这样款式的包，小巧但又可以放很多东西，只是翻找起来不方便，比如现在，她因为着急、害怕更加摸不到钥匙了。

突然，姜西听到了有人踩着枯叶的声音，听声音完全和她的路线重合，一步一步，迅速地朝她靠近，姜西心底一凉。

她猛地拔腿就跑，下一秒，她只觉得被人遏制住，继而眼前一黑，温热宽大的手掌严严实实地盖在了她的眼睛上，她脚步一顿，背就紧贴在了男人高大结实的胸膛上。

虽然男人没有下一步动作，但姜西依然反抗得很激烈。

“放开我！神经病！放开我！”

身后的人好像说了什么，但姜西情绪激动根本没有听清楚，因此她也没有听到另一处的脚步声越来越远，像是谁落荒而逃了。

姜西不知道在她身后制住她的是谁，此刻她吓得泪流满面，眼泪从那人双手的指缝中滑落出来。

陈鹤予松开盖在姜西眼睛上的手，将她身子转过来，看着她泪汪汪的眼睛，他不似方才那般冷漠，一字一句地说：“姜西，是我。”

03

姜西是被陈鹤予搀回艺术馆的。

小达从前厅的展馆来到后院，见姜西在抽泣就知道发生什么事了，他立马对她一顿教育：“我说什么来着？说你心大你还真是心大，天都快黑了，你还敢往阴森森的竹林里闯！还好鹤予哥看到你从后门走了跟了出来，你说那人要是胆子再大点儿……”

小达絮絮叨叨地说了好久，声音大到惊动了在前厅展馆的小应和讲解员阿姨们，大家都来到了后院，聚在一处关心着姜西。

姜西被小达“训”得一声都不敢吭，面对大伙儿的关心她有些受宠若惊，吸了几口气说：“我没事。”

讲解员阿姨们和小应安慰了她几句，这才回前厅展馆去。

小达报了警，让姜西在这里等会儿，晚点儿他送她回去。

姜西又吸了一下鼻子，把脸上的泪痕抹干净。此时，她眼眶红红的，鼻头也红红的，一副可怜兮兮的模样。

陈鹤予把姜西带回艺术馆后，人就靠在一棵古树上，什么话也没说。

姜西心有余悸，她摸了摸鼻子，问陈鹤予：“你刚刚蒙我眼睛干吗？”

姜西没解释她被吓哭不是因为那个变态，她连那个变态的样子都没看清，是陈鹤予什么也没说，突然捂住了她的眼睛，她这才在恐惧之下情不自禁地流下眼泪。

真丢人。

陈鹤予看了看自己的手，想起刚才她的眼泪沾了他满手，他有些嫌弃，而后才瞥了她一眼，有些佩服地说："你想看，那下次不蒙了。"

姜西思索了一下陈鹤予说的话，明白过来了。

"谢谢你。"姜西由衷地道谢。

陈鹤予点了点头："等会儿警察过来你自己和他们说，后门的监控往前移一个小时，五点左右吧，摄像头有拍到那个人的正脸。还有，刚刚他跑的方向很奇怪，不是往老街跑的，他逃走的方向再过去是片自建房。那一片的房主家门口大多装了监控，比对一下人脸，大概就知道他平时在哪里过夜了。"

说完，他提步就往长廊走去。

姜西问："你去哪儿？"

夕阳西下，陈鹤予抬了下头，目光迷离地看了一会儿霞光灿烂处，说："我这人习惯早睡。"

房间的木门"砰"的一声关上了，姜西透过窗子看到他开了灯，然后又利落地将遮光布和窗帘都拉上了。

她站在原地自我怀疑地从包里摸出手机看了下：六点十五。

这么早睡？老太太都没这么早睡吧！

警察来得很快，姜西暗自庆幸姑婆今天回家早，不知道她在展馆这里发生了什么，也不知道警察来了，否则她今晚肯定睡不好。

装在后门外的监控第一天就起了作用，警察先拷贝了监控视频，又问了姜西几个问题。姜西一一回答之后，又将陈鹤予的话如实说了一遍，警察了解了情况之后，就分头去查了。

等警察一走，姜西才按照陈鹤予说的时间节点去看了五点左右的监控视频。

五点左右，姜西出现在了监控画面里，她一步一步走得小心翼翼。没过几秒，一个穿着黑色、长至脚踝的大衣的男人出现在了监控范围的最外圈，那人果然长着一副令人恶心的嘴脸。

然后，就是陈鹤予给她开门了。

在等小达下班的时间里，姜西在老街上溜达了一圈，最后在便利店里买了两个金枪鱼口味的三明治。

眼见店员要帮她把三明治装进透明塑料袋里，姜西连忙付款，说："直接给我就可以了。"

她拿着两个三明治，穿过艺术馆前厅展馆，径直去了后院。

陈鹤予这次又把窗帘拉得很严实。不知道他睡着没有，姜西也没去敲门，直接把三明治放在他的窗台上，给他发了一条微信。

"我知道你没吃晚饭，所以给你买了两个三明治，不过只剩下金枪鱼口味的了，给你放在窗台上，你没睡的话把窗帘拉开就能拿到。"

发完消息，姜西坐在院中的石凳上等了一会儿，她手肘撑在石桌上，食指在脸颊上一下一下地敲着。

陈鹤予没有回消息，这么快就睡下了吗？

重新点开微信，姜西翻了翻她跟陈鹤予的聊天界面，陈鹤予的回复一向都很冷淡。

他的微信名字是全名的拼音大写，头像是一片乌蓝色，如果不点开仔细看，只会以为那是一张看似有细条纹的乌蓝色图片。可姜西不一样，她把那张不出奇的图片放到最大来细细观察是否有别的名堂。然后，她真的发现不一样的地方了。

那根本不是纯色，那是一片海。上面的横线也不是细条纹，是海波。

是他拍下的大海的照片吗？姜西坐在石凳上，有伴随槐花香的风吹过来，她的手指在屏幕上一点，保存了这张图片。

这一周，姜西很忙，她每天都加班到晚上九点多，开车回塘东时已经十点多了，挤不出一点儿时间去艺术馆。

虽然和陈鹤予没见过几面，但她觉得没能见上陈鹤予的日子好像有点空虚。

晚上，姜西洗完澡躺在床上给伍清越发消息："清越清越清越。"

彼时，伍清越刚刚从实验室出来，回寝室的路上，她打开微信，就见手机屏幕上出现满屏的"清越"。

伍清越看着消息，脑海中自动播放起姜西叫她名字的俏皮声音。有时候她觉得姜西的声音真有魔力，不对，是魔性，一声声的跟叫魂似的。

伍清越："什么事啊？小西妹，我刚从实验室出来，你还没睡？"

姜西："睡不着。"

姜西："你说怎么会有人六点多就睡觉呢，他睡得着吗？"

伍清越了然："你的帅哥哥哥六点多就睡了？够养生的啊，不过也不一定是养生，也可能是养精蓄锐。嗯，不错，知道关心自己的健康了。"

……

过了一会儿，姜西又忐忑地发了一条消息："清越，我有个问题。"

姜西："我有几天没见到他，上班路上、下班路上，还有部门里聊八卦的空闲时间，我都会时不时地想起他，这频率是不是高了一点儿？"

姜西自己也搞不清对陈鹤予是一种什么样的感情。

喜欢的话，会不会太快了一点儿？

不喜欢的话，那她此时此刻躺在床上，等伍清越回复消息的间隙，已经把陈鹤予的微信点开又关上了无数遍。

姜西这几天断断续续给他发过消息，无非就是些日常问候。陈鹤予会回她，大概只是有空才会回她一下，因为回复的间隔时间很长。这时间一长吧，有些话题就没办法再聊下去了。

陈鹤予能把天聊死。

伍清越到了寝室，再次摸出手机，看到消息，她直接乐了。

姜西这是春心萌动了。

伍清越直截了当地回复："频率倒是不高。"

伍清越有些感慨道："姜西，以前追你的男生一个个都来问我，说你好好的一品行端庄的'白富甜'怎么就把自己高高挂在云端，这眼光得有多高，连韩域都看不上，他们得拿着爱的号码牌等到什么时候。"

伍清越："果然啊，人的出现是讲究时机的。学生时代你把心思全用在学习上，毕业后又满心满眼都是众达，也只有陈鹤予这样的帅哥才能让你心动。"

伍清越："小西妹，目前你倒也算不上喜欢他，最多就是见色起意吧。不过你见色起意也好，要是你什么都不做，我看你家帅哥哥哥可能没几天就要被老街上哪家店铺的老板娘看中相走了。"

伍清越最后提醒："你要抓住天时、地利、人和的机会哟。"

隔天是周六，姜西一大早就去了艺术馆。

时间尚早，艺术馆还没有开门迎客，陈鹤予也还没有起床。清晨温度微低，空中隐隐有薄雾，姜西穿着一条浅蓝色的碎花裙，蹲在青石板台阶上，百般无聊地戳着泥地里的青草尖尖玩。

不知过了多久，身后的门开了，几秒后，姜西听到了一声脱口而出的惊呼。

"你在干什么？"陈鹤予一大早从小屋开门出来，就看见一个女人背对着他蹲在门口，中长发有微微的卷弧，散在纤瘦的脊背上，第一眼看上去令人毛骨悚然。

姜西转身看到人，一边站起来，一边中气十足地叫他："陈鹤予！"然后她又有些不好意思地说，"我没吓着你吧？"

陈鹤予的瞌睡早被吓跑了，他冷淡地回道："你说呢？"

姜西微笑道："那正好，今天周六，我帮你给姑婆请个假，请你吃饭当作赔罪。"

"周六很忙，我要上班。"陈鹤予手里拿着一个淡蓝色的脸盆，脸盆里放着毛巾、牙膏和牙刷。

姜西指了指他手里的脸盆，说道："去洗漱啊？我陪你吧。"

陈鹤予径直进了对面的卫生间，那是供艺术馆游客使用的卫生间，分男女。陈鹤予进了男卫，抛了一个眼神给姜西，笑问：“你要一起？”

姜西笑了笑，她在门外站着，乖巧地道：“我在外面等你。”

十分钟后，古树葱郁的天井里，陈鹤予一脸清爽地出现在姜西面前，他挑了挑眉，问：“你到底想干什么？”

姜西眼睛亮晶晶地说：“艺术馆八点半才开门，一起吃个早饭呗。”

“谢谢你那天特意开门接我，又出来找我。我听小达说那个变态已经被抓到了，哥哥你真是功不可没啊。”姜西笑嘻嘻道。

“别说得我特意为你做了什么似的。”陈鹤予在原地站了会儿，倒是没拒绝，说，“你等我一下。”然后他回房间换了身衣服。

他又换了件黑色T恤，配一条松松垮垮的运动裤，乍一看挺休闲的，再一看他面无表情的脸，又像是在装酷。

姜西是这条老街上的熟客，而陈鹤予还是陌生人。看着姜西带着一张生面孔进到店里，早餐铺的老板娘趁着姜西在前台点单的时候笑眯眯地拉住她问：“男朋友哦？西西你还是第一次带男孩子过来，他长得真好看。”

姜西回头看了陈鹤予一眼，他抽了两张纸巾正在擦桌子。另一张桌子旁坐着一个年纪很小的妹妹，她一边吃着碗里的馄饨，一边时不时地偏头偷看陈鹤予。

姜西回身笑了笑，说：“老板娘，他不是我的男朋友。”

“发展对象？”老板娘似乎对陈鹤予喜欢得不得了，“这下你姑婆可以放心啦，她就盼着有人能陪你。你们俩一看就很般配，郎才女貌。”

姜西点好单，笑了下，没再解释。

“我点了小笼包和馄饨，还有豆浆，可以吗？”

陈鹤予无所谓地点了点头。

馄饨又热又烫，姜西吃得再小心也难免会发出声音。姜西想到这还是她第一次和他面对面吃饭，顿时开始后悔点了馄饨，于是她将馄饨放到一边，转头去吃小笼包。

她吃得很慢，觉得两个人有点沉默，特别是陈鹤予吃东西时尤其认真，好像计划好了不和她说话一样。

看来还是得慢慢来啊，今天就当作是热身吧。下一次，下一次吃饭，她一定要多说点儿话。

吃完早饭，姜西没有再回艺术馆，两个人直接在早餐店门口告别。

难得一个周六，姜西觉得她是疯了才起这么早，回到家里也才七点十五分。

其实晚点儿去找他有何不可？都怪她太心急，也不知道在急些什么。

她回去补了个觉，一觉睡到下午，完美错过了午饭。

姜西醒来去摸手机，奇怪姑婆怎么没给她打电话，按理说周末姑婆都会打电话问她中午和晚上会不会去馆里吃饭。

晚上，姜西到了艺术馆才知道缘由。

小达双手抱胸在艺术馆的门口堵她，姑婆也在一边看着。

“啧啧啧，西姐，你不对劲。”小达说，“你为什么一大早趁我们都没来的时候约鹤予哥去吃早饭？你到底安的什么心？”

姑婆也附和道：“就是，既然你都吃过早饭了，我也懒得问你要不要吃午饭了。”

姜西站在原地一脸尴尬：“陈鹤予跟你们说的？”

“鹤予？鹤予才不跟我们说这事儿！”姑婆莫名得意。

小达说：“是美玲姐拍了你们的照片发给姜馆长啦。”

姑婆拿出手机，翻出聊天记录。

姜西一看，两眼一黑差点昏过去。

哪里是早餐店老板娘单独发给姑婆的，他们有个“塘东老街店主群”，平时老街有什么通知都会发在群里，店主们有什么新鲜事也习惯发在这个群里。

这回，早餐店老板娘直接把姜西和陈鹤予吃早饭的照片发到了一百多人的大群里，并附上了一段话：“@颖陶六十一枝花，姜馆长，你们家西西的对象可真好看哟！”

下面一帮人在附和的同时纷纷问这是哪家的男孩子。

照片显然是偷拍的，拍到的正好是两个人在埋头吃东西的场景。姜西好奇地伸手点开了那张照片，放大细看。

这时，小达突然在她耳边嫌弃地“哎”了一声，吐槽：“西姐，你小口小口吃小笼包的样子也太装了吧！”

04

艺术馆说是有食堂，其实就是将后院古树后边的小房间收拾成了一个做饭、吃饭的地方。袁姐是这里的厨师，负责艺术馆员工的中餐和晚餐。

恰逢周末，晚上艺术馆客流量还是很大的。姜西赶到的时候，大家已经吃完饭在展厅里招待客人，只有老太太闲着，坐在对面陪姜西吃饭。

“你对鹤予有意思？”

姑婆冷不丁地冒出这么一句，姜西嘴里正含着一口汤，险些喷到老太太脸上。

她赶紧将汤咽下去，咳了好几声，才拍着胸脯口齿不清地道：“我约他吃个早饭怎么就是对他有意思了！”

老太太睨着她，意味深长地说：“不是就不是，你紧张什么？”

姜西吞吞吐吐地说：“我哪里紧张了？！”

说完，她低头继续吃饭。

今天晚上有鱼有肉，鱼还是完整的一条，袁姐知道她过来了，所以特意帮她热过，味道很好。她一筷子接着一筷子地夹鱼吃，很快就吃完了一面。老太太看她吃饭也看得开心，虽然她吃得囫囵吞枣，像饿了好几顿，但并不会发出难听的声音，吃相也是好看的。

眼看着她喝下一口热汤，小脸瞬间就红了，模样挺可爱的，怪不得从小到大围在她身边的男孩子那么多。

姜颖陶笑了笑，似乎想到了什么，她脸色沉了沉，趁姜西没注意，偷偷叹了口气。

她这辈子无儿无女，一直以来都是把姜西的爸爸当作亲儿子看待的，姜西和姜戈姐弟俩出生后，她也把二人当亲孙女、亲孙子养了。

现在姜西的弟弟姜戈出国求学，姜父、姜母一同陪读，把姜西一个人留在临州，她也怪可怜的。作为长辈，她不止一次想替姜西解开同她爸爸的心结，可这姑娘的嘴说起话来就和马达一样，几句话就把话题盖了过去。

她显然还是不想提。

“慢点儿吃。”老太太目光温柔，忍不住提醒。

姜西点了下头，满足地放下筷子，乖巧地说：“姑婆，我吃好了。”

姑婆说：“把碗留着给小达洗，今天轮到他了。”

姜西擦着嘴说：“我才不和他抢活儿干呢。”

挂在墙上的电视机里正放着转播的新闻，原来今晚有超级大月亮，姜西本是随意地望向窗外，想看一眼月亮，视线却停留在对面那个房间的窗户上。

窗户紧闭，窗帘拉起。

“陈鹤予平时都这么早就睡了吗？”姜西看着那扇窗户问道。

姑婆一怔，一时没回答，直到姜西带着疑问的视线投了过来，她才说：“人家早点睡怎么了？多么好的习惯，别以为我不和你住一起就不知道你天天晚上熬夜看综艺节目。”

姜西叫屈：“我早就不看综艺节目了好吗，姑婆！”

“那你这是承认天天熬夜了？”

“我……”姜西眼神飘忽不定，道，“我就是最近迷上纪录片了，看得入了迷所以才睡得晚了点儿，等我追完这一季就不看了。”

“你看什么纪录片？”

“就是您原先参与过的‘拯救鲸鱼’系列，您以前不是老催我看吗，我嫌血腥不敢看，但我最近找不到好看的电影，就试着看了看，倒还不错。”姜西看着面前的姑婆，由衷地佩服，说，“虽然血腥了点儿，看着会很难受，但是真的很震撼。姑婆，您年轻的时候真的很厉害，我很佩服您。”

姑婆年轻时从事水下摄影工作，是享誉全球的水下摄影师，只是她为人低调。年纪大了之后，姑婆就回到临州安心做了个普通的小老太太。在外奔波数十年，如今她只想安然地度过晚年。所以接手艺术馆之后，她没有向这里的任何人提起过她曾经是知名水下摄影师的身份，像小达和小应等人都只以为老太太是个热衷于收藏的艺术家。

“拯救鲸鱼”系列纪录片是姑婆参与过的唯一一部纪录片，她做的是水下摄影指导。听说那部纪录片拍了数年，播出那年撼动了无数观众的认知。姜西是一边流泪一边看下去的，纪录片写实且残忍，也很可怖，难以想象亲眼见证是何种感觉。

姑婆和父母，一直以来都是姜西藏在心里的骄傲。

“很久以前的事了。”姑婆略显动容道。

对面的姑婆逐渐露出愁容，眼里浮现出一抹失落的神色。姜西以为姑婆是为时间过去了太久，在这个快餐时代，大家都快把这部纪录片忘了而感到伤怀，她想了想，忽然起了心思，说：“好的纪录片不该被淡忘，不如我替你在馆里宣传宣传？还有，这边的电视机每天播新闻也挺浪费的，不如改放这部纪录片？”

“不行！”姑婆突然开口制止，语气急切。

见姜西满是疑惑地看着自己，姜颖陶这才缓了缓语气，解释说：“太血腥了，小达看到了又该说我没良心，你说是不是？”

她叹了口气，又说：“心思细腻点儿的人看了，还会伤心。”

一声蝉鸣叫醒了六月的初夏，塘东老街已是绿树成荫，空气中飘浮的暑气消退了不少。从老街往南走有条护城河，护城河里的荷花早开了大半，荷叶紧密地挨在一起，衬得朵朵鲜荷粉嫩欲滴，十分引人注目。

朝阳初升，姜西应景地套了一条碧绿色的棉麻裙子，打算去护城河边的农贸市场买西瓜。路过河边的时候，她遇见大娘在卖莲蓬，于是花十元钱买了三个，她边走边吃，看见蓝色垃圾桶时，便将随手剥下的莲蓬皮丢掉。

吃完莲蓬，姜西也正好走到农贸市场。护城河边的农贸市场是塘东最大的一家综合菜市场，艺术馆的食材都采购于此。姜西经常来这里买西瓜，不止一次遇上来买菜的袁姐。

只是今天更巧了，姜西都要惊讶这是不是上天注定的缘分了。透过农贸市场南大门的铁门框，她看见了陈鹤予。

人群聚集的地方永远热闹。姜西在这里生活得久了，水果摊的老板娘都能亲热地叫她一声“西妹”。她一边热络地答应着，一边望着蔬菜摊子前半蹲着的陈鹤予。

他挑完南瓜又挑洋葱，乱七八糟地买了一大堆。转身后，陈鹤予才看到手里捧着滚圆大西瓜的姜西站在离他不远的地方，穿着绿裙子的明媚妹妹挑着眉，正冲他俏皮地笑着。

他提着东西朝姜西走过来，问她：“你怎么在这里？”

“我是来买西瓜的。”她抬了抬下巴，冲他手里的东西一点，“你来买菜啊？”

“袁姐今天要晚点儿到，我就过来买了。”他也抬了抬下巴，轮廓清晰的下颌线短暂一显，有些好笑地问，“就买一个西瓜还跑这么远，你不累吗？”

看他那表情，显然是难以理解。

姜西不服气地说：“你可别笑我，整个塘东的水果店都快被我买遍了，就这边门口的水果摊卖的西瓜最甜最便宜，不信我分你半个！”

陈鹤予点了点头，嘴里却说不用了：“再买个吧，我帮你拿。”见姜西没动，他眉毛一皱，“又傻了？”

“受宠若惊。”姜西说着，飞快地又去买了一个西瓜。

回去的路上，他们沿着河边长廊走，陈鹤予一只手抱着西瓜，另一只手提着他买的菜。

“重不重？”

“还好。”

“要不我自己拿吧？”

陈鹤予一句话也没说，只是轻飘飘地看了她一眼。

好的，她闭嘴。

日头高升，热意渐渐明显，姜西鼻头上沁出密密的汗珠，她腾出一只手胡乱抹了一把，只觉得鼻子一痒，于是吸了吸鼻子——

“阿嚏！”

“啪！”

“扑通！”

三个声音接连响起，分别是姜西没忍住打喷嚏的声音，和她怀里西瓜落地摔碎的声音，还有人落水的声音！

姜西看着前方的小男孩落水，急得语无伦次：“我……陈鹤予，我不会游泳啊！你你你你你，你会不会游泳？快下去救人啊！”

姜西一直关注着事故发生地，没看到一旁的陈鹤予是什么表情，只听到他的声音很冷静，但又像是在咬牙克制着什么。

他说：“我？下去我就死了。”

第四章

陈鹤予，你接过吻吗？

01

这时候，如果姜西转过身去，就会看见一张毫无血色的苍白的脸，他因为深度恐惧而紧咬着嘴唇。唇缝间出现一道清晰可见的血色，顺着嘴角蔓延出一抹血迹，格外骇人。

嘴里生生被他咬了一个大口子，陈鹤予连眉头都没有动一下，他逼自己动了动脚，却觉得脚底生铅，寸步难移。

他无奈地看着河边的四五个行人奔过来，有人跳下去救人，有人抛竹竿，连身边的姜西也不管不顾地跑去岸边，跪在地上朝着河里的小男孩伸手。

“陈鹤予，快过来帮忙啊！”姜西回头喊了他一声。

陈鹤予没有动，他眼里只剩下浑浊的河水和蔓延开的水波纹，耳朵里只剩下挣扎声、呼救声，每一声都刺耳极了，头顶的阳光刺得他眸光暗淡。

直至小男孩被救上了岸，他才微微退了两步，胸腔内的窒息感消失了，心里泛起的暗涌也被压了下去。

嘴里的那一口血，也被他硬生生地吞了下去。

确定小男孩没有生命危险后，姜西回过身，才发现陈鹤予不见了。

姜西去了艺术馆，上午这会儿没什么人，她进门就看见陈鹤予套着志愿者的红马甲，若无其事地靠在分割展馆与后院的门框上。

小应一声“西姐”让他掀了掀眼皮，只是神色仍旧是淡淡的。

“西瓜我放到食堂了。”陈鹤予以为她是来拿西瓜的。

姜西和小应打过招呼，走到陈鹤予面前，压低声音对他说：“你脸色不太好。”

他忽然勾了勾唇，眼里却不见半分笑意，“嗯”了一声，说：“没事儿，应该死不了。”

新来了客人，小应照应不过来，站在门口叫了一声“鹤予哥”，陈鹤予敛起笑容走了过去。

姜西一直看着陈鹤予的背影，不知道为什么她就是觉得他今天怪怪的。

“我？下去我就死了。”

“没事，应该死不了。”

他如此轻易地把“死”字挂在嘴边，谈论生死时仿佛是在谈一件多么稀松平常的事。

姜西看不懂他。

西瓜在食堂，姜西也没打算再带回家去，吃完午饭她就把它切了，给大家做了餐后水果。

“西姐，你买的这西瓜真不错啊！好甜好甜！”小应咬了一大口，夸赞道。

余光瞄到陈鹤予放下筷子后也从盘中拿了一块儿，姜西颇为得意：“是吧，好吃吧？我心中排第一好吃的西瓜就数农贸市场的这一家，排第二的是我们公司食堂的西瓜，下次我从公司带几盒给你们尝尝。”

“好嘞，谢谢西姐！”小应笑着说。

这天姜西一直在艺术馆待到晚上才走。

吃过晚饭，陈鹤予照例早早地进房间睡下，她百无聊赖地在后院里坐了会儿，直到天黑了才离开。

姜西一路哼着小曲到小区楼下，包里的手机铃声第二次响起时，她才听见。看清是伍清越的来电，她接起来，毫不掩饰自己愉悦的情绪：“喂？”

电话那头的伍清越一愣：“你又喝酒了？”

姜西进了电梯，按下第九层的按钮，回道：“没喝，我刚从艺术馆回来，现在正上楼呢。”

“没喝就好，要喝也得等下周再喝个够。我打电话是为了提醒你，下周六的同学会莫璧微确定会去，你记得化最美的妆，穿最浮夸的裙子，省得被那小蹄子抢了风头，知道吗？”

姜西走出电梯，在 902 的门锁上按下指纹，心不在焉地说：“没必要吧？”

其实她早就做好了莫璧微会出席同学会的心理准备。

毕竟她们高中同学会一年举办一次，姜西却是第一次参加，莫璧微这么喜欢出风头的一个人，怎么会不抓住这个机会好好在她面前嘚瑟一下呢！

伍清越一下就来气了：“什么没必要？非常有必要！你别忘了她可是‘携伴儿参加’，她这个‘伴儿’可是从你手里抢走的！”

“我没有和韩域在一起过，倒也算不上抢。”姜西努努嘴，心有顾虑地说，“虽然说不上多喜欢莫璧微吧，但到底同学一场，我也不想闹得太难看。”

伍清越冷笑一声，道：“你就是被莫璧微骑到头上了还会笑呵呵地对她说一句‘小心，别摔倒哦’的那种人，西妹，真没你这样做‘白月光’的。”

姜西一时没说话。

伍清越继续补充：“听我的，姜西，咱们气势不能输了。”

姜西一头栽进沙发里，顿时又被下周六的同学会惹得心烦意乱了。

她往年不参加同学会，为的就是不和韩域、莫璧微凑在一块儿，省得同学们笑话。

很显然，她就是那个“笑话”。

韩域追了她那么多年，高中那一帮同学谁不以为他们最后会在一起。姜西虽然低调，但家世和韩家也算匹配，如此门当户对、郎才女貌，同学们都以为学生时代的姜西只是太执着于学习，等毕业了总该看到韩公子的深情了。

可惜，姜西没有，她甚至对韩域的追求无比厌烦。

大四那一年，姜西决定离开京州回临州，韩域便从国外飞了回来，接手了临州市中心的 AC 酒店。

也是在那一年，姜西亲自登门拜访韩域的爸爸，她全程礼数周全，临走前才说："韩叔叔，我和韩域会做一辈子朋友的。"

就因为这么一句话，韩域的爸爸便把韩域调去了京州，到现在都没让他回来。

姜西从伍清越的嘴里听说，韩域已经和当年苦苦追求他的校花莫璧微公开在一起，外人只夸他们佳偶天成、十足般配。渐渐地，姜西就好像变成了不识趣的那一个了。

姜西思虑再三，也觉得不能在一帮老同学面前输掉最后的底气，于是她铿锵有力地回复伍清越说："到时候我一定做全场的焦点！"

伍清越也坚定地道："老娘信你！"

02

参加同学会不至于穿礼服，但姜西也不知道穿什么才能艳压群芳，那晚在电话里信誓旦旦地对伍清越说的话她是空口说的，其实她心里一点儿底气都没有。

最后姜西把自己最贵的衣服穿在了身上，那是一套知名奢侈品牌的高定服装，短裙，好在她那双腿足够漂亮，可以给她撑个脸面。

同学会地点定在 AC 酒店，中午，姜西出现在包厢门口的时候，还引起了一阵轰动。

"姜西，真没想到你会来。"

姜西跟同学们一一打过招呼，最后坐到了伍清越身边，她说："好久没见大家了。”然后她看到了圆桌对面的韩域和莫璧微。

莫璧微今天穿了一身高调的正红色连衣裙，只差一束追光就像个新娘子了。人家头发随便一绾就漂亮极了，姜西摸了摸自己的嘴唇，指腹上的口红颜色看起来很像莫璧微的同款。

莫璧微自始至终都挽着韩域的胳膊，同学们尽管看得浑身起鸡皮疙瘩，可谁不想和韩域套个近乎，于是整场饭局话题几乎都在往莫璧微身上引。

班长说：“听说韩总和小莫准备回临州发展了，怎么，京州不好？”

韩域朝姜西看了一眼，很快移开目光，笑了下，说：“本来就没想过留在那里，回来是迟早的事。以后有空，大家多聚。”

还没上酒，同学纷纷以茶代酒先干了一杯，纷纷说以后必须聚得勤些。

“莫校花，打算什么时候和域哥把婚事定下来？我们这些老同学还等着喝喜酒呢。”一位女同学道。

“就是啊，你们谈了也有一年多了吧？早点定下来也好啊。”

莫璧微举手投足从容得体，只道：“我和韩域现在以事业为重，有好消息了会第一时间通知大家。”

AC 酒店是韩域家的酒店，韩域早就说过今年的同学会他做东。面对陆陆续续上桌的稀奇菜肴，姜西和伍清越默契地互相挑了下眉。

吃到一半的时候，大家开始互相敬酒。

姜西以要开车为由拒绝喝酒，有老同学不买账，伍清越就给姜西挡酒，她酒量一般，没喝多少就有了醉意，整个人晕乎乎的，到后半场菜都没怎么吃。

“没事儿吧，要不我先送你回家？”姜西在伍清越耳侧轻声问。

“我没事儿，你不许走啊，你走了指不定留下的人怎么议论你。”伍清越按住姜西放在桌面上的手，生怕她一不留神就跑了。

姜西嘴角抽了抽，看了一眼和同学谈笑风生的莫璧微，笑说：“议论我什么呢？我有什么好议论的，没和韩域在一起还成我的错了？我才不管他们怎么说，我对韩域没感觉就是没感觉，何况我觉得莫璧微和他在一起也挺好的。”

伍清越喝得脸都红了，还一个劲儿地说：“我没醉，我不走，我要嗨到下一场！”

这顿饭，姜西还是吃得不自在。

虽然她全程没出什么风头，但她还是感觉到了对面韩域和莫璧微二人时不时投来的炽热目光。

饭局结束，一帮人来到地下车库，讨论该开谁的车去下一场局继续玩，姜西悄悄和班长说了声，她就不去了。

韩域也有事，说把他们送到地方就走。

班长说：“姜西，难得一聚，你真要走？”

姜西找了个借口搪塞。

班长无奈道：“行吧，那以后多聚，再叫你的时候可别不出来。”

姜西淡淡地笑道：“没事儿我就来。”

“那这样，我们喝酒的就别开车了，能搭车就搭个车吧。”

他又对姜西说：“姜西，那我们搭下你的车？正好你也没喝酒，跟你回塘东是顺路的，不耽误你多少时间。”

姜西答应得爽快：“当然没问题。”

几十个人聚在地下车库，班长招呼了一声：“来，要搭我们姜大美女车的快过来啊，先到先得！”

几个男生凑过来，说是要搭车，其中一个问道：“姜西，你车在哪儿呢？”

来的时候图方便，姜西把车停在了出入口的位置。

也是在她停好车之后，她才发现韩域那辆百万豪车就停在她正对面的位置。

莫璧微认得姜西的车，也早就瞧见了，见姜西一时没说话，她便热心地说：“临 A835G1，姜西，我记得没错吧？车就在后面啊。”

一帮人的目光齐刷刷地看过去。

临 A835G1，绿色牌照。

班长看着那辆一看就有些年头的新能源小白车，略有些惊讶，大约是没想到高中时候的姜西明明是个有钱的小公主，现在居然只开一辆撑死二十万的新能源汽车？

即便大家都知道她在众达工作，但也疑惑她为什么不置办一辆众达的豪华高配置车型，她又不是买不起。

有人半开玩笑道："姜西，你品牌忠诚度挺高啊。"

姜西眯起眼睛微笑着打趣："那当然啦，这可是我们公司的老款新能源车。各位同学开惯了豪车可能不了解，我们众达的新能源车真的不错，我这还只是第一代。你们谁要搭我的车？难得有机会带你们体验一下，车是有了些年头，可舒适度还是不错的。"

立马有几个男生凑过来，争着说要体验。

伍清越有顺路的女同学送回去，姜西还是放心的。

坐她车的同学们上车之后，姜西启动车子，率先离开。

到了娱乐会所门口，坐在副驾驶位置和后座上的几个人相继离开，临走的时候还有人问姜西谈恋爱了没有。

姜西笑笑说还没有。

"不小了，早点谈恋爱结婚！"下车前，早已结婚的班长语重心长地道。

有车飞快地朝他们的方向驶来，是韩域那辆豪车。姜西透过后视镜看见韩域下车贴心地为莫璧微开车门，临走前，两人旁若无人地靠着车门深吻告别。

姜西移开视线，摸出手机删了韩域那条"结束后喝一杯"的短信，心想谁乐意当你的小三？不，是谁乐意当小三！

一脚油门踩下去，姜西瞬间把他们抛在车后。

高架桥上，车镜中的路灯飞速倒退，热风伴着潮湿的空气吹进来，吹得她有些心烦意乱。

架在支架上的手机屏幕忽然闪烁起来，姜西看了一眼来电显示，按了接听键：“喂，妈。”

姜母顿了顿，说：“西西，你那边怎么有风声，家里风大？”

“我在开车。”姜西说。

“开车你接什么电话？！”姜母挂了电话。

很快，手机上又收到一条短信，姜西没急着看，直到到了小区的地下车库把车停好，她才点开短信。

“西西，见信安。妈妈和爸爸还有小戈在外国一切都好，希望你和姑婆也身体健康，工作顺利。特发此信，是因妈妈有一事：露露阿姨的大儿子下周结婚，邀请咱们一家前去喝喜酒，只是近期归国不便，妈妈烦请西西代表出席。”

看完短信，姜西手撑在车窗上，扶额。

妈妈又来这套。

每次发短信都文绉绉的，想稳住姜西的心态，可好巧不巧，她今天的心情非常不好。

姜西回复道：“露露阿姨家的二儿子不帅，我不去。”

姜母看到消息，顿时一噎。

姜母：“西西怎知？”

姜西：“因为姑婆已经跟我说过一遍了。”

姜西：“别熬夜了，早点睡。”

……

收起手机，姜西叹了口气。

从什么时候开始，她的年纪和男人绑到了一起？她明明才二十五岁。

前几年，她觉得韩域虽说花言巧语了一点儿，可现实点儿来说，他追她很久，想必是诚心诚意的。

就差一步，姜西就要松口答应同他在一起了，却被她知道了一件恶心事。

莫璧微趾高气扬的表情姜西到现在都还记得，她殷红的嘴唇性感地说出“我和韩域上过床了”的时候，姜西并没有任何惊讶的表情，只说了句：“他没让你失望吧？”

莫璧微倒是怔了很久，好一会儿才恢复骄傲的模样：“比我想象中厉害很多。”

在那之后，姜西还是继续收到韩域送给她的花，导致她现在看到包装过的花束都心生厌恶。

姜西也是在那时候才明白，原来莫璧微才是韩域的女神，姜西注定只能做不识趣的“白月光”。

好在没对他动心，姜西那时这么安慰自己。

市中心的博物馆有场交流活动需要人手，姜馆长让小达在艺术馆门口贴了“暂停营业”的标志，把当天值班的讲解员都带去了，唯独留下了陈鹤予。

陈鹤予刚从房间里出来，就看到了坐在秋千上的姜西。

她脚尖点在地上给自己助力，脚边还有两瓶打破了塑封的啤酒。

这女人是疯了吗？大白天的在这里喝酒？

姜西手里拿的不是啤酒罐，而是一个精美的玻璃酒瓶，她刚刚灌下第一口酒，不过是一小口，就觉得喉咙发麻。

真刺激，姜西又往嘴里灌了两大口。

正当她龇牙咧嘴的时候，陈鹤予毫无预兆地出现在她眼前。姜西愣愣地看着眼前帅气的男人，惊喜道：“陈鹤予，你没走？”她咧着嘴，吐着舌头，就像一只小狗，她弯腰从脚边的啤酒堆里捡出口味最好的给他，“要来一罐吗？”

“大白天的，你来这里喝酒干什么，发酒疯给我看吗？”陈鹤予看着她手里的酒瓶，莫名有点躁动道。

“我是来喝酒的。”姜西见他不接，收起手，说，“以前这里晚上关门了我也会偷偷溜进来喝，我以为今天所有人都去参加交流会了，没想到你还在啊。”

她扯开拉环的动作十分熟练，拉环拉开后她又将那罐酒递到他面前："你就陪我喝一罐吧。"

她的目光是湿润的，陈鹤予接过，抿了一口，这酒是苦的。

"怎么样？"姜西目光盈盈，神情期待地看着他，"这是我最喜欢的味道了，如果你喝不惯，厨房里还有别的口味……不过你可不能把我藏酒的事情告诉我姑婆，她会扔掉的。"

她舔了舔嘴唇上的酒珠，很小声地说："很贵的。"

陈鹤予随意地坐到一旁的石凳上，低头看见自己脚上套的拖鞋和脚边杂草乱长的泥地，他到底不是穷讲究的人，只是无所谓地轻笑，看着秋千上晃来晃去的女人，说："你还真是酒前酒后两副样子。"

姜西用脚尖点地刹住秋千，摇了摇手里的酒瓶，说道："你是想说我喝醉了吗？我没喝醉，我喝不醉的，我酒量好着呢。"

陈鹤予突然不笑了，他屈身从姜西手里夺过那个酒瓶，对着瓶口闻了闻。他皱了皱眉，冷着脸把酒瓶放到了身后的石桌上，斜眼看她，语气不悦道："你今天到底怎么了？"

姜西弯了弯唇，有些苦恼。

她脑子里一片混沌，都是在那家娱乐会所门口，她和韩域的车一前一后停下，她透过后视镜看见韩域和莫璧微靠在车身上拥吻的场景。

莫璧微整个身子都软在韩域身上，那样娇气、娇柔、娇媚。

拥吻是什么感觉？

嘴唇相贴是什么感觉？

气息交融在一起是什么感觉？

她笑自己，活了二十五年，居然连一个真正的吻都没有接过，怪不得身边的亲人朋友一个个都替她着急。

陈鹤予又叫了一遍她的名字，语气古里古怪的，姜西很想忽略，却又觉得陈鹤予今天的声音格外好听，清澈、明朗，像泠泠的水声。

他不知道什么时候走到了她面前，双手分别抓住两边的秋千绳，居高临下地看着她。

“喝酒还不如睡觉，回去好好睡一觉。”他轻微地叹了口气，“这世上连条鱼都不一定比你好过，你在这里为男人喝酒，犯得着吗？”

“陈鹤予，你接过吻吗？”

姜西身后古树上的蝉应景地发出了一声低鸣，拖着长音，轰然炸开在陈鹤予的脑子里。

“你说什么？”

姜西说：“接吻。”

03

下一秒，姜西利落地起身，陈鹤予的手还紧紧握在秋千绳上没有放开，她站起来，和他之间的距离顿时拉近，看上去就像是陈鹤予圈住了她，两个人几乎是胸膛贴着胸膛。

两个人相对无言数秒，陈鹤予松手，无法控制地抽了抽嘴角，看着她说：“姜西，你最好别做什么。”

他一字一句说得极为认真，像劝告，又像警告：“如果你想随便找个男人发泄，这种事，你应该去找别人。”

“你觉得我要做什么，亲你吗？不会，我从小就是个特别矜持的人。”

姜西忽然就笑了，她真没醉，只是一喝酒就容易上头，头会晕得厉害，但意识还是清醒的。

借着酒意，她忽然大着胆子抬起了手，食指在空中虚虚一指，然后按在了陈鹤予的脸上。

她天生柔和的嗓音和一双明眸配合得默契，陈鹤予垂眸看着眼前一动一动的红唇。

姜西抿了抿嘴，冲他笑道：“虽然哥哥真的很帅，是我从小到大见过的帅哥里最帅的那一个，但亲帅哥是一件很奢侈的事情，我道行不够，还得修炼修炼……等我变成大美女了，再来亲帅哥哥哥。”

“哦，是吗？”陈鹤予神情冷淡地看着她，敷衍地笑了下。

姜西认真地点了点头，按在陈鹤予脸上的那根食指稍稍用了点力，在他抬手试图将她的手指拨开的时候，她立马收回了手。在空中顿了一秒，她又俏皮地将碰过他脸的食指按到了自己的脸颊上。

她的脸颊白里透红，格外像这个季节护城河里的荷花，粉嫩鲜艳，娇羞明媚得不得了。

听说那天掉到河里的小男孩是因为摘荷花才掉下去的。陈鹤予听到的时候没有觉得意外，只是此刻他眼前有比那荷花更好看的魅色，他现在倒觉得那小男孩有点不识相了，明明当时回个头就能看见比荷花更好看的姐姐，不是吗？

姜西还在冲着他笑，一个劲儿地傻笑，笑到陈鹤予觉得她这是傻了，醉了。他粗鲁地按着她的肩膀把她按回到秋千上，说道："坐着吧，我去给你倒杯水。"

今天没有开馆，从早上到现在都只有陈鹤予一个人在艺术馆里。食堂有饮水机，陈鹤予在橱柜里找到姜西的那个杯子，是个五角星形状的手绘水杯，看起来有点像海星。

他捏着杯身两侧凹陷的地方接了一杯温水，脚步跨出食堂的时候，才发现后院没人了，只剩下秋千还在古树下晃荡，荡起的幅度越来越小。

往北一看，他房间原本紧闭的那扇木门倒是敞得大大的。

陈鹤予无语地走了过去，没进门就看见女人呈一个"大"字形扑倒在他的木床上，入眼是一双雪白的腿，匀称、纤细，右脚踝处套着一根红绳。

站在门口一脸漠然的男人短暂地出了会儿神，他很快进门，然后把那个五角星形状的杯子往桌上一放，步子都没停地走过去，他捞起床上叠得整齐的烟灰色毛毯丢在了她的腰间，牢牢遮住了那抹春光。

姜西醒来的时候发现自己歪七扭八地躺在一张硬邦邦的床上，睁眼，头顶的灯光刺目。

似乎闻到了烟味，她揉着眼睛坐起来，扭头就看到遮光布和窗帘布齐刷刷拉好的窗户下，陈鹤予一身黑衣，合着眼睛靠坐在椅子上。

她回忆了一会儿，怎么也没想起来自己是什么时候跑到他房间里来的，明明她下午的时候是坐在后院的秋千上喝酒……现在已经是晚上了吗？

陈鹤予左手夹着一支燃到一半的烟，没有要吸的样子，只是愣愣地看着缕缕烟气上升。

烟味弥漫在狭小的空间里，姜西忍不住咳嗽了一声。

“醒了？”陈鹤予掐灭了烟，没什么情绪地看了她一眼。

“好困，但是醒了，我觉得有人在看着我。”

“有可能，妹妹睡相这么好，谁不想欣赏一番。可惜，不是我在看你。”他遗憾地弯了弯唇，意味深长地扫了一眼屋子，屋里空荡荡的，说句话几乎都能听见轻轻的回音。

“不用吓我，我怕坏人，但不怕虚幻的东西。”姜西掀开盖在身上的薄毯，坐到床沿，这才发现自己的裙子似乎短得有点过分了，她索性站了起来，问，“现在几点了？”

“四点二十分。”

“那还早啊。”姜西松了一口气，“不好意思啊，没想到我睡得这么死，你肯定叫也叫不醒我。”

她往屋里扫了一眼，看到了挂在门背后的她的包，径直走过去，边走边说：“我先走了，你晚上吃什么？袁姐不在，要不要我给你点个外卖？”

“姜西。”他突然叫住她。

“嗯？”

陈鹤予说：“是夜里四点二十分。”

姜西一惊：“你不会一整晚都坐在这里吧！”

走近了，姜西这才发现他眼眶微红，在刺目的白色光源的照射下，他一张脸显得更加苍白，唇色也是淡的，显得没什么精神。他懒洋洋地靠在椅背上，浑身散发出一丝似有似无的颓丧气，英挺的鼻梁之下，嘴唇微抿着，再看又有那么一丝禁欲感。

他身体本就不好，通常天没黑就进屋睡觉，她还霸占他的床那么久，姜西心底油然而生一股愧疚，此时此刻很想送他去床上躺好。

陈鹤予突然眯了眯眼，轻佻地笑了下：“嗯，不敢睡床上，怕你亲我。”他饶有兴趣地问她，“还记得你说过什么话吗？”

她心底顿生一种不好的预感：“我说什么了？”

他朝床上瞄了一眼，很无奈地笑道：“在那里，你抓着我的手一个劲地叫我哥哥，问我你现在变成大美女了没有，如果变了，就要开始亲我了。”

他无奈且无语地问出心底的疑惑：“你是不是没谈过恋爱？”

姜西站在原地，脸一瞬间就红了，此时不管不顾地跑出去好像也不合适，但他这样是不是太直白了一点儿？！

没等姜西说什么，陈鹤予看见她红一阵白一阵的脸就知道答案了，于是收了要逗她的心思，说：“哥哥不跟你计较，就在这儿睡吧，你不是不怕虚幻的东西但怕坏人吗？这个点儿出去十有八九能遇上坏人。”

“那你呢？”

“不会对你做什么，放心吧。”

“我不是这个意思……”

“那是哪个？”

“嗯？”姜西一愣。

她摆摆手：“不是，我也没别的意思，只是，我已经睡了很久了，现在不困了，你去睡吧，我坐你这里。”

陈鹤予没动：“我不习惯睡觉的时候有人在边上，这样我睡不着。”

“哦。”姜西认真地点了点头，“那我去我姑婆办公室里坐着吧，等天亮了我再回去。”

她来到门口，拿起包，还没来得及开门，陈鹤予不知道什么时候站到了她身侧，忽然握住了她的手腕。

“怎么了？”

“饿了没？”

他变戏法似的从身后变出两个金枪鱼三明治放到她手上，又推着她的肩膀，让她在椅子上坐下，说：“吃吧，吃完消化一下，天就亮了。”

姜西起初没看清手里的两个三明治是什么口味，等看到“金枪鱼沙拉”五个字后，她忽然惊喜地道：“好神奇，居然是我最喜欢的味道。”

屋里只有一把椅子，姜西这么一坐，陈鹤予只好回到床边坐下。床上凌乱不堪，毛毯被揉成了一团，无疑全都是姜西所为。

三明治是她喜欢的口味在陈鹤予的意料之中，她大概记性不好，忘记她前不久给他买过三明治，就是金枪鱼口味的。她不知道他喜欢什么口味，在给他买的时候第一选择大概会是自己喜欢的口味，所以今天陈鹤予买的时候，倒也没纠结太久。

只是这是她喜欢的，却不是他喜欢的。

他还是不能吃鱼。

将三明治的塑料包装拆开，姜西坐在那里吃得很香。

在这样一个封闭的空间里，金枪鱼的味道淡淡地飘过来，隐隐约约的鱼腥味让陈鹤予不由得皱起了眉头。他轻咳一声，开口问道：“介不介意我抽支烟？”

姜西咬着三明治摇了摇头。

烟气弥漫中，姜西吃完了一个三明治，觉得十分满足。

在陈鹤予抽第四支烟的时候，姜西收好塑料包装纸，叠了叠丢进一旁的垃圾桶里，然后她用手撑着脸，看着对面的陈鹤予抽烟。

他手指夹烟的动作十分懒散，姿态放松随意，他吸了一口之后吐出淡淡的烟雾，玩似的对着猩红的烟头吹了一口，让指尖那段未燃烧的香烟又缩短了一截。

“你为什么抽烟？”姜西看了会儿，突然问道。

他抖了抖烟灰，漫不经心地说：“男人抽烟要什么理由。”

“喜欢、扮酷、迷恋、心烦、失恋，还有很多人是因为有烟瘾而抽，你看上去不像有烟瘾啊。”

“是吗，怎么不像了？我以为够像的了。”

姜西没说话，只是朝他走过去，从他手里抽走了那支燃得只剩下一半的烟，消失的那一半几乎是被他吹没的。姜西十分熟练地将那半支烟夹在食指和中指之间，她夹烟的手抬起，软软的唇贴上他吮过的那段滤嘴，深深地吸了一口。

在他淡然的眼神注视之中，姜西唇齿轻启，吐出一个圆满的圈，悠悠地飘向他。

陈鹤予只是挑了下眉，却没什么意外的神色，他笑了下，抽回她手中的那支烟，说："你倒还是个坏妹妹。"

04

姜西的烟龄很短，以月为单位，但是她抽得很凶，特别是高考完的那两个月，她把喝酒、抽烟、熬夜都干遍了。

喝酒喝得胃受伤，抽烟抽得声音沙哑，熬夜熬得心肌缺血，总之怎么虐自己怎么来。

上大学以后，因为课业太繁忙，她才渐渐把烟给戒了，只是碰上烦心的时候还是会喝点儿酒。

姜西一度格外迷恋黑啤，只是喝啤酒容易长小肚子，由于她身材纤瘦、身板单薄，小腹一大就很明显，不得已，她啤酒就喝得少了，后来就专挑刺激的烈酒喝。

陈鹤予对她会抽烟一点儿都不惊讶。

小姑娘看上去温顺乖巧，眼底藏星，小巧的脸上时常带笑，可眉梢那一丝难以捕捉的愁容总是若隐若现。

他认识她的时间很短，不知道她的"愁"从哪儿来，只从姜老师嘴里听说姜西父母不在她的身边，现在在国外陪她弟弟上学。

重男轻女吗？倒也不该，也没必要，姜老师这个老长辈对姜西都格外疼爱。

失恋？不大可能。不知道是不是他的错觉，他总觉得最近姜西看自己的眼神多了点异样的情愫。

但无论是什么，他最初的目的不会变。

这是个好姑娘，又是姜老师的亲人，他自己深陷浑浊之中，本就不该和她走得太近。

他冷漠地把她手里的烟夺过来，折断，捞起一旁的烟灰色毛毯，往自己身上一盖，一副打算睡觉了的样子，说："我困了，你去姜老师办公室里等天亮了再走吧，不送。"

"说得好像你送过一样。"姜西笑了笑，过去拿包，她站在门口轻快地说，"那我走啦。"

毛毯之下，陈鹤予双目紧闭："嗯。"

不到半个月时间，姜西这边就收到了崔栩仟工作室发来的邮件。

姜西没细数，但估摸着邮件写了得有一千来字，她认真看了一遍，暗自佩服对方的公关人员情商之高。

简单来说，说的都是废话。

对方还是拒绝了。

姜西觉得很遗憾，但还是第一时间把这个消息告诉了闫青山。

"意料之中。"

副总裁办公室内，闫青山打开姜西转发过来的邮件，只看了开头就关掉了界面，她悠然地靠向椅背，半开玩笑地说："倒是浪费了韩公子的一片好心。"

"闫总，现在还没有下定论，我还是想争取崔栩仟本人的意见。"

姜西站在长长的办公桌对面，脑袋微垂，语气却坚定。

闫青山看了她一眼，无所谓地说："随你吧。"

"谢谢闫总。"

新能源第五代汽车的代言人一天没定下，姜西的心就一天不得安宁，她本以为崔栩仟得知双方的合作计划之后多少会在决策上占个主导地位，现在想来她还是天真过头了。

姜西略有些垂头丧气地从副总裁办公室出来，往左就是茶水间，她一时没发现闵允歌正端着马克杯急匆匆地从里面出来。

“哎呀！姜西，你故意的吧？！”

闵允歌举在身侧的马克杯撞到了姜西的手臂，热水一晃，姜西只觉得手臂一痛，水便顺着她的小臂一直滑到了手背上，她的皮肤很快就红了一片。

“你还挺会贼喊捉贼的。”姜西皱了皱眉头，另一只手掸灰尘似的掸了掸手上的水渍。

“我又不是故意的，明明是你低头走路不看人。”

“我是低头走路，所以看脚看得很清楚，不知道你这双鞋一点儿跟都没有，怎么能从那边拐了两步直冲着我来呢？”

姜西说着，朝闵允歌原本的走位路线看了看，然后神情淡淡地看向她。闵允歌跺了下脚，咬着牙，最后还是没说一句对不起。

换作以前，姜西铁定冲上去揪住闵允歌要她道歉，可惜她今天心情不佳，懒得计较了。

茶水间里有洗杯池，姜西过去打开水龙头冲了会儿手臂，烫得倒是不厉害，可她皮肤白，这样一块红通通的痕迹在上面还是很显眼的。

“手怎么了？”

陈庭远远走过来就看见姜西弯着腰在茶水间的洗杯池边，走近才发现她是在冲手。

姜西转头看见一张漂亮的脸，漂亮脸蛋的主人正是她的直属领导、运营部的主管陈庭。

她甩了甩手，笑了下，说：“没事，就是不小心烫了下。庭姐，我有件事儿正要向你汇报。”

陈庭一只手端着杯子，淡红色的唇微抿：“是崔栩仟的事吧，收到回复了？”

“您怎么知道？”

“看你这几天都心不在焉地在等答复，我昨天打电话给周小姐催了催。”她有些遗憾地说，“其实他们早就决定了再次拒绝，只是这次出于礼貌，他们没有当即回复。”

陈庭说完，看着姜西的脸一点一点白下去，有些不忍心地问：“很难过？”

姜西摇了摇头，说：“只是没想到。”

“姜西，你记不记得你之前和我说过一句话，‘第一人选就是最合适的人选’，所以你才那么坚持要选崔栩仟，对不对？”

“对，我当时是这么想的，现在也是。”

陈庭轻轻点头：“二组的组员都很配合你，都在等待崔栩仟的回复。这是第二次被拒绝，不算什么，回去想想还有什么更好的条件可以开，想好了来找我申请，我会反馈给闫总和CEO，通过了的话，你再去找崔栩仟团队谈一谈。”

她的声音很温柔，一字一句几乎要钻进姜西的心里，将她原本那点儿不自信的烦躁情绪瞬间拂去。

姜西有些难以置信地看着面前的领导：“庭姐，真的可以吗？”

“当然，毕竟我也想不到比崔栩仟更适合作为第五代形象大使的人选。”陈庭微笑道。

比起闫青山一副任由姜西折腾的态度，陈庭的这番话明显给了姜西莫大的鼓励。

受到鼓励的姜西干劲十足，当天下午她跑了趟塘东的汽车研究院。她想实地了解第五代新能源汽车的研发进程，可惜负责项目的总工程师不在，底下几个人嘴太严，即使姜西亮出工作牌，他们也没有对她透露一丝一毫的信息。

没得到消息，她便去找了原先在汽车研究院一起工作的几位同事，下午正当发困的时候，姜西给他们点了几杯咖啡，聊了会儿天才离开。

时间也接近下班点儿，姜西没有再回总部公司，而是开车去了老街。停好车之后，她直奔艺术馆。

姜西前一天晚上看完了“拯救鲸鱼”系列纪录片的最后一集，结果哭到了半夜。当她顶着两个熊猫眼出现在艺术馆时，小应见了吓了一跳。

“西姐，你昨晚是约会去了吗？”

“是啊，约了个帅哥，下次推荐给你呀。我姑婆呢？”姜西笑嘻嘻地逗她。

小应说：“城南有家美术馆今天开业，姜馆长被请去做嘉宾了。”

姜西若有所思地点了点头，又扫视了一圈：“哦，小达呢？”

小应欲言又止。

“怎么了？”

她隐约觉得有点不对劲，不仅是因为小达不在，陈鹤予也不在。

小应这才皱起眉头，决定如实相告，她先是叹了口气，然后说道：“事情还要从小达的电动车坏了说起。小达那车不是一直有问题，但没去修吗，后来鹤予哥实在看不下去，就把车推去修车店修了。狗血的是，新街口修车店的小妹看上鹤予哥了，来馆里找鹤予哥要了好几回电话号码，但鹤予哥没给，好像是因为她对鹤予哥动手动脚了吧……鹤予哥对这种女孩子很反感的，一来二去，小妹脸上挂不住了，今天就把她大哥叫来了。”

“大哥？”姜西听得来了火气，问道，“然后呢？”

小应越说越急：“那大哥真不是个东西！他带着榔头来的，说要砸馆，气势汹汹地作势要砸了门口的‘馆长介绍’。鹤予哥也是心急，一手抓他，一手去挡，榔头一偏就砸到他手臂上了。”

姜西紧咬下唇，问道：“陈鹤予现在人呢？”

小应迟疑了下，说：“在人民医院。”

人民医院离这里很近，姜西顾不上回去开车，直接从最近的街口打了辆车赶过去。

医院三楼是骨科，姜西等不及坐扶梯，一路跑了上去。

她在导诊台前给小达打电话，电话响了很久才被接通。

“你们人呢？”姜西开口就问，“你和陈鹤予在哪里，骨科室？还是在拍片？等报告？”

那边一时没有回应，姜西一急，咳了声，吼道：“小达，说话啊！”

“你怎么来了？”陈鹤予淡淡的嗓音透过听筒传来，“我在二楼，小达出去吃饭了，手机留在这里没带走。”

姜西气喘吁吁地道：“我马上过去。”

二楼输液室内摆放着一列列椅子，陈鹤予坐在靠边的位置上。他背靠着椅子，一如往常困倦地合着眼，额前的碎发快要遮住眼睛了。

他的脸色显出病态的苍白，真的很像一个病人，就好像在一间屋子里待了很长很长一段时间不见天日，才能有这样苍白的皮肤。

姜西一时没过去，就定在原地看着他。

看见他以后，她才觉得自己不该这样慌乱，她在慌乱什么？

听到他受伤，知道他的手臂被榔头砸到，她便觉得一定是很疼的。她的手臂今天只是被热水烫了一下就疼了好久，直到现在还时不时会传来一阵刺痛感。

座椅上，陈鹤予毫无预兆地睁开眼，看到了门口正在平缓气息的女人。

他左手在挂水，右手的手臂清晰可见地红肿了一块。

姜西看着不由得心口一揪：“我听小应说了。”

“下班了？”他的声音有点哑。

“翘班了。”

在陈鹤予身边的空位上坐下，姜西声音带着愤怒说道：“新街口小妹那一家都是混混，要是早知道你被那女的盯上，我就去警告她离你远点儿了，太坏了，怎么能打人呢！”

“警告有什么用，她干吗听你的？”陈鹤予感觉嗓子痒痒的，又咳嗽了一声。

听着他的咳嗽声，姜西的心又是一揪，她抿了下唇，说：“我从小在塘东长大，她我还不了解吗？见个帅哥就喜欢。她要过号码的男人多了去了，但有一点儿还好，就是她不沾有主的‘草’。要是我和她说你有主了，她就不会对你做什么了。”

她这番话说得急，其实也是在试探。

旁人一听就能明白：如果是我去警告她，如果告诉她说你“名草有主”了，主人是我，你会不会介意？

姜西忐忑地等着回答，结果，陈鹤予只是睨了她一眼，很快又合上眼，语气慵懒地说了四个字：“你才是草。”

第五章

姜西，我劝你，不要喜欢一个“死人”

01

姜西摸不透陈鹤予的意思，也不敢追问，于是她跳过这个话题，问道：“你的手怎么样？”

“轻微骨裂，不要紧。”

“是不是没断你就觉得没事？”

“断了也没事，讲解员靠的是嘴又不是手。”他头往后一仰，语气懒散地说，“我只是觉得麻烦。小达报了警，那人被拘留了，后面还要取证什么的，真的很麻烦。”

“就这个啊？”

姜西脑子飞速运转，她以为他怎么也该生气到要把今天砸馆的大哥告进局子，以解手臂骨裂之仇，哪知道他竟然只是觉得这些事儿给他添麻烦了。

姜西哑然了好一会儿，才说：“放心吧，这些乱七八糟的事儿我和小达会解决的，你大义凛然地为保护艺术馆献身，接下来就好好养伤吧。”

说完，她偏头去看他，这才发现他早已闭上了眼睛，她说道：“我是不是吵到你了？你睡会儿吧，我帮你看着挂盐水。

“——等等，你为什么要挂盐水？”

陈鹤予皱着眉头，痛苦地咳了一声，说：“嗓子发炎了。”

“你什么时候发炎的？”姜西后知后觉地反应过来，“是那天熬夜之后上火了吗？”

那天他把床让给了她，一晚上都没有睡。

陈鹤予慢悠悠地睁开眼睛，只是眼皮看上去很沉，大有下一秒就要闭上的意思。

他说：“跟你没关系。”

陈鹤予一病，整个人都蔫了下来。挂完盐水，姜西请他在医院旁边的小饭馆里吃了一碗馄饨。一回到艺术馆，他就回屋里躺下了。

日头才降下一半，天还是亮的。姜西见他回到屋里后开了灯，就在窗口敲了敲，问：“陈鹤予，你要睡觉了吗？”

“没。”

“袁姐怕你没吃饱，给你做了蔬菜粥，我给你盛一碗好不好？”

“行。”

蔬菜粥滚烫，姜西将它放在托盘上，顺便又加了一碟花生米，心里嘀咕，也不知道他爱不爱吃。

她把粥端进去时，陈鹤予已经起来了，他难得没有穿黑T恤，而是换了一件很干净的衬衫，下摆松散地垂着，整个人看上去又颓丧又帅气。

姜西把粥放在他面前，提醒他：“有点烫，你过会儿再喝，小心再伤到嗓子。”

陈鹤予看着她，欲言又止了好一会儿，他才说：“小达他们要查监控，你要不要去看一下？”

姜西一怔，随即自信地说：“不用，小达做别的事虽然毛躁，但事关自己人，他看监控还是会认真看的，你不用担心。”

“不是。”陈鹤予回来之后咳得更加厉害，才说了几句话，就不得不用纸巾捂住嘴，又是一阵猛咳。

姜西过去替他拍了拍后背，感受着又热又柔软的触感，她的脸跟着一热，声音也随着他的咳嗽开始颤抖：“你没事吧？要不我送你去医院住两天？”

“姜西，”陈鹤予好半天才止住咳，像是用了很大的力气，他双眼通红，“你前几天和小达说，后门外面的野竹林里可能有奇怪的东西，所以他们不只会看今天的监控。”

姜西恍然大悟：“哦……我说怎么总听见奇怪的声音呢，说不定就是那个小妹埋伏在那里，想要找准时机偷偷进来对你行不轨之事！”

姜西笑着安慰他：“监控看全一点儿也好，不只是展厅的，后院的也要看。”

“嗯。包括你那天在院子里喝酒，然后凌晨才从我屋里出来？”

姜西听完，呆住了。

下一秒，她夺门而出，声音回荡在后院：“马一达！你给我住手！”

艺术馆里出了这档子事，大家本来是想等姜馆长回来后再说，哪知老太太当天参加完美术馆的开业仪式，直接跟着一帮志同道合的藏友飞去外地看展了。

姜西在电话里把这件事转述给姑婆，姑婆心疼了好一阵，问道：“鹤予的手现在怎么样了？”

“还没消肿，医生说让他这段时间注意一下。”

“是得注意，你告诉他，他手没好之前什么都不要干了，千万千万要保护好手，知道吗？”

姜西点头：“知道知道。他是骨裂又不是骨折，再说他又不是靠手吃饭的，瞧你，怎么比我还紧张。”

姑婆沉默了一会儿，说：“你说什么，你紧张什么？”

姜西迅速撇清道：“你听错了，我没紧张。”

姑婆不在，主持公道这事儿自然落到了姑婆最值得托付的嫡亲侄孙女身上。

姜西不负重任，第二天直接把跟艺术馆合作的律师带去了警局，见到了那位所谓的“大哥”。

“你们是老街艺术馆的吧？人在那儿。”熟悉的警官给姜西指路。

拘留室里，大哥满脸横肉，眼睛小得只有一条缝，身穿一件黑背心，露出的双臂和脖间都有青龙刺青，看起来一副凶神恶煞的样子，是个不好惹的人物。

被关了一夜的大哥见到姜西和她身边穿戴得体的精英男人，满脸的不屑："总算来人了，我说你们至于吗？我是把他打残了还是怎的？不管你们有事儿没事儿，赶紧放我出去。等我回去好好管教管教我小妹，叫她别在垃圾堆里找男人了。一个破艺术馆套红马甲的讲解员？一个月赚的还没我妹那修车店一天赚的多吧！"

"是吗，你家小妹修车店的生意够好啊，一天赚的可够多的呀。"

姜西笑容满面，半点不见昨日听到消息后的气愤，她笑盈盈地问一旁的警官："他能被关多久？"

"寻衅滋事行为损坏数额没有到五千元，达不到判刑标准，最多关几天就回去了。怎么，你带着律师来这是……"警官饶有深意地问。

姜西看了拘留室里的大哥一眼，冷笑一声："我今天不是来追究他寻衅滋事行为的，我是来报案昨天中午里面这位先生随身携带凶器故意损坏艺术馆文物的。"

这还多亏了陈鹤予昨天的提醒，监控被姜西翻来覆去查看了好几遍。

大哥进艺术馆，托小应叫出陈鹤予。两个男人面对面站了一会儿，没多久，陈鹤予就不耐烦地转身要走，大哥气不过，就把背在身后的榔头亮了出来。

姜西一帧一帧地细细查看监控，发现榔头砸下来的第一下，打到的是"馆长介绍"的招牌，第二下则是直奔着四四方方的玻璃罩中的瓷碗去的。

也正是这一下要敲下去的时候，陈鹤予伸手拦了，榔头闷声敲在他的右手手臂上。

监控中，姜西只能看见他的脸，看不见受伤的具体情景，但心也跟着一揪。

"大哥眼力见儿不错啊，宋朝的青白釉印花芒口碗，我们艺术馆唯一一样文物，是我们艺术馆的姜馆长2007年参与国际拍卖所得的沉船上的文物，受着国家的保护呢。你该感谢我们馆里的员工，他好心替你挡下了你那暴行，否则，你的家人昨晚可就睡不舒坦了。”

“修车店一天赚的钱？”姜西摇了摇头，上前凑近几步，她抬手弹弹珠似的弹了下大哥眼前的铁框，大哥蒙得小眼一眨，听到姜西一字一句地说道，“大哥，知道吗？你替你小妹开一辈子的修车店都还不起这钱。”

看着大哥吓得一愣一愣的模样，她今天的目的算是达到了。

没有破坏到文物本身，这样的情况难以定罪，姜西昨天翻来覆去地想到半夜，还是决定即便不能定罪也要替陈鹤予出这一口恶气。

他得多疼啊……他身体本来就不好，嗓子还发炎了，姜西一想就更加心疼了。

警局门口，姜西谢过替她撑场面的法律顾问。分别后，姜西直接去了新街口的那家修车店，店里生意果然不错，小小的一块儿地方停满了摩托车和电动车。

“姐姐来修车吗？”

迎面走来一个梳着厚厚齐刘海的妹子，她穿了一身粉色衣服，两只手上都套着橡胶手套。

“你这能修什么？”

“我主要修电动车，我哥哥修摩托车。姐姐来修什么车？”

姜西摇了摇头，遗憾地说：“可惜了。”

小妹不解：“可惜什么？”

姜西：“可惜不能修手欠。”

……

半个小时后。

艺术馆后院的公共卫生间里，姜西打开水龙头，一遍一遍地接水冲脸。小应手里拿着一包抽纸，随时待命般站在姜西身后，嘴像个机关枪一样愤愤不平地说着。

“太过分了吧！”

“是神经病吧！”

“西姐，你怎么不叫上我呢？！我就不信我们两个一起还治不了她！”

姜西关掉水龙头甩了下脸，抬起头来对着镜子照了下，满目嫌弃。

“洗不掉啊——”

她忧伤地叹了口气，继续对着镜子里的脸揉搓，额头、鼻尖、下巴、脸颊，能被抹汽油的地方全被抹到了，真是气都气死了，臭都臭死了。

“清水是洗不掉了，厨房有肥皂，西姐，你等着，我去给你拿肥皂。”

小应说完，把大包纸巾往洗手台上一放，人就蹦蹦跳跳地跑了出去。

通往厨房的长廊上，小应跑得急，差点撞上朝她这个方向走来的陈鹤予。

她连忙道歉道：“不好意思啊鹤予哥，差点儿撞到你。”

昨晚姜馆长亲自打电话给陈鹤予，给他放了一周的假，今天他便没有上班。

他这会儿刚睡醒，嗓子不舒服，头也昏昏沉沉的，看小应穿着红马甲显然是该在前面展厅上班才对，于是问道：“你跑什么？”

小应说：“我去厨房拿肥皂。”

陈鹤予动了动右手，侧了下身：“拿肥皂？”

“这个……”小应迟疑道，“西姐不让我跟你说这事儿来着。”

没等陈鹤予说话，小应已经嘴快道：“但是吧，鹤予哥我觉得还是有必要告诉你！西姐今天去新街口修车店找那个小妹了，那小妹真是太过分了，跟昨天来砸馆的男的一样是疯子！修车店里的脏抹布你知道吧？那小妹说不过西姐，就拿抹布堵西姐的嘴，还好西姐及时抿紧了嘴，那抹布上都是汽油，湿淋淋的，全蹭到西姐脸上了，西姐这会儿都变成大花猫了！”

02

清水流到眉骨上，姜西紧闭双眼，听到身后传来了脚步声，很轻。

估摸着是小应，姜西把手伸向身后，掌心朝上，虚虚地挥了挥手，说：“找到肥皂了吗？”

等了几秒也没有实物放到她的手心，身后的人也没有说话，姜西扯了纸巾擦眼睛，回头才看到大帅哥正悠闲地靠在门框上看着她，嘴角还蕴着点无奈的笑意。

陈鹤予看着她那张花脸，十分佩服地说：“你还挺有能耐。”

姜西心想：还不是为了你。

她知道自己这个样子肯定不好看，看起来应该还挺搞笑的，不过她也没打算躲避，而是顶着一张花脸大方地冲他笑了笑：“新街口的修车小妹其实长得不错。你怎么那么小气啊，给个联系方式而已，又不是让你做人家的男朋友，还是说帅哥都不屑于给人联系方式？还好我帮过你，是你问我要的号码。”

“所以我后悔了，你一天至少给我发三条消息。”

“很多吗？那要不互删？”姜西慷慨地说。

他顿了顿，煞有介事地从裤袋里摸出了手机，问道：“行，你先还是我先？”

姜西皱起眉头，眉梢上的汽油痕迹像墨水画上去的两点，她做出一副要哭的表情：“哥哥，你也太伤人心了吧。”

姜西一叫“哥哥”陈鹤予就受不了，他都记不清她是从什么时候开始叫他哥哥的了。他们之间不过三岁之差，无论是“陈鹤予”还是“哥哥”，她都叫得顺口无比，像熟人一般，但进了他耳朵里，他怎么听怎么觉得暧昧。

她娇柔的语气又让他昏了头。

趁姜西背过身去，他闭了闭眼，收了笑意，面容冷下三分。

“陈鹤予，你帮我去看下小应，她取个肥皂怎么这么慢。”

“陈鹤予？”

姜西回过身再看，门口已经没有男人的身影了。

空气潮热，蝉鸣声声，太过炙热的日光照得古树下石凳上的男人周身泛光，额前的碎发几乎挡住睫毛，他冷着脸，面无表情的样子更显清冷。

右臂的红肿未消，稍动一下就会牵扯到伤处，但他仿佛没有痛觉，左手指尖夹着一支燃到一半的烟，悄悄往伤处凑近，夹烟的两根手指与皮肤越来越近，只差往上一按。

“嗡嗡——”石桌上的手机突然振动起来。

不用看也知道是谁，他微信上的联系人除了姜馆长、小应和小达，就只剩姜西了。

“嗓子好点了吗？”

“去复查了吗？医生说你今天要去复查哟。”

“小达说你还没有去医院，不方便吗，我帮你叫辆车？”

……

嗓子不但没好，反而更加严重了，所以他心安理得地接受了姜馆长特批给他的假，否则他这嗓子就真的要废了，坚持上岗可能会吓跑客人。

刚刚小达过来问他什么时候去医院，说姜西已经给他打过三个电话了，陈鹤予说了一句“不去”，声音嘶哑得像一把古旧的二胡发出来的，把小达吓了一跳。

“嗓子怎么成这样了？”小达说，“你这不去可不行啊，你自己不去我可要背你去了！”

小达大概误会他要去复查的是嗓子，其实是手。

陈鹤予有些无奈：“你怎么跟姜西一样。”

小达说：“那肯定，毕竟我是西姐罩着的。”

陈鹤予的手机响个不停，再加上小达的催促，所以他连号都没有挂，就直接去了医院。

工作日的下午三点，区级的人民医院已经不需要排队挂号，他在自助机上挂了个号，走到门诊室的时候正好轮到他。

医生检查了他的伤处，皱着眉诧异地问道：“有没有坚持冰敷？怎么肿得更厉害了？”

“有。”

其实没有。

“还是要多坚持冰敷，切忌提重物，不要碰到伤处。”

“好。”

他统统应下，转身就将医生的叮嘱抛到了脑后。

医院的电梯运行得很慢。此时，电梯外已经乌泱泱地站了一大群人，陈鹤予只是看了一眼就往走廊的尽头走去，那里是楼梯间。

时间已经不早了，夕阳即将西沉。他下了几级台阶，忽然顿足，偏头望向窗外。入眼是葱郁的树，树与树之间是纵横分明的院内道路，往远看有一个停车场，汽车停得密密麻麻。

陈鹤予垂在身侧的手无意识地一抬，碰到了口袋里的烟盒。烟很劣质，是他能买到的最便宜的，倒也不是抽不起贵的，只不过他不想对自己太好罢了。

这几天，他嗓子痛到没法吃饭，袁姐每顿都单独给他煮了粥，知道他不吃海鲜，所以连粥也煮得十分清淡。

这里的人都很好。

可他觉得自己好糟糕。

昨晚蒲老师给他打了个电话，很难得地问候了他。

蒲老师只是问他过得怎么样，但只字不问他居住的环境如何，有没有碰到过黑暗之类的。

“再过两个月，我就去临州接你。”蒲老师在通话的最后如此说道。

陈鹤予看着手里的烟，淡淡一笑。

他过去从来没有碰过烟。以前每次出海都会在海上漂很久，他身边那些比他年纪大些的长辈总是把自己的烟分享给他，一遍遍地和他说抽烟可以解愁，是一种享受。

他一次都没有接过。

蒲老师如果知道他现在随身携带着一包烟，大概会被气疯吧。光是生病已经让蒲老师够头疼的了，蒲老师一定想不到他现在还在想着法儿地让自己更颓废一点儿。

如今的他认认真真地做着一具行尸走肉，没有理想，没有抱负，没有底线。

眼底，也再没有辽阔的大海。

……

从医院正门出去，路边停的一辆小白车突然“嘀”了两下。

他下意识地看过去，就看到驾驶座上的人摇下了车窗，探出半个头朝他挥手。

路边刮起一阵清爽的凉风，丝丝缕缕的细软发丝被风吹得贴在她白皙的脸上。她的嘴唇是粉的，眼睛是亮的，咧嘴笑的时候整张脸都是清纯的。

陈鹤予短暂失神，站在离她的车不远的地方，听着她用娇软的嗓音中气十足地朝他喊道：“陈鹤予，我来接你啦。

“是不是很惊喜？你还没有坐过我的车吧，我今天特意开过来了。”

陈鹤予坐上副驾驶位，脸上没有一丝惊喜的情绪，也不知道姜西是用哪只眼睛看到他有“惊喜”。

“又翘班了？”他尽量让自己的声音听起来没有异常。

“没有没有，今天我正好在研究院开会，只是提早结束了而已。”

“哦。”

难得的天时、地利、人和，他们两个单独相处，还是在艺术馆外面。

姜西笑眯眯地说：“要不要一起吃晚饭，我请你吃呀？”

陈鹤予摇头，直接拒绝：“困了。”

姜西撇撇嘴，刚想张口说话，结果转头就见陈鹤予闭上了眼睛，姿态慵懒地靠在椅背上，又是他一贯不想说话的样子。

姜西隐约觉得，他今天似乎心情不好。

那她还是闭嘴好了，惹烦了他可就不好了。他还生着病呢，当然得养着、哄着、供着。

这是陈鹤予第一次坐姜西的车。姜西曾对陈鹤予说过，她的车技很好，这是事实。她大学期间和毕业之后断断续续开了这么多年车，最骄傲的就是从来都没有被扣过驾照分。她开车的时候非常稳重、非常乖，不到万不得已绝不会超车，她最信奉的就是“人生绝不会差闯红灯和超车省下的那几秒”。

两人一路无言，最后姜西那辆众达第一代新能源汽车稳稳地停在老街的停车场。姜西以为陈鹤予睡着了，本还想着先不叫醒他，让他再睡一会儿，却不料车子熄火的第一秒，他便睁开了眼。

“醒了？”

“姜西。”

两个人的声音同时响起。

姜西眨了眨眼，不知道为什么，有一股不好的预感在她心底蔓延。

车内空间本就不大，陈鹤予这样的高个儿坐在副驾驶座上，显得空间更小。

他叫完她的名字之后一时没有说话，姜西紧张得呼吸都放缓了。

沉默了好一会儿，陈鹤予神色冷下来，他朝姜西看过去，声音慵懒又散漫，他先是冷笑了一声，随即眯着眼问：“你不会对我有意思吧？”

很巧的是，今天陈鹤予穿的就是他们第一次正式说话那天穿的那件黑色T恤，白色的字母“C”在他的左胸口，正好就是心口的位置。

多好的位置。

姜西本来不想这么早表态的。

她单方面想过如果陈鹤予对她也有意的话，他们将来会有很多很多的时间，毕竟日久生情嘛。姜西身边的情侣大多不是一见钟情，往往都是相处久了，才对彼此有好感的。

即便日久生不了情，那她也有的是时间慢慢追他。

陈鹤予的声音哑哑的，听上去有点可怜，又有点让人心疼。

可是再去看他时，他脸上的神色又很冷漠。

他今天真的有点奇怪。

不知不觉，天色正在悄悄暗下去，姜西不知道是不是自己眼花了，她看见陈鹤予攥紧了手，略有些用力，似乎还在轻微地发抖。

然后，她听到他低沉沙哑的声音响起："姜西，如果现在我在海里，已经是一个溺死的人了。我劝你，不要喜欢一个'死人'。"

03

日头完全隐没，天边只剩晚霞还散发着一缕光亮，陈鹤予步子不稳地走了几步。跨进后院，他看到后院的古树下，小达和小应站在石桌一旁，石桌的正中间摆放着一个十寸左右的蛋糕。蛋糕上有朵朵红色的小花点缀，绿色圆点作为花蕊，醒目可爱，很有夏日的味道。

"哥，你怎么一个人回来了，西姐呢？"

"她走了。"

听说姜西走了，小应和小达的笑容僵在脸上，两人对视了一眼。

陈鹤予还未察觉，他只眯着眼，随口问了句："谁过生日？"

小应和小达不约而同地露出一副欲言又止的样子。

陈鹤予脚步一顿，迟疑地问："今天是姜西的生日？"

"是的，鹤予哥，今天下午你刚走西姐就带着蛋糕来了，知道你嗓子不舒服吃不了甜腻的，她还特意让老板娘少放了奶油。"小应说。

小达嘟囔道："奇怪啊，西姐平时不是最喜欢吃生日蛋糕的吗？怎么今天买了蛋糕来，人却走了？"

姜西一连好几天都没有去艺术馆。

小应跟小达私下揣测姜西去医院接陈鹤予那天，两个人之间肯定发生了点什么，不然过去一个月没事儿就往艺术馆跑的姜西，怎么会连着几天都不来了呢？

小应在小达面前嘚瑟地说："你还说西姐不出一个月就会对鹤予哥

有行动，得了吧，他们俩压根儿没戏。”

小达心里有点不是滋味，但又觉得小应说得很有道理。

毕竟西姐没来的这几天，鹤予哥就跟个没事人儿似的，连他们偶尔挑起有关姜西的话题，他的脸色都没变一下。

周五这天，姜西终于有空来了趟艺术馆。

晚上八点半，艺术馆已经关门，其他讲解员也都已经下班回家，只有姑婆热好了饭菜在馆里等她。

姑婆去了趟外地看展，回来之后容光焕发。她好久没见到宝贝侄孙女了，趁着姜西吃饭的时间，她坐在对面，奇怪地问：“你最近怎么这么忙，天天都加班？”

“可不是，天天加班把我都加蒙了。姑婆，你是不知道现在我们一场会要开多久，四个小时啊！有时候饭点儿到了都不放我们去吃饭。”

“哎哟，那你饿了怎么办呀？”

姜西笑眯眯地说：“我在保温杯里泡了麦片，趁主讲人转身的时候就咕噜咕噜地灌两口。”

姑婆道：“这倒是像你会做出来的事儿。”

“那是。”姜西饭吃到一半，视线随意地往窗外一瞥，透过小食堂的窗户玻璃看到了对面的房间。

真神奇，陈鹤予今天居然没有拉窗帘，难道他还没有睡？月光都透过窗玻璃照进去了。

姜西有些出神，问：“陈鹤予房间的灯泡爆了？”

姑婆随着姜西的视线看过去，原来她是在看对面的房间。她早早受到老友蒲利江的嘱托，特意定制了一款性能好、亮度高的灯泡，怎么会爆呢？

里面黑漆漆的，是因为那个房间根本没开灯。

姑婆说：“人没在，去S市了。”

姜西手上的筷子一顿，问道：“他去S市干吗？”

她不是奇怪他怎么突然走了，而是巧的是她后天也要去S市出差。

周日S市国展中心有一场国际汽车内饰与外饰展览会，众达也将参展。不过不是重要的展会，上头只是安排了实习生灿灿去现场收集运营素材。

灿灿是姜西手下的实习生，做事认真，却还没有到可以独立完成这件事的地步。姜西不放心，就自费买了张高铁票，打算到时候去现场陪她取景。

姜西之所以会这么做，是因为她刚进众达总部运营部的时候，陈庭就是这么对她的。

“这是鹤予自己的事儿，鹤予的事儿我不会多过问，所以我也不清楚他是去做什么。”过了一会儿，姑婆又补了一句，“反正不是去谈恋爱。”

姜西摇摇头，酸溜溜地说：“你看他这么信任你，都没告诉你是去做什么，说不准就是去找女人了。”

姑婆给了她一个白眼，假意赞同道：“这还真说不准，鹤予这孩子单纯，指不定会被别有用心的女人拐走呢。”

“单纯？”姜西像是听到了天大的笑话，笑得半天都停不下来，“果然是老人家，看人只看脸，只要长得白白净净好看点儿，就觉得人家是好人了。照你这样看，姑婆，我是不是在你眼里也是个天真无邪的大妹子啊？”

“你？你一看就是妖媚的小狐狸精。”

周日中午，姜西到高铁站的时候距离发车还有半个小时，她在二楼的星巴克买了一杯热拿铁，又在隔壁甜品店买了一盒泡芙。

她上了车，找到座位，坐下之后，她把纤细笔直的双腿交叠出一个舒服的姿势，这才开始吃。

小颗泡芙的酥皮很脆，姜西一口气吃了八颗，又灌了一大口热拿铁，这才长舒一口气。

果然，糖分使人快乐，她觉得自己心情都舒畅起来了。

到了地方，姜西直奔S市国展中心。今天是开展的第一天，灿灿一早就到了，拍照、采访、写稿，她早已经完成了大半工作。

姜西到了以后，蹲坐在国展中心外的花坛边上看灿灿整理的素材，原来是她多虑了，灿灿做得比她刚开始工作那会儿还要好。

“好灿灿，姐姐必须得请你吃饭，太给我争气了！等会儿我们再拍点门面照片就可以收工了。”姜西从来都不吝于表扬人。

灿灿终归是个大三学生，还未正式步入社会，所以无比珍惜工作中的每一次肯定，她兴奋得心都颤了：“真的吗？西姐，我以为我做得还不够好。”

“比我刚入这行的时候好太多了，那时候我连推送的稿子都不会写，得亏陈主管耐心，她是个漂亮又温柔的好领导。”姜西实话实说。

灿灿粲然一笑：“西姐，你也很漂亮、温柔啊，还是爱请我吃饭的好前辈呀！”

最终，姜西还是没能请灿灿吃上饭。

素材收集提前结束，灿灿买了最近的一班高铁票赶回临州，她要回去给爷爷过生日。

“还以为今天回不去了，还好西姐你来了。西姐，你今晚不走吗？”

姜西送她去街口打车，说道：“太晚了，我住一晚再走，你路上小心，到了记得给我发条信息。”

“那你到酒店了也要给我发条信息啊。”

姜西笑道：“知道啦。”

S 市街头夏日的味道已经很浓了，姜西沿着国展中心外面的人行道慢慢地走着，感受一路弥漫着的夜间特有的令人心旷神怡的气息。

她今天特意穿了一件纯黑色 T 恤，衣服其实是跟着陈鹤予买的。

她发现陈鹤予虽然有无数件黑色 T 恤，字母“C”的位置多变但款式大致相同，每一件都被他穿得十分有味道，给人一种酷酷的、帅帅的感觉。当他额前的碎发温顺地垂下来的时候，整个人看起来又很乖。

陈鹤予。

她好久都没有见到陈鹤予了。

他现在也在S市的话，会在哪个角落呢？

姜西去了最近的一家五星级酒店，到了大堂才发现人很多，前台办理登记入住的客人已经排起了长队。

穿着制服的迎宾员把姜西领到大堂休息处的沙发上坐下，满脸歉意地说：“不好意思女士，请稍做休息，今天入住的散客较多，还需要等一段时间。这边有免费的鲜榨橙汁，需要给您来一杯吗？”

姜西并不介意，她说了声“没关系”，随后点点头，说：“那就来一杯，加冰块儿，谢谢。”

迎宾员微笑道：“好的，女士。”

橙汁送上来时，长长的队伍依然不见变短，姜西靠在沙发背上，疑惑道：“这两天国展中心也就只有汽车内饰与外饰展吧，这些难道都是来看展的客人？”

“女士，不是的。”迎宾员听见了，露出标准的微笑，解释说，“我们酒店明天有一场品牌发布会。这些散客有媒体人，也有明天出席的嘉宾的粉丝，加上酒店房间都是才空出来的，所以办理入住的人集中了一些，平时并不会出现这样的状况。”

似乎担心姜西体验感不好，迎宾员又说：“要给您来一份提拉米苏吗？”

姜西摆摆手：“不用了，我闲着也没事儿，等会儿就等会儿。”

“好的，女士。”

迎宾员说完要走，姜西忽然看到前台排队的人群中有人手上拿着的应援照片，她连忙叫住迎宾员：“等一下。不好意思，可不可以冒昧地问一下，明天出席品牌发布会的嘉宾是哪位艺人？”

迎宾员微微一怔，继而了然一笑，说：“是崔栩仟，崔先生。”

04

繁华的S市，夜色斑斓，高楼大厦上的霓虹灯在闪烁，高架桥和立交桥纵横交错，条条道路上飞驰的汽车在夜幕中会成光亮的长河，华灯璀璨，真是一番好夜景。

酒店高层某间套房内，垂感极好的窗帘已经早早被拉上，透不进一丝黑暗。

陈鹤予刚刚洗完澡，套上纯白色浴袍后，他随意地绑好腰带，一边擦着湿淋淋的头发，一边推门出了浴室。

落地窗旁的金色皮质沙发上，崔栩仟和他的经纪人史乔岳还在。

“这是什么意思，她一直在跟踪我？”

崔栩仟手里捧着一份调查档案，满脸的难以置信。

相比之下，史乔岳就淡定很多。他在娱乐圈摸爬滚打十几年，做了十几年的经纪人，对这种调查档案早就见怪不怪了。

史乔岳：“现在可以确定的是她不是你的粉丝，不过接近你的目的也不纯良。我打听了一下，这个女人在众达似乎有点路子，好像是集团哪位高管的女儿。她坚持想要让你做形象大使，我让小周拒绝了两次，她前两天回了一封邮件，给了更好的条件，意思是让我们再考虑考虑。”

崔栩仟更惊讶了，他拿起可乐灌了两口，说道：“不是吧，原先给的条件已经够好的了，众达这么有钱？”

“条件是不错，可惜是众达。”史乔岳说，“驰腾那边也给小周发过方案，不过有了众达做对比，驰腾给的条件差得不是一星半点儿。”说不心动是假的。

上一次在京州见面，崔栩仟就对众达那位叫姜西的小姐姐印象很好。她说话条理清晰，态度诚恳大方，特别是在说完自己的意向之后，她期待的目光尤其热烈。

崔栩仟握着红色的可乐罐想了一会儿，问：“小岳哥，为什么众达不行？”

众达集团在国产汽车领域即便不算行业龙头，也排得上前五，声望远高于驰腾。何况二十岁出头的年轻艺人本就不容易接到汽车的代言，这样的机会错过，那也太可惜了。

“你想清楚你自己是什么定位，再去网上查一下 2013 年众达发生过什么负面新闻。你那会儿才十六岁，可能对这方面没印象，但凡再大个几岁的，不会不知道这个事儿。”史乔岳朝一旁端着杯白开水过来的陈鹤予抛了个眼神，说，“不信你问你哥，他比你大几岁，肯定知道那个新闻。”

崔栩仟笑了，小虎牙露了出来：“还是别问了吧，我哥更不可能知道了，他以前基本不在陆地上生活。”

始终不言语的陈鹤予这会儿终于有了点表情，他懒洋洋地瞥了崔栩仟一眼，但还是没说什么。

沙发上的崔栩仟煞有介事地握着手机，认真搜索关键词“2013、众达”。

果然网上出现了很多当年的报道——“众达汽车尾气超标”“十八岁女高中生实名举报”“京州环保局处罚”，等等。

他点开一篇媒体报道，看到大大的众达汽车车标被编辑在首页，再往下翻，还有那名女高中生穿着校服十分模糊的侧脸照。

崔栩仟点开照片，放大。

他眯着眼看了一会儿，觉得有点眼熟。

时间不早了，史乔岳起身要走，他是没什么特点的长相，身材普通，虽然人不矮，但站在陈鹤予和崔栩仟身边就显得个儿矮。

陈鹤予坐在一旁的单人沙发上喝水，史乔岳经过他身边的时候，朝他挤眉弄眼地笑了笑：“帅哥，送送我呗？”

陈鹤予懒得说话，他把玻璃杯往面前的茶几上一放，站起来送人。

陈鹤予面无表情地把史乔岳送到门口，却没有急着开门，他知道史乔岳有话要说。

果然，到了门口史乔岳就停步了，他饶有兴趣地打量了陈鹤予一番。

陈鹤予被他看得不是很自在。

“帅哥，我让你考虑的事你再想想？都是自己人，小仟我捧得红，你也一样。我听说你现在在那个什么艺术馆做讲解员？这简直太浪费你这张脸啦。你喜欢讲东西也可以，现在综艺节目那么多，我随便给你安排一个，在观众面前混个脸熟，后面再让小仟带你演演戏，你一定会火的。”

陈鹤予唇角一抿，漫不经心地道：“我当岳哥是在说笑了。”

史乔岳拍了拍他的肩膀，又问：“我听小仟说，你以前在国外生活，你原先是做什么工作的？”

“搞环卫的，”他自嘲般笑了下，“平时清清垃圾，拍拍东西什么的。”

史乔岳没再说什么。

做他这一行的看人得看清，虽然小仟这位朋友的颜值放在娱乐圈确实十分亮眼，但条件不太好就可惜了。

要是出道了被营销号扒出些乱七八糟的黑历史，他公关费都说不好要花费多少。

史乔岳没再多说什么，自己主动开门走了。

“你还不走？”陈鹤予关好门回来，看见崔栩仟还在盯着手机看。

崔栩仟怅然一叹：“我算是知道小岳哥为什么非要拒绝众达了。哥，我跟你说，就众达吧……”

“我没兴趣。你什么时候走？我要睡了。”陈鹤予又表现出一副困倦的样子。

崔栩仟把喝完的可乐罐往垃圾桶里一抛，皱着眉头哀怨道：“走了走了，多待一会儿都不行，怎么那么小气！”

崔栩仟往外走了几步，发现陈鹤予也慢悠悠地走了过来，回头问道：“你跟过来干什么？”

“我锁门。”陈鹤予说。

崔栩仟走了出去，陈鹤予准备关门。没等门合上，崔栩仟又从外面抵住，他将房门重新打开，鬼鬼祟祟地问：“哥，小岳哥刚刚是不是跟你说什么了？”

陈鹤予斜靠在门上，往走廊上瞟了一眼，隐隐看到一个女人似乎刚从电梯中出来，正朝这边走来，但她肯定听不见。

这本来没什么好隐瞒的，陈鹤予“嗯”了一声，说：“他问我要不要当明星。”

“小岳哥看上你了？”崔栩仟突然笑出了声，声音在走廊上回荡，“哥，你不知道，小岳哥的眼光在我们圈里是出了名的高，就是我也是他经历了重重筛选才选出来的！”

“意思是你很厉害？行，知道了，你走吧，你哥真的困得要死。”

“你怎么每天都睡不醒……”

陈鹤予无情地说了声“关门了”，眼见朝他挥手的崔栩仟被房间门逐渐挡住，他这才感觉耳根清净。

他刚往里走了两步，紧接着又顿住了步子。

他脑海里闪过刚刚走廊另一端的那个女人的身形，十分眼熟，怎么感觉好像是姜西？

但似乎不该有这么巧。

他本想不管不顾地回去躺下，心中的不安感却逐渐强烈起来。

他耳边似乎响起了她叽叽喳喳的说话声，眼前似乎出现了她清风拂面般的甜美笑容，还有那双明亮的眸子，她眼底似乎总有细碎的光在闪烁，十分挠人。

姜西的目光的确是分人的，对陈鹤予，她总是用一种深情的、喜欢的、缱绻的目光，永远看不够似的。

下一秒，房间门被他从里面打开。

刚走到这扇门外边的女人被忽然开了的门吓了一跳，她下意识地往后退了一步。她单手捂着小腹，另一只手捂住嘴避免发出声音，然后朝开门的人看去。

“你怎么在这里？！”姜西十分吃惊。

陈鹤予略显意外的眼神停留在她的小腹上，问道：“你怎么了？”

“我……”

姜西一边看他，一边忍不住去看前方的身影。

前面那个走路扭来扭去，少年感十足的背影好像是崔栩仟的！

姜西觉得那身影十有八九就是崔栩仟，但是她实在是忍不住了。

她二话不说直接冲进陈鹤予的房间，精准地找到卫生间的位置，直奔而去：“陈鹤予，借你卫生间一用！”

姜西在厕所里蹲了足足二十分钟。

陈鹤予就在外边坐着，要不是逼自己一次又一次地喝水，他真的要忍不住昏睡过去了。

小仟刚刚问他为什么总是睡不醒？那是因为他总是睡不着，他已经三年没有睡过一个好觉了。

厕所里传出冲水声，继而传来洗手台上水龙头的流水声，接着声音断了，但姜西并没有马上出来。

陈鹤予忽然觉得有点烦躁，她在里面干什么？

他起身正要过去叫她，厕所的门忽然被打开了。他隔着一段距离看她，发现她的嘴唇似乎比刚才更粉嫩了一些，像是抹了蜜。

姜西只是几天没见到陈鹤予，却仿佛觉得过了好几个月，一时之间又无法控制自己贪婪的眼神。

他的头发还没有吹干，翘起的发尖滴下几滴水珠，顺着他的脖颈一直淌到锁骨处。他只穿了一件浴袍，应该是刚刚洗过澡，很可能是冷水澡，因为他唇色淡得像生了病。

轮廓清晰的下颌线紧绷，良久，陈鹤予才问道：“你怎么在这里？”

姜西说：“出差，好巧啊。”

世事如此巧合，经历过几次的陈鹤予已经见怪不怪：“是挺巧的。”他说完，估摸了下时间，问她，“你也住这一层？”

姜西眨眨眼，心生一念。

在陈鹤予虚握拳头掩在唇边轻咳的时候，姜西垂在右侧的手悄悄移向了牛仔裤口袋的位置，盖住了口袋中房卡的痕迹。

她轻佻一笑，面不改色地道：“我不住这里。

“今天酒店里住了个大明星，崔栩仟，你认不认识？楼下一群粉丝和媒体人排队入住，轮到我的时候就没房了。”

“是吗？”陈鹤予怀疑地看了她一眼，“那你怎么能上来？”

姜西暗自在心里佩服自己渐长的胡说八道的能力：“我这不是在找厕所吗？”

第六章

怎么样，哥哥，
要不要当我的初恋？

01

“上来找厕所？”陈鹤予若有所思地观察着姜西细微变化的表情，她的脸颊似乎比一分钟前更红了一些。

到底还是心虚，姜西微微一笑，躲开他审视的眼神。

他身后有一张长长的皮质沙发，姜西直接过去大大咧咧地坐下：“人生处处是巧合啊，我也没想到会在这里遇见你。陈鹤予，你说我俩是不是特别有缘？看看，你这沙发像是特意给我准备的一样！”

“睡沙发多委屈你。”他漫不经心地笑了笑，朝她走了过去。

一时间，姜西不由得屏住了呼吸，因为陈鹤予直奔着她而来。他抿着唇，嘴角有笑意，浴袍加身的陈鹤予和往常大有不同，姜西几乎能看见他衣领交叠之下，隐约展现的轮廓清晰且富有张力的胸肌。

刺激，她偷看着，心脏怦怦怦一阵狂跳，然后她就见他伸出了手。黏腻的花香甜味瞬间充斥了鼻腔，应该是酒店沐浴露的味道。浴室与卫生间仅有一道玻璃墙之隔，她刚刚在卫生间闻到的就是这个味道。

陈鹤予的手越过她的身侧，姜西整个人被他突如其来的动作惊得往后一仰，速度快到后脖颈瞬间就与沙发紧密相贴。陈鹤予微微俯身，姜西清楚地听见他笑了一声，她目光瞄准他的手臂，手刚刚准备抬起，陈鹤予已经在她身后的缝隙之间拿到了什么东西，拿到后立刻起身，离她几步远。

陈鹤予拿着手机走了几步，说道：“等着，我帮你问问还有没有房间。”

他神神秘秘地走到套间外去打了个电话。

陈鹤予声音压得很低，姜西仔细听了一会儿，也没听见他在说什么，她索性不听了。

茶几上面还放着酒店的欢迎水果——绿葡萄、香蕉、苹果和猕猴桃，那香蕉上有密密麻麻的斑点，看起来已经放了有一段时间了。她摘了两颗葡萄，抽出一张纸巾，用纸巾擦了擦葡萄，而后扔进了嘴里。

过了一会儿，陈鹤予握着手机回来了，他手里多了一条毛巾，脖间的水迹已经被擦干净了。

他刚刚是在给崔栩仟团队的人打电话。

此次崔栩仟团队的房间都是活动品牌方定的，今天上午他隐约听到他们在聊，说是团队有个人没来，房间定多了，于是他联系了崔栩仟的助理问了下。

对方回应多余的房间已退。

附近在办展，加上崔栩仟的粉丝大多也住了这家酒店，助理小哥跟他说，附近酒店估计也不会有空房间。

陈鹤予在一旁的单人沙发上坐下，他想了一会儿，问：“你出差，公司没给你预订酒店？”

姜西虽然是自费来找灿灿的，但公司有给灿灿预订酒店，灿灿走了，姜西去住那间预订的客房其实也没什么问题。

她摇了摇头，有些不好意思地说：“我这个岗级能申请的差旅酒店标准是四星级以下，我很少住那种，所以经常自费住别的酒店。”

姜西确实是实话实说。

她虽是个不拘小节的人，但对居住环境较为挑剔，公司预订的差旅酒店如果她不满意，她宁愿自己掏钱住五星级酒店。

这也是她这么多年来，身上独存的富家小姐毛病。

陈鹤予“嗯”了一声，能理解，毕竟他小时候也一样。

他认真地想了想该怎么办，真的要放任她住在这里？

显然不好。

虽然不是没有收留过她，可之前两次姜西都是醉酒状态，人不清醒，两个人在一个封闭的空间里也不会觉得尴尬。可是此刻，两个人之间已经多了些经历，这么面对面坐下来都不能坦然地讲上几句话，如果收留她，他觉得他今晚又可能无法睡了。

但大晚上的再让她去别的酒店，她一个女孩子，似乎也不安全。

可惜他没办法送她，在夜里，他就是个废人。

姜西那句酒店没房了虽然是冲动之言，但现在她坐下来冷静地细想一下，也并没有后悔。

她发现自己真的很喜欢看他，看他的眼，看他的脸，也不可避免感受到他眉宇之间淡淡的疏离和他不动声色时的冷淡。

她一点儿都不想离开，这是多难得的夜晚共处的机会。

陈鹤予抬头，正好又对上姜西的眼，看到她那赤裸裸的眼神，他别过头，语气很是无奈：“让你在这儿待一晚，你会不会半夜跑到我边上盯着我看一晚？别看了，兴致高的话打个车去外滩，随便一个男的都比我好看。”

姜西说：“那可不一定，外滩帅哥是多，但帅得有味道的就不一定多了。”

“哦，所以我在你眼里是有味道的？”他看了她一眼，没什么情绪地问，“我是什么味道的？”

姜西莞尔，脱口而出：“是海的味道呀。”

她说：“不知道为什么，你的眼珠子的颜色明明是最深的那种黑，可我偶尔又会觉得你的眼睛是……蓝色的，看久了像乌蓝色，多看你几眼就有在看荡漾的海水的感觉了。我们第一次见面不就是在码头上吗，可能是那个时候留下的印象吧。我总觉得你原来就住在海上，是从海上来的，大概过不了多久，你还要回到海上去。就是这种感觉。”

他的眼里有辽阔的大海。

无法否认，陈鹤予在姜西心里一直是神秘的存在。

陈鹤予神色凛然，没有说话。

姜西又看了他一眼，自顾自地称赞道："哥哥没有表情的时候最帅。"

没等陈鹤予说什么，姜西又笑着说："但是哥哥笑一笑的话，能'杀'我。"

"说白了你就是喜欢帅哥是吧？"陈鹤予人往后一仰，唇角微沉，"行，艺术馆每天客流量这么大，我会记得多多帮你留意。我就算了，一没钱，二没势的。如今这个年纪了也只能在你姑婆的艺术馆里做个讲解员，二十八岁拿两千多元的工资，你不觉得可笑吗？姜西，你之前说的没错，我给你的那张VISA卡里是我目前所有的积蓄，我只有两万存款。你要是跟我在一起，我给不了你幸福，也绝对不会许诺你什么。你条件不错，长得好，在塘东有房有车，你完全可以找到一个条件更好的男人，过更好的生活，而不是勉强和我讨生活。"

"会不会讨生活暂且不说，"姜西话题一转，问道，"你这房间不是你自己订的吧？"

这可是国际奢华五星级连锁酒店，是国展中心附近最贵的一家酒店，还是套间，住一晚怎么也得四位数。

姜西朝茶几上摆放整齐的欢迎水果看了看，说："我大学的时候在京州一家外企工作过，专门替员工预订酒店，所以和酒店打交道比较多。欢迎水果，行政套房一般都会收到，可这家酒店我很熟悉，除行政套房以外的房型非必要都默认不送欢迎水果。你这间不是行政套房，所以要么是团队在预订的时候要求房间统一加上欢迎水果，要么，这水果就是你自己叫的。"

"但如果是你自己叫的……"姜西弯了下嘴角，说道，"水果还是最初摆盘的样子，香蕉上有斑点，葡萄除了我刚摘的两颗，应该是这两天都没有被动过。"

所以姜西可以猜到，陈鹤予不是一个人来的。房间是不是他自费且不说，一定有一个团队替他预订了这间房，并且他是重要的客人，团队在预订房间的时候特意要求酒店加上了欢迎水果。

欢迎水果都是另外收费的，茶几上摆的这么一盘，她估摸着大概要一百出头。

陈鹤予沉默了一会儿，他笑了笑，看着她，语气意味不明地说："你大学是学心理学的？观察分析得挺细致入微的。"

"学理科的，是不是看不出来？"

"嗯，是看不出来。"

两个人有一会儿都没说话。

姜西低头看了一会儿手机，然后她把手机丢在一边，忽然鼓起勇气郑重其事地说："陈鹤予，你是哪里人，从哪里来，今天你在这里是做什么，这些我通通都不知道，你不说我也不会问你。只要是你不想说的，我都可以不问。

"我没交过男朋友，也不知道该怎么和男人保持距离。那天在车上你和我说，如果你在海里，已经是一个溺死的人——我不信这种如果。还记得那天在护城河边落水的小男孩吗？即便我不会游泳，但未来有一天你真的掉进了海里，我也是那个会想办法拉你一把的人。"

气氛早已经发生改变，也不知道是从哪个字、哪句话开始。

看着一字一句说得极为认真的姜西，陈鹤予心里没有触动那是不可能的。

没有人知道，他心里有一个地方正在慢慢瓦解，仿佛是在茫茫海雾之中看到了一缕明亮的光，只是他从前从来没有见过这样的光。他不知道那是不是假的，是不是幻觉，也不知道他是不是能迎着这样的光前行。

姜西站了起来，她在他的单人沙发旁停下，半蹲下来。

虽然陈鹤予的表情自始至终都没有表现出任何波动，但现在他垂下了眼睫，他用姜西觉得是乌蓝色的那双眸子一动不动地看着她。

小姑娘纤细白净的手掌缓缓越过他的胸膛，温柔的掌心贴上他的脸。

他的脸是冰冷的，她的掌心是炙热的。

姜西温柔地、小心翼翼地问他：“对我没有感觉吗？那么，你能感觉到我是喜欢你的吗？”

姜西再这样贴近他几秒会怎么样？她会感受到他胸腔内的心脏在以越来越快的速度跳动，会感受到他结实的胸膛不断地起伏。

他会沉迷，会沦陷。

姜西此刻亦很清楚，她对他的感情完全没有循序渐进，就是一瞬间心动了。她被这个男人的一举一动所吸引，没有懵懂和困惑，是爱，他身上无形的气息吸引着她，让她爱上了他。

“怎么样，哥哥，要不要当我的初恋？”

02

“嘶——好痛好痛好痛！别动！”

姜西嘟着下唇，能看到她的唇侧很明显破了一个口子，有鲜红的血溢出来，她轻抿一下，伤口短暂地泛白，但很快又有血渗出。

在甜腻的香气弥漫的卫生间内，两个人挤在镜子前，陈鹤予手里拿着一根碘伏棉签，微微俯下身查看姜西嘴唇上的伤口。

他只是用棉签碰了一下她下唇的伤口，姜西便痛得龇牙咧嘴。

“要不你自己来？”陈鹤予直起身，不动了。

“别啊……”姜西眼巴巴地看着他，像这样凑近的情况是多么难得。

她重新嘟起嘴，眉头撇成“八”字形，摆出一副视死如归的表情：“你弄吧！”

陈鹤予无奈地摇了摇头，也不靠近，用棉签将她唇部的伤处涂了个遍。姜西不叫了，几秒钟便处理好了，陈鹤予随手把废弃棉签往垃圾桶里一抛。

才涂好碘伏，姜西只能继续嘟着嘴，苦闷全写在脸上。

陈鹤予抱着手臂悠然地靠在浴室门上，忽然觉得有点好笑。

“笑什么！”她气愤地说，嘴里像含了一口水，吐字含混不清。

陈鹤予这下直接笑出了声。

姜西说完便去照镜子查看伤口。不知道是碘伏的魔力还是给她涂碘伏的人的魔力，刚刚还在溢血的伤口一下子就止血了。

虽然姜西现在看着有点可怜，但陈鹤予格外感谢刚刚她摔的那一跤。

刚才在套间，姜西双腿弯曲，半蹲在他身侧，手在他的脸上抚摸着——他是个正常的男人，过去三年在岛上就没见过女人，姜西这么突如其来的肢体动作直接把他整蒙了，喜悦又不安的情绪瞬间在他心里躁动起来。

姜西胆子也是真大，莫名其妙地就在那样的气氛下告白了。他实在不知道该说什么好，不过他也根本来不及想什么，只听姜西突然“哎哟”一声，没蹲稳，人直直地仰面朝后倒了下去。

大概是觉得丢脸，她急匆匆地要起来，手扶着茶几却没能借力站起来，又摔了下去，这下她的嘴巴直接磕在茶几上，下唇都被磕破了。

她耐痛性极差，这么一点儿小伤口都痛得哀号不断。陈鹤予找了根棉签蘸了碘伏，过去给她涂药时，她又瞬间变脸，嘟着嘴，变成一副乖巧讨好的样子。

站在镜子前，姜西左看看右看看，看不够似的看着她的脸，仿佛完全忘了她刚刚说过什么。

陈鹤予心中的那些悸动消散了不少，他发现，只要姜西别靠他太近，他就可以稳住，只要她别老是盯着他看，只要她别叫他哥哥，只要……

“唔，应该没事了，就是嘴里有点苦，想喝点儿酒。”姜西说着回过头，一副商量的表情。

陈鹤予一愣：“都这样了还想喝酒，要不要再给你来两包辣条？”

陈鹤予说完，看着姜西一点一点亮起来的欣喜眼神，心想他还是闭嘴吧。

时间已经不早了，陈鹤予也不想别的什么办法了，打算就让姜西在这里睡。

他客气地把床让给她，自己去睡沙发，结果姜西直接扑到了沙发上，人在沙发上躺得板板正正的：“我睡沙发就可以了，我人小，睡沙发正好。”

陈鹤予懒得和她争执，他“嗯”了一声，让她睡，他要去洗个澡。

“你不是洗过澡了吗？”姜西不解地问。

陈鹤予走到浴室门口才说：“我皮痒，行不行。”

浴室里传来哗哗的水流声，姜西可以想象到水流经过他的身体又砸向地面的情景。玻璃门上应该有一个模糊的轮廓，热气氤氲，随着酒店沐浴露那股黏腻的花香气味肆意地弥漫在整个淋浴间。

姜西不害臊地想了一会儿，趁着浴室里面的水流声还没有停，她溜去床头，用座机打了个电话，熟门熟路地报上自己的需求。

陈鹤予擦着头发走出浴室的时候，门铃声正好响起。

他怔在门口，和沙发上的姜西对上眼，他心下不安，皱着眉说：“姜西，你躲一下。”

“躲？我躲什么？”姜西心中疑惑，下一秒她笑盈盈地踏着欢快的步子从里面小跑出来。

陈鹤予难得这样警惕，他严肃地说：“你去浴室。”

“我去浴室干吗，你这里有人要来？不过门外应该是我叫的酒到了，你别担心，明天我走的时候会把酒钱结掉的。”

她打开房间门，门外果然是侍应生。

两个高脚酒杯，一瓶波特酒。酒是酒精加强型的葡萄酒，甜的，她一直很喜欢甜口的酒。

陈鹤予坐回那张单人沙发上，冷眼看着她熟练地开葡萄酒瓶。

姜西倒了两杯葡萄酒，拿起其中一杯递给他，心虚地问：“你可以喝这么一点点吗？”

陈鹤予默不作声地接过酒杯。

见他接了酒杯，她心情更加愉悦了一点儿，哼起了一首不知名的歌。

陈鹤予抿了一口酒，发觉自己刚才好像有点慌神了，他以为门外的人是小仟。

如果真的是小仟呢？他要怎么向小仟解释姜西的存在？收留？他凭什么收留一个女人？他忽然想到，他等会儿还要告诫这个女人睡觉不能关灯。

姜西见他喝了口酒，满意地笑了笑，她从随身携带的小型水桶包里摸出一个东西，撕开包装，里面是一根纸质吸管。

陈鹤予看着姜西把吸管丢进酒杯里，有点惊讶，她居然随身携带着吸管？

姜西吸了两口高脚杯里的酒，只觉入口甜甜的，酒液没沾到伤口，她满足地笑了笑。

陈鹤予困惑道："你哪儿来的吸管？"

姜西看了一眼她杯子里的原木色吸管，说："这个吗？我在家里随手拿的，你要吗？好像还有一根。"她转过身去包里找。

"别找了，我不用。"他诧异，"你们女生都有这习惯？"

是他对外界的生活不了解吗？吸管居然还有纸质的。

不过好在是纸质的，如果是塑料的，他大概会下意识地想要回收这个东西。

姜西又吸了一口，她被酒精刺激得控制不住地眯了下眼，过了一会儿才摇摇头说："别的女生我不知道，反正我是随身带着的，备用嘛。"

她刚刚打电话点酒的时候，接线员说他们酒店只有塑料吸管。姜西在成年后就再没使用过塑料吸管了，她也没让服务员为难，而是回到沙发边在包里找了找，还好上次随手放在包里的纸质吸管还在。

陈鹤予喝了口酒，没说什么。

一杯接着一杯，他算是彻底没有睡意了。

这酒初尝觉着甜，过一会儿才觉得酒劲儿大，等他意识到自己眼前渐渐模糊的时候，两个人已经快要把酒喝完了。

姜西借着酒意往沙发的另一端挪动一点儿，和陈鹤予更加靠近。她的手肘撑在沙发的扶手上，下巴抵在手心里，说："陈鹤予，你还没有回答我的问题呢，刚刚你应该能听得出来我是在向你表白吧？"

陈鹤予垂下眼睫，脸上闪过一丝短暂到不可捕捉的犹豫。他把高脚杯往桌上一放，不打算再喝了，然后他冷淡地笑了一声，说："非要听到我说那两个字吗？”

“你的两个字，是否定词吗？”

“绝对的否定，不会变。”

姜西顺从地点点头：“那我再等等好了。”

她没有再继续这个话题，否则她真的不知道陈鹤予会怎么拒绝她。

他心中的那座围城已经有了裂痕，姜西感觉再坚持一下，他心里的墙可能就要塌了。

安静地喝完了酒，陈鹤予起身说：“可以睡了。不关灯睡觉行吗？”

“那样太亮了啊。”姜西嘟囔。

“不行的话就算了，出门左转不送。”

“你是小时候养成的坏习惯吧。知道了知道了，我可以蒙上眼睛睡，被子在哪里？”

陈鹤予去给姜西拿被子，衣柜里还有一条。姜西猜测陈鹤予的酒量大概不好，光是这几步路就走得慢慢悠悠、摇摇晃晃的。

她主动去接过被子，说：“晚安。”

陈鹤予只是点了下头，说：“别再喝了。”

前半夜，和陈鹤予一墙之隔的姜西始终睁着眼睛没有睡着，半瓶波特酒对她来说实在不算什么，此刻，她甚至能听到安静的空气中传来男人均匀的呼吸声。

过了很久很久，她终于有了点困意。朦胧之中，她似乎听见有个低沉的声音叫了声她的名字。

隔天，姜西乘坐最早的一班高铁赶回临州。临走的时候，陈鹤予还在睡，她偷偷看了一眼他的睡容，和清醒的时候很不一样，睡着的他脸上愁容更加明显，仿佛在做一个不美好的梦。

姜西悄悄摁了下他的眉心，然后带着欢天喜地的心情离开了。

03

总有人说冤家路窄，以往的姜西对“路窄”两个字并不能很好地理解，如今姜西在二十五楼办公区见到莫璧微的时候，简直怀疑有些并不是因为路窄，而是冤家主动送上门。

灿灿在工位边朝她招手：“西姐西姐，快来啊！”

姜西面带尴尬的笑容走过去。

莫璧微十分友好地迎上来，朝姜西伸手：“又见面了，姜西。”

姜西伸手同她握了握：“是不久前才见过。怎么，你今天这是——”

莫璧微身着花领雪纺白衬衫和黑色高腰半身包臀裙，同众达的员工制服很相像。她一头卷发蓬松自然，光是站在那里，气质就很美好，已经引得部门的几位男同事频频注目。

相较她和莫璧微，灿灿显得更加激动，她主动替莫璧微说：“小莫姐姐今天正式入职我们部门啦。西姐，听说你和小莫姐姐还是高中同学啊，真是太巧了！西姐，你高不高兴？”

姜西对灿灿淡淡地笑了下，她看着莫璧微，说：“上次同学聚会的时候你还没从京州离职，没想到你的离职交接工作做得这么快，再一次见你，我们已经成为同事了。”

“与其去一家不熟悉的企业从头开始，还不如来老同学这里学习学习。姜西，你应该不会不欢迎我来众达吧？”莫璧微笑盈盈地道。

姜西摇摇头，说：“我欢迎每一位真心入职众达的同事。”

早上九点，陈庭把姜西叫到了小型会议室。

她看着姜西，先是笑了下，然后说：“莫璧微之前在京州恒裕总部做过一段时间的地产运营，具体工作方面倒是可以放心，只是她对我们这边的流程不熟悉。我听说你们是高中同学，如果你愿意的话，我打算让她进你们二组，由你来带她。你怎么看？”

陈庭语气温柔，说话很有耐心，是在询问姜西的意愿，而不是强硬地交代她做这件事。

姜西手肘撑在椅子上，吸了口气，坦白说：“庭姐，二组处理的事情多且繁杂，小莫又是从那么好的企业跳槽过来的，进二组处理琐事实在可惜了点儿，我建议她进一组。东哥这个月正好在做离职交接，一组正是缺人的时候。”

“我以为让她进二组协助你，你会轻松些。”陈庭了然一笑。

她本不打算多嘴问别人的私事，但对方是姜西，出于关心，她还是多说了一句：“小莫入职我们部门是上头的安排，你要是觉得不合理，可以提，我去说。”

“公是公，私是私。我和莫璧微只是很多年没有联系的高中同学，这一层关系不会影响到工作的，庭姐。”

“好，我明白了，你出去叫秦东进来。”

姜西起身，说道：“好的，庭姐。”

莫璧微顺利地进了一组，工位就在姜西的正对面。

秦东领着她去周边打了一圈招呼，无论男女同事都对这位新来的美女同事十分感兴趣。莫璧微美得翩翩然、亮闪闪，她的出现仿佛给沉闷的办公区里增添了一抹亮色。

就连灿灿也很喜欢她。

趁着莫璧微去别的部门打招呼的间隙，灿灿忍不住说：“小莫姐姐今天来的时候带了自己做的米糕，她分了我一点儿，真的好好吃啊，比我上次做的米糕好吃多了。她还说下次请我去她家里，她要手把手地教我调配比例，好热心啊！”

姜西心不在焉地点了两下鼠标，但面上还是笑着说：“学会了记得教教我。”

灿灿郑重地“嗯嗯”两声，又感叹道：“西姐，我原先以为你在你们班里肯定是班花，现在看来，小莫姐姐和你不相上下呢。”

这话把姜西逗笑了，这是多么高的评价啊，她摇摇头，说：“不是哦，我不是班花，但人家真的是校花。”

“校花？！”灿灿直接叫了出来。

莫璧微正好迈着轻巧的步伐回到工位，在姜西对面坐下，温和地笑着问道：“灿灿怎么那么激动，你们聊什么呢？”

“小莫姐姐，西姐说你以前是校花呢！”

莫璧微一愣，她看了姜西一眼，语气仍旧温和，又蕴含了点笑意：“别人瞎叫的，没人评过那个，姜西跟你开玩笑呢。”

她谦和、礼貌、周到，姜西除了挤出一个笑容来回应，再没有说什么。

抛开别的不说，莫璧微的确是一个热心肠又大方的人，这点姜西不否认。

高一刚开学的时候，姜西和莫璧微的座位仅一个过道之隔。那会儿韩域还没开始招惹姜西，他坐在最后一排甚至不会和前排的女生讲上几句话。姜西和莫璧微保持着有距离的普通同学关系，借橡皮，问作业，问预习进度，两人还是能说上几句话的。

姜西对莫璧微最初的印象就是豪气。

那年高一刚开学，她就请了全班同学喝奶茶。班里的学生虽然个个都不差钱，但都是刚步入高中的青春少年，这件事传到了隔壁几个班的同学们耳朵里，还是能惹得几个班的人眼红的。

他们班里有几个是直接从初中部升上来的，在隔壁班就有要好的同学。那会儿男生们在走廊上看见莫璧微就会一指，得意地说：“看，这就是请了我们全班人喝奶茶的大美女！”

“绝了，这长相绝对是校花吧？！”

“莫大美女什么时候也请我们喝奶茶啊？”

“莫美女，莫美女！”

“莫校花，莫校花！”

莫璧微的名字就此在学校里传开了。

“姜西，今晚我们组的同事给我办了一个欢迎宴，吃完饭我请大家去唱歌，你和灿灿一起去吧？”

姜西透过两台电脑之间的缝隙看了看对面的莫大美女，有些茫然地说：“不了吧，你们组请你吃饭，我和灿灿去了多不好。”

“这有什么关系，我已经和组长打过招呼了，他说我想叫谁就叫谁。

你是我的老同学，我和灿灿又这么有眼缘，这没有什么不好的。”莫璧微忽然偏头朝向灿灿，轻言浅笑道，“你说是不是，灿灿？”

那边的灿灿猛点头：“是的，小莫姐姐！”

下班后，姜西最终还是在灿灿软言软语的央求下答应和她一起去吃晚饭，只是没想到莫璧微的“想叫谁就叫谁”，居然还叫了闵允歌。

不在一个部门，又是进公司的第一天，她俩什么时候熟络起来的？

今晚请客的是一组组长，吃的是日料，莫璧微点单的时候一点儿也不客气，帝王蟹都给点上了。

一组组长听到服务员确认菜单的时候瞬间黑脸，屏着气一时之间没有说话。

莫璧微立刻笑了笑，说：“今天第一次聚餐，我还叫了朋友一起，当然是我来请客。大家不用客气，想吃的尽管点，我有这家店的金卡，打完折便宜特别多。”

“哦……哦，这怎么好意思呢，小莫，说好了是我来请。”一组组长脸微红，松了一口气的表情很明显。

莫璧微大方地说：“不跟您客气，等会儿唱歌就您来请。”

一组组长爽朗地笑了一声：“没问题，那肯定没问题！”

一顿晚饭，众人不知道花费的具体数额，但猜也能猜到莫璧微花了不少钱。

姜西没什么感觉，可以说是习惯了，这样的场面她在高中见到了太多次。

开学时请同学喝奶茶只是一个开头，后来每逢大考什么的，莫璧微总会请大家吃点东西。后来同学们也觉得不好意思了，班里的富家公子、小姐们也开始请客，到最后请客居然就这么成了他们班的传统。

一组组长面上也没觉得过不去，请唱歌特意挑了临州最贵的一家夜场 KTV。姜西听说过这家 KTV 的名号，但没去过，因为那里是真的贵，设备音效好不好不知道，姜西只知道酒不好喝。

吃完饭没有人提前先走，姜西也没有，但她并不想去——昨天刚喝过酒，她到了凌晨时分才勉强睡着，一大早又赶早班高铁回临州，她困都困死了。

可是这样突兀地离开也不好，她要是走了，同事们大概真的要怀疑她和莫璧微两个人之间微妙的关系了。

姜西倒也没有多么不喜欢莫璧微这个人，只是她从高中开始就不太喜欢她的某些行为罢了。青春期的女生总有互看对方不顺眼的点，姜西对莫璧微有，莫璧微对姜西也有。姜西甚至很清楚莫璧微是讨厌她的，但莫璧微对她偏偏能露出一个完美的笑，不僵硬、不矫揉造作，让人以为她的笑是发自内心的。

以后就要以同事的身份相处，姜西其实很愿意接受她的假面。

十来个人订了个大包厢。

一组组长豪爽地道："谢谢小莫今晚请我们吃饭，也欢迎小莫加入我们一组。来来来，大家想喝点什么、吃点什么就别跟我客气了，难得请你们一次，痛快点儿宰我吧！"

"领导，那我可就不客气了？"

"别客气，别客气！"

一组的组员们聚在一起看菜单，姜西和灿灿坐在靠近点歌台的地方。灿灿很兴奋，没人和她抢着点歌，她乐得自在地点了最想唱的三首。

"西姐，你要唱什么，我给你点？"灿灿说。

姜西笑了笑，道："我五音不全，你们唱，我眯会儿。"

灿灿："啊？这么吵你睡得着吗？"

姜西点头："你不说话我下一秒就能睡着了。"

"哦哦哦，那你睡吧。"

灿灿闭嘴，把话筒和音乐的音量都调小了一些。

姜西睡得十分深沉，在接近凌晨的时候才醒。她醒来的时候迷迷糊糊，过了好一会儿才反应过来自己还在 KTV。

她困倦地打了个哈欠，眼见灯红酒绿的包厢里大家该吃吃该聊聊的，一个个都精神振奋，灿灿居然还抱着话筒在那里唱"天荒地老"。

地没老，她老了才对。

她微眯着眼扫了一圈，好像少了两个人，是莫璧微和闵允歌。

888 号包厢外转角处是楼道间，KTV 的包厢内五彩的灯光在闪烁，喧嚣热闹，楼道间却安静无声。

闵允歌握着莫璧微的细白胳膊，一个劲儿地说："谢谢你小莫姐，还好你认识这里的老板，叫了人来救我，要不然我真就被那几个人拖进去了——你说现在怎么还会有这种人存在？太恶心了！"

莫璧微宽慰道："你没事儿就好，我也是正好出来。"

闵允歌点点头，紧接着又叹了口气。

莫璧微不解道："怎么了？"

闵允歌欲言又止，顿了片刻，道："小莫姐，你和姜西真的是高中同学吗？那你们高中的时候关系好吗？我没别的意思，只是觉得你今天第一天来公司，你的组员给你办欢迎会，她居然……她居然在里面睡觉，也太不给你面子了吧。"

莫璧微漂亮的眉头微皱："别乱说，我和姜西从高中时就是好朋友，只是毕业后联系少了。今晚她也不是故意的，灿灿说了，姜西今天是一大早从 S 市赶回来的，起得肯定早，中午又忙成那样，也没时间打个盹儿，现在为我留在这里也是难为她了。"

闵允歌脸上还是不好看，但又觉得小莫姐真善良，那个小肚鸡肠的姜西和她真是不能比。

"小莫姐……你人真好。"

莫璧微谦虚地摇摇头："哪里。"

过了一会儿，她垂下长长的睫毛，反握了下闵允歌的手："对了允歌，我才来，也没来得及问姜西……你知道姜西她有男朋友了吗？"

"她啊？"闵允歌没忍住，直接冷笑道，"她倒是伶牙俐齿的，公司里的领导都被她哄得服服帖帖的，就说闫总和你部门的陈庭主管，真是对她偏心到不行。可惜，这张嘴没用对地方，她到现在都没有男朋友，听说谈都没谈过！最近她好像是在追一个男的吧，我在食堂听到过几次她和朋友打电话，在聊什么追帅哥的，但我估计那男的也看不上她，否则她谈了恋爱，肯定会向全世界宣告……”

“嗒。”几节台阶之上，传来打火机打着的声音。

男人背靠在漆木扶手上，指节清晰的手正笼着那个纯黑色打火机燃起的火焰。他上身是一件宽松的黑色短袖，下身是松垮到不行的运动裤，罩得完全看不出腿形，好在他个子高，这么看过去依旧能看出他的身材比例极好。

察觉到有其他人，原先你一言我一语地客套的两个女人止了声。台阶上男人那双幽深的眼眸微抬，就见两个女人正以一副哑然的神色一动不动地望着他。

他垂下握着打火机的手，另一只手将唇上含着的烟取下，就那样悬在一边，似乎不打算点燃。他偏过头，一副不想多看她们一眼的神色，靠在扶手上的姿势更加懒散，吊儿郎当的，像个久经情场的渣男。但与放荡的帅哥不同，这人清瘦挺拔，脸色苍白如病人，眼神里有着十足的疏离，隐隐给人一种冷然的高贵感。

莫璧微和闵允歌很快就离开了。

走到一半，闵允歌拉了拉莫璧微的手，害羞地说：“小莫姐姐，我想去跟刚刚那个帅哥要个微信。”

莫璧微有点意外却也理解，从刚才那个角度看过去，那个男人确实很帅。

莫璧微笑着说：“当然好啊，我陪你。”

她们一转身，就看到那个男人推开楼梯间的门走了进来，他眼眶微红，眼神冷淡。

闵允歌深吸了一口气，刚说出两个字：“你好——”

她们身后不远处紧接着就传来了一道诧异的女声：“你什么时候回来的？”

不只是陈鹤予抬头往前面看去，莫璧微和闵允歌两个人听到熟悉的声音也回了头。姜西站在离她们不远的地方，脸上满是疑惑。

陈鹤予微怔，只是很快他就反应过来了，他瞥了那两个女人一眼，嘴角浮起一抹笑意，回答她说：“今天下午。”

姜西本来是出来上厕所的，哪里料到会看到莫璧微和闵允歌手挽手地迎面走来，她今晚是连一句客套的招呼也懒得和她们打了。她正硬着头皮往前走呢，没想到下一秒，她却看到了从楼梯间推门而入的陈鹤予。

姜西仍旧有些错愕，茫然地问：“你怎么到这里来了？”

看那两个嘴碎的女人的表情，好似也在等他的答案。

陈鹤予面无表情地经过她们身边，径直朝姜西走去，他语气认真地道：“这么晚了，当然是来接你回家的。”

04

姜西回到包间，匆匆和同事告别。

等包间沉重的隔音门重新合上，里面的人才慢慢缓过神来，有人询问方才与姜西同时进来的莫璧微和闵允歌：“姜西刚说为什么她要走了吗？”

闵允歌白着脸，不屑地说：“不知道，没听清。”

莫璧微看了闵允歌一眼，安抚似的拍了拍她的手。

灿灿疑惑地皱眉道：“刚刚门口好像有个男的在等西姐啊，他好高哦。”

“好像是吧。”莫璧微看了门口一眼，露出浅浅一笑，“也不知道是谁，可能是刚认识的？”

此话一出，除了灿灿，其他同事纷纷露出一副“我懂了”的大悟表情。

陈鹤予靠在包间门口等姜西。

姜西一出来，还没等他说些什么，她便嘟囔道：“再等等，我还没上厕所。”

陈鹤予“嗯”了一声，这回他靠在卫生间对面的墙上等。

他就跟站不住似的，总想倚靠点什么东西。

五分钟后，姜西面色清爽地出来了，她脸上残存的困意完全不见了，又变回那个精神的姑娘。她笑着拍了下陈鹤予的肩膀，抬头，爽朗地对他说：“走吧！我的车停在地下车库。”

“我送你到楼下，我不走。”陈鹤予直起身，仍旧是他一贯的随意站姿，高而清瘦的身体此时离姜西很近。如果有人从陈鹤予身后看过来，就会看到他几乎笼住了她。

“什么？”耳边是数间包厢传出来的吵闹的音乐声，姜西没有听清，眯着眼问了一句。

“我说我不走，先送你到楼下，你自己开车回去小心点。”陈鹤予偏头咳嗽了一声，眉梢又多了一丝痛苦的痕迹。

姜西一愣：“那你为什么说来接我？”

“我说什么你都信？我哪儿知道你在这里。”

“我以为你回过艺术馆，我姑婆或者小达、小应告诉你的。”姜西一下就不笑了，她郁闷地道，“是我多虑了，哥哥才没有这么好心。”

陈鹤予冷冷地笑了一声：“知道就好，我是没有心。”

“那你来这里干什么，从S市转场过来的？”姜西问。

他今天又穿了一件黑色T恤，姜西的第一反应又是在他上身寻找字母“C”的位置。不过不等她看到衣尾，就发现他脖子上居然多了一条项链。

冷白的皮肤上搭着环环相扣的银色链条，姜西盯着他胸前的位置，发现衣下有小小的圆柱形的吊坠。

昨晚明明没有这个。

姜西忽然觉得，这条项链的存在有那么点暧昧，这是来自女人的警觉。

“有事儿，跟别人一起过来的。”他没发现姜西在看他的项链。

“真的不打算告诉我是谁吗？”喧闹的音乐声中，姜西扯着嗓子问道。

他是和谁一起去S市，今晚又是和谁一起来的？

陈鹤予难得露出意味深长的表情，他散漫地摇头：“不告诉，你说了不问的。”

“好吧。”姜西自知问也问不出答案，只说，“你今晚不走？”

“楼上有宾馆。”

姜西的脸一下子拉长了：“你要和谁住宾馆？！”

陈鹤予被她这一问惊到了，他无语地重重咳嗽了一声：“我还不能自己睡了？还是我昨晚对你做什么了？”

……

并没有。

姜西有点心烦意乱。

陈鹤予送她去等电梯，电梯门开的时候，姜西挥挥手，说：“别送了，我的车就停在电梯口。”

“送你。”他执意道。

陈鹤予一直看着姜西上车才转身回去。

今天上午，他醒来时姜西已经不见了，手机里收到了一条姜西发来的微信消息，她难得只发了一条：“我回去上班咯，给你叫了早餐，八点送到，起来记得吃。”

最终姜西叫的早餐他还是没来得及吃。小仟七点的时候已经来敲门：“哥，车到楼下了。”

他这次去S市的目的本就只有一个——扫墓。

他有多不孝，十五岁跟着父母出国，这十几年里他回国的次数不说，回家的次数真的是屈指可数。

陈老爷子和老太太两个虽然嘴上从没怪过他和他爸，但二老临终前都没能见上儿子和孙子一面，老爷子甚至在病重的时候还收到了儿媳沉海牺牲的消息，换作谁会不伤心不遗憾呢。

时隔三年，陈鹤予重新将母亲的遗物戴在了脖子上，一个人在二老墓前从上午跪到了下午，临走的时候，他又重重地磕了三个响头。如果姜西刚才多看一看他的脸，就能看到他的额上有明显的磕过的红色印记，很深。

从S市回到临州时接近傍晚，崔栩仟和他工作室的同事在这里有应酬，问他要不要一起来。他本来没想来，毕竟他无法预测自己是否能接受KTV不稳定的彩色光源，但他更不想回艺术馆，他今天太过于消沉，害怕姜老太太看见了，会担心他。

崔栩仟说要去的KTV楼上就有宾馆，他这才放心跟了过来。

他在楼道里抽烟完全是巧合。

他手里没烟了，于是从楼上房间徒步下楼找崔栩仟拿代买的烟，哪里知道他刚在楼道跟崔栩仟碰完面，立刻就来了两个女人，絮絮叨叨地在那里说个没完。

他并不在意，继续抬脚往上走，却在她们的交谈中听到了姜西的名字。

接着他又见到了姜西。

膝盖处隐隐传来跪久后的酸胀感，陈鹤予坐电梯回到房间所在的楼层，刷房卡，他手刚刚搭上门把手，身后便传来一阵欢快的脚步声。不等他回头，女人娇软的手已经覆在他开门的手背上。

不用猜就知道是姜西。

“你回来干什么？”陈鹤予莫名觉得嗓子一痒，他顿时又是一阵咳，搭上门把手的手没动。

“我觉得你今晚不开心，所以回来陪你。”

不等陈鹤予拒绝，姜西的手已经盖在陈鹤予的手上，她微微用力往下一按——“嘀”的一声，门被打开了。

豪华KTV楼上的宾馆不会太差。姜西探头往门里略一打量，房间是欧式装修风格，暖色调，干净精致，只是地方不大，一张床和一副书桌椅已经占据了大部分空间，卫生间和浴室只占了非常小的地方。

“呀，”她没脸没皮地笑着，拖着长音遗憾道，“房间里居然没有沙发。”

“姜西。”陈鹤予的脸色不知不觉冷下三分，声音阴沉，“你就不怕别人说闲话？”

他板着脸站在原地道：“这里是临州，你的同事还在这幢楼里，你就这么跟着一个男人进宾馆房间，真不怕被人看到是吧？好，就算你不怕，我怕你行吗？你今晚不能在这里。”

姜西不管不顾地反问他：“那你还在我同事面前说接我回家？”

他站在门口，始终未进门，姜西用力将他推进门，又反手把门关上。

房间内瞬间安静下来，狭小的空间里，看着主动送上门来的姜西，陈鹤予觉得此刻的她简直就像一只待宰的小羔羊。

“你可以向他们解释，我对你只是单方面的骚扰。”陈鹤予想也没想地脱口而出。

“那可不行，明明是我骚扰你。”

“小羔羊”一动不动地盯着他。

陈鹤予握住她的肩膀让她侧身，他无语道：“你别老这么色眯眯地看着我行吗？”

椅子上堆着他的大黑包，陈鹤予毫不讲究地走过去在床尾坐下，他半个身子俯下来，宽大的短袖里他清瘦的背部轮廓终于显现出来了，他是真的瘦。

姜西今天没有看错，他的心情确实不好，或者说差到了极点。此时他双臂有气无力地抵在腿上，额前的短发盖着眼皮，漆黑的眼里看不出一丝情绪。

没有人知道他在隐忍什么。

他在忍着他的渴望。

之前在楼下送走了姜西，他仿佛松开了手里握着的沙子，当他后悔地想要再抓住的时候，那沙子早已散得没了踪影。

没想到，她居然又回来了。

他不知道他现在对姜西是什么感情，是从来没碰过女人的渴望，还是喜欢她、想要和她在一起的渴望？如果换个人呢，换个叽叽喳喳围绕在他身边的人呢？姜西到底是唯一，还是因为他身边现在只有姜西？

陈鹤予实在受不了了，他只觉得在这样封闭的空间里，每一次呼吸都像是在受刑。他紧抿着嘴，将口腔内壁咬出了一个口子，一点儿都不疼，他绝不会像姜西那样嘴里破了个口子就疼得嗷嗷叫。

是啊，他是个对小伤小痛统统免疫、麻木的废人，可姜西不一样。

他们二人在码头相撞后，是她送他到医院，又在他昏迷时陪了他三夜，那时他们是什么关系？她连他的名字都无从得知！再后来，她为他打抱不平去警察局找那个混混，又去修车店找那个像条蛇一样攀过他手臂的女人。

这么好的一个姑娘，她痛了就该获得安慰，她天生就该被捧在手心里，她天生就值得所有人的偏爱，而他连自己将来会走到哪一步都说不准，他凭什么有“渴望”？！

仅存的信念顷刻间崩塌了。

陈鹤予再也受不了了，他睨着一旁的姜西，语气懒散地问：“你换个男人不香吗？”

姜西想也不想便说：“不香，谁也没你香。”

他索性不看她了，冷淡地说：“别在我身上浪费时间，说说吧，有什么办法能让你打消念头，只要我能办到。”

“哦？”姜西忽然得逞般一笑，跑到他面前。

又是昨晚的姿势，他坐着，她蹲着。这次她有了经验，聪明地用手抵住他的膝盖，蹲得稳稳当当。

一人垂眸，一人抬眼，她布满星光的双眸十分明亮：“真的吗，我提什么要求都可以吗？”

大约猜到了她笑容背后的念头，陈鹤予嘴角一抽：“出卖肉体的事情我可不干。”

“亲一下也不干啊？”

“不干。”

“亲一下，我以后就不喜欢你了，这样也不干？”她一副好商量的表情。

“不干！你觉得我喜欢这样干？”他把最后一个字念得很重。

“到底是真的不想，还是只是嘴上说说？”姜西的声音突然变得柔和了几分，她好笑地问，“哥哥，要不要试试看？”

没等陈鹤予说什么，姜西忽然利落地起身，陈鹤予下意识地往后一仰，姜西趁机伸手推了一把他的肩膀。陈鹤予到底是低估了她的执行力，这毫无预兆的一推让他彻底仰躺在床上，他警觉地就要起身，姜西已经跪了上来。

她先是跪在他身侧，可是躺着的人不乖，姜西心一横，脸一热，直接跨坐在他腰腹间。

陈鹤予愣住了，下意识就要坐起来却又顾忌着不敢动。他咬着牙，耳根早已泛红，目光凶狠地看着她："你疯了吗？给我下去！"

姜西不听，俯低身子，她宛如莺啼般的嗓音在他耳边响起："哥哥到底是真的想让我下去呢，还是只是嘴上说说想让我下去呢？哥哥嘴上能不能有句真话，还是一定要喝点酒才行？要喝酒的话也可以，我马上去买。"

她甜甜地在他耳边笑了一声，又说："你知不知道你昨天晚上睡着以后一直在喊我的名字啊？知道我被你吵得都没睡好吗？就这样'姜西''姜西'的拖长声音叫个没完，要不是看你睡得熟，我昨晚就亲你了。陈鹤予，你还说你不喜欢我？"

他认命地闭上了眼，但仍旧咬着牙执着地说："我不喜欢。"

"真是个口是心非的哥哥。"姜西哄孩子似的哄着他，"不喜欢就不喜欢嘛，说不定明天就喜欢了呢。"

说完，她爽快地直起了身，软软的细腰一挪，正打算逗逗他。

然后，她愣住了。

两个人的身体均是在同一时间僵住。

陈鹤予闭了会儿眼，他缓了口气，语气淡然很多："可以下去了？"

姜西后知后觉到自己的脸颊滚烫，完全不知道该怎么办："我……你……这，我……"

姜西不敢再去看身下男人的脸。

慌乱间，她视线在四周一扫，一眼扫到了枕头边的灯具遥控器。

她忙从陈鹤予身上下来，还没等下到地上，她伸直手臂一把勾到了遥控器，也不管什么键，她随意地在上面一通狂按，狭小房间里的灯光瞬间熄灭。做完这些，她还是不安心，她觉得没脸见人了，于是把脸埋进了被子里。

……

外面很久都没有声音。

姜西闷在被子里好一会儿，竖起耳朵，可在这样寂静的空间，她居然没听到陈鹤予的任何动静。

姜西悄悄地把脸从被子里露了出来，在黑暗中眨了会儿眼，她手朝着方才陈鹤予的方位摸过去——

蓦地，她的手腕被男人以极大的力气牢牢握住，几乎要被折断，姜西疼到忍不住惊呼，紧接着她就感觉到他另一只手颤抖得极为厉害。顺着柔软的被面一点一点摸过来，他终于摸到了遥控器。

满室灯亮，陈鹤予整张脸已经涨到血红，姜西看到了他脸上崩溃和隐忍的痕迹。下一秒，再也忍不住胸腔内如海啸般的翻涌，陈鹤予疯了似的朝卫生间狂奔而去。

姜西呆愣着坐在床上，完全没反应过来他怎么了。她坐的角度正好可以看到他浑身剧烈地颤抖，伏在马桶边绝望地、声嘶力竭地呕吐。此刻，陈鹤予痛苦的呕吐声一阵一阵地传来，撞进她的心里，撞得她心颤。

他扣在一旁洗手台上的手指紧绷，指节泛白，拼尽了全身的力气，仿佛只要松了手，他整个人便无法支撑。

陈鹤予吐了很久很久。

再回头，那双本来满是疏离神情的眼睛已经布满血丝。

他麻木地站起来，脚步不稳，他勉强扶住一旁的墙壁撑住。他抬眼，那双赤目冰冷地朝床上的女人看去。

除了愣怔，陈鹤予清晰地看见她脸上分明还有一丝惊恐和犹豫。

仅存的那点坚持的力量忽然消失，陈鹤予愣在原地缓了半天，一副了无生气的样子，他抹掉嘴角的污秽，忍不住摇头，声音嘶哑道：“喜欢我？”

他冷笑一声，语气消沉地道：“看到了吗？我就是个滚进地狱里的垃圾。”

05

安静的房间里，陈鹤予放在床头柜上的手机毫无预兆地振动了起来，在冰冷的气氛中显得格外突兀。

半晌，电话自动挂断，却在几秒之后再次响起。

陈鹤予皱着眉头，按了下马桶上的冲洗键，面无表情地朝床头走去。他微微倾身，左手刚碰到床头柜上不停振动的手机，就感觉腰上一紧。

陈鹤予绷直了身子，握着手机没有下一步动作，只是低头看了看紧贴着他的姜西。姜西大概用了吃奶的劲在搂他，她双手在他身后交叠，脸贴在他胸膛的位置，一动不动，只是搂着他。

“松手。”陈鹤予冷冷地抛下两个字。

姜西半跪在床上的双腿已经麻木，阵阵的针扎感从下而上攀爬，她摇了摇头，比任何时候都固执，就是不放手。

陈鹤予手上的振动声终于停了，姜西听到头顶上他轻微地叹了口气，没再说话。

姜西抱着他的手终于松开了一点儿，但没有放下，只是安抚似的，一下一下地拍着他的背。

“送你去医院好不好？”

“生病了，陪你去看病好不好？”

陈鹤予这一吐，她的记忆全回来了。

那次在码头遇见他，他不是就晕倒了吗？

她知道他身体不好，清越不止一次对她说过，姜西只以为他是生来抵抗力差，完全没有多想。

她记起陈鹤予第一次在医院醒来的那个夜晚，他睁眼之后说的第一句话就是“开灯”，那两个字是咬着牙说的。那一刻，他也一定是在忍耐，可等不到姜西反应过来去开灯，他已经飞速跑过去倾身对着垃圾桶开始狂吐起来。

她自己不是没有吐过，也不是没见人吐过。她初尝酒时，头一个礼拜是喝几次吐几次，而且吐到天昏地暗，神志不清。

可陈鹤予吐起来完全不一样，他是痛苦的、隐忍的。如果今天他的状态不好，他或许会像上一次在医院一样，吐到休克，吐到被送去抢救。

方才的那一番对视，姜西几乎不敢再回忆。

她第一次看见一个人的眼睛居然会这样红，那双眼睛布满了血色，毫无光彩，如同一个濒死的人。

“不能关灯吗？睡觉不能关灯，醒着的时候也不能关灯吗？”她动了动，仰起脸看他，下一句再出口时，她的声音也跟着变哑了，“我下次不关了，对不起。”

陈鹤予看了她一会儿，有些受不了了。

她居然快哭出来了。

她胳膊太细，陈鹤予轻轻一握，觉得稍一用力就能折断，于是他控制住手上的力量，将缠绕在他腰间的手扒下来。他在原地站了几秒，在床沿边坐下了。

“千万别哭，我不会哄你。”

陈鹤予满脸疲惫，侧过脸看了她一眼。她咬着嘴唇，真的在努力地忍住即将滚落的眼泪。

他再低头一看，就看见她垂在身前的细白的右手手腕上有一道红色的印迹。

真混蛋，刚刚他怎么就没有控制好力道呢。

其实刚吐完说话很难受，可是他不说点儿什么，姜西今晚大概睡不着了。

无论如何，他今晚是吓到她了，他本来不想这样的。

“跟你没关系，你不用想太多。”陈鹤予艰难地吞咽了下，只觉喉咙口的灼烧感变得更加强烈，他说道，“我的身体对黑暗的环境有排斥反应，所以天黑了没办法在外面待着，在房间里的话，关了灯也不行。也用不着去医院，我看过，很好的医院都去看过，可是没办法，我好不了，所以只能躲着。”

“天生的？还是……”

“三年前。”

“好，我不问了。”

后天原因。

那一定是在黑暗的环境中受过刺激才会这样，哪怕她心里还有一百个疑问，她也不能再问了，她不要多嘴，不要让他回忆起那难以忍受的痛苦经历。

陈鹤予眯了眯眼睛，只觉头晕得快要倒下，他知道自己撑不了太久了。呕吐本就是一件耗费体力的事儿，他现在能勉强和姜西说几句话，全靠自己的意志力在支撑。

“你睡吧，我再去开个房间。”

姜西没有留他，看着他开门离开了房间。

陈鹤予一走，室内顿时安静下来，静得可怕。

这里尚存一丝他存在过的痕迹，揉皱的被子、卫生间里明亮的灯，还有她手腕上的红印。

姜西睡不着，对于陈鹤予的病，她能想到的只有“幽闭症”“黑暗恐惧症”，于是她拿出手机搜索。

这两个关键词被她搜索了无数遍，可都没查出会产生呕吐反应的案例。难道不是这两个问题吗？还是他的状况是个特例？

直到后半夜姜西才睡下，但第二天天一亮她就起来了，仿佛熬过这一晚就是为了等天亮。

这么一想她又觉得有点心酸，是不是在很多个夜里，那些睡不着的夜里，陈鹤予也是这样煎熬地在等一个又一个天亮？

姜西这一整天班都上得心里不安稳，逮到空余时间她就给他发消息。

姜西：“陈鹤予？”

陈鹤予：“在。”

姜西：“回艺术馆了吗？”

陈鹤予：“嗯。”

姜西：“你还难受吗？喉咙会痛吗？我让小达陪你去医院检查一下好吗？”

陈鹤予：“不难受，不痛，不用。”

陈鹤予：“我上班了。”

陈鹤予收起了手机，三两下套上讲解员的红马甲，又戴上一个医用口罩。

准备离开房间之前，他隐隐觉得不对劲。闭了闭眼，他压抑着喉咙口的血腥味，眉头紧皱。

但他最终还是没能忍住，手撑在桌子上猛烈咳嗽。

毛细血管顿时发出爆裂似的疼痛感。

陈鹤予漠然地摘下口罩，看着几秒前还干净的口罩内层此刻又沾上了血迹。他面无表情地将口罩对折，然后丢进桌旁的垃圾桶里。

又浪费了一个。

下班前，姜西点开邮件，发现闫总已经批准了她的请假申请。

“灿灿。”姜西滑着座椅到灿灿旁边，把一份纸质工作交接事宜交到她手中，说道，“我请了三天的假。这是我谈完的几个项目，除了阳光出行的活动对方还在走流程，其他几个都只差盖章了，这几天麻烦你盯一下，有问题就给我打电话。”

“好的，西姐。”灿灿看了一眼，都是眼熟的项目，她问道，“西姐，你请三天假去哪儿？”

姜西说：“回乡下祭祖。”

姜西也是上午才收到的消息。

原定计划是姑婆回去参加，毕竟姜西的父母都在国外，可不巧姜颖陶临时收到一个拍摄邀请，她考虑了半天，还是决定让姜西代她回乡祭祖。

“西姐，你们祭祖要三天啊？”

姜西点点头，解释道：“是老一辈传下来的传统，我今晚就得回去了，祭祖前一晚还要念一晚的经文。”

灿灿头一次听说有这样的习俗，不免有些惊讶，她收下姜西的计划表，又提醒她：“西姐，这两天有台风，你在乡下要小心哦，记得带雨鞋。”

姜西笑着点头：“好，我记下了，谢谢灿灿。”

室外已经开始刮风，姜西到家后才发现卧室阳台的门没有关上，大风灌进来，一直吹到客厅，桌上轻点的东西统统被吹到了地上。

光是收拾屋子她就费了好一会儿工夫，收拾行李顿时变得有些急匆匆的，也不知道缺了什么没有。

等缺了再说吧，反正乡下小店多的是，买东西也很方便。

姜西对乡下的路况并不熟悉，只能耐心地跟着导航走，以至于二十公里的路程开了一个半小时才到。

远远地，她就看见了祠堂，那里灯火通亮。显得肃穆的祠堂灰色外墙上挂着不少红灯笼，祠堂外有很多老老少少排着队，正有序地等着进门。

姜西将车停在远处的一片空地上，推门下车时她脚一崴，差点摔了一跤。

脚下是片凹凸不平的泥地，她心有余悸地拍了下胸口，接着便听到从远处传来一声呼唤：“西西？”

“哎，大伯！”姜西关好车门，走过去打招呼。

“小姑真让你回来了？”大伯走过来问道。

大伯比爸爸大了整整十岁，头发已经花白了大半，但兄弟俩长得极像，姜西走近看清大伯的脸，鼻子瞬间一酸。

四周蝉声蛙鸣聒噪个不停，亲戚们看见姜西后纷纷拥了过来，一口一句“西西回来啦”“西西怎么一个人回来了”“这么晚吃过饭了没有”。

她因赶路还没吃饭，于是大伯带她进祠堂里吃饭。祠堂里准备的都是些素菜，但掌勺的厨师厨艺十分好，每个菜都对了她的口味。

姜西一边吃饭一边替姑婆解释：“是央视公益性质的拍摄活动，姑婆舍不得推掉，就让我来了。”

“今晚一整晚都不能睡，明天中午也得来，你的身体能受得住吗？”

她脱口而出“当然啦”，夹豆腐的筷子却不由得顿了下。

她又想到了陈鹤予。

现在只要提到与晚上、睡觉沾边的，姜西立马就能想到他。

跟着长辈们在祠堂里念一晚的经文并不难熬，她诚心诚意地祈祷老祖宗保佑身在国外的父母和弟弟身体健康、平平安安，也保佑姑婆这次参与的节目拍摄顺利、一切安全。当然，她也祈祷今晚陈鹤予能睡个好觉。

第二天，全市发布橙色预警。祠堂外暴雨如注，大家纷纷将便携的行李放在祠堂，以防雨下个不停出不去或是有其他意外发生。厨师也提前在饭堂囤好了食物，保证大家顿顿都能吃到热乎的饭菜。

当晚，外面电闪雷鸣，祠堂内的老人家们心里都开始不踏实起来，几十个人聚在一起开始愁这从早上到现在就没停过的雨。

“要是明天也不停怎么办？”

“唉，一年一次，总是碰上台风天。”

“去年村里就派人来遣散了吧，这回他们虽然还没来，但估计也快了？”

姜西坐在角落里，也在发愁。她坐一晚倒是没什么，可这里大多是老人家，别说坐了，就是在这里铺条被子躺一晚，身体也会吃不消的。

大伯沉默了一阵，去走廊上打了个电话，很快他又进来，然后宣布：“得走了，村里要来人了。我们这里有开车来的人就先把几位老人家送回去，别麻烦村里的同志了。”

姜西不熟悉路况，于是她把车借给了一个小伙子，拜托他把老人家们一一送回去。车有好几辆，大伯也去送人了，祠堂里一下子就空了，只剩下几个妇女和姜西还在。

祠堂外雨还在哗哗地下着，姜西和留下的人也不熟悉，融入不了她们的话题，于是她独自坐在一边看手机。

她昨天走的时候给陈鹤予发了条微信，告诉他要去乡下待三天。

发完她又后悔了，明明他们之间没有什么关系，明明他拒绝了她好多次，她还这样报备自己的行程，怎么好像自作多情把自己当成人家女朋友了？

姜西也没想到，在这样一段单向的感情里，她会变得这样患得患失。

聊天界面停留在陈鹤予发的“路上小心”。

她看了会儿门外的雨，低头，正想锁屏，眼前突然跳出一条消息。

陈鹤予：“你快递到了，给你放到姜馆长办公室了。”

姜西看着这条消息回忆了一会儿。

她是有一个快递寄往了艺术馆，不过那是她替姑婆买的东西，而且如果她没记错的话，这个快递不是昨天上午就签收了吗，他这会儿通知她干什么？

姜西没来得及回复，门外匆匆跑进来一个人，正是开走她车的那个小伙子。

小伙子慌张地说：“姜西姜西，去你大伯家的路刚刚被封了，他让你今晚别过去了，暂时去我家住一晚！”

第七章

你是来找我谈恋爱的吗?

01

艺术馆的后院铺了一地的绿色落叶，紧挨着后门的小片竹林被台风吹得东倒西歪，雨水不停，树叶和竹叶沙沙作响，吵得屋内的人心烦意乱。

陈鹤予盯着手机看了整整一个小时，姜西半个字都没有回复。

房间里，他停下了来来回回地走的步子，把手机丢垃圾似的丢在了床上，然后在床边坐下，双手烦躁地抱着头。

不过半分钟，陈鹤予又抓起手机，解锁，打开微信，又点进与姜西的聊天框。

很好，界面还停留在他发的那句快递到了。

陈鹤予看着手机忽然冷笑了一声。

快递到了？那会儿姜老师人还没走，快递是她亲自签收的，也是她亲口告诉他快递是姜西替她买的风湿药膏，他只是后来帮忙将其放到了办公室而已！

他还真是没话找话啊，想了半天才扯出这么一句话来。

信息发过去了，结果前两天不停地给他发消息的人，这回居然不秒回了？

陈鹤予忽然痛恨起这样的自己来。

早在他来到艺术馆的第一天，在艺术馆见到姜西的时候，他就警告过自己，这是姜老师的亲人，他绝对不能和她有超出朋友以外的关系，所以他选择在姜老师面前说谎，说他们“没见过”。

那时候姜西是什么表情？她都蒙了，就连姜老师都看出来了。后来姜老师专门找机会又问过他，他才在她面前实话实说，说姜西曾在医院照顾过他。

“她从小就是个热心肠，你们俩能碰上，也是很好的缘分。”姜老师这么说。

可他哪配得上这样好的缘分。

现在，姜西只是一个小时没有回他消息而已，他没想到自己会烦躁成这样。

可是她凭什么要秒回？她凭什么总是主动给你发消息？

难道就凭她喜欢你，就凭她说了一遍又一遍的喜欢你，却在你这里得不到任何回应吗？

陈鹤予烦闷地再次站起来，却还是忍不住去看手机，他忽然很想告诉她：如果我走不出来，这辈子都走不出来，这辈子都要深陷黑暗，你要不要陪我？

他在聊天框里打了一长串字，打完再看一眼，又被他统统删掉。

最后，他只发了两句话。

“不是否定。”

“我今晚没喝酒。”

“谢谢你啊，今天真是麻烦你了，送了那么多老人回家，还要麻烦你收留我。”姜西坐在副驾驶座上，诚恳地道谢。

“什么话，大家都是老乡，这点小事儿不算什么的。”

这是个剃着平头的年轻小伙子，姜西今天没跟他讲过几句话，但在祠堂跟他打过很多次照面，他是个干事利落、勤快的人，现在看来，也很热心。

“你一个人住在塘东吗？”小伙子看了一眼方向盘中心的车标，他听说过姜西家里的事，忍不住好奇地问，“你爸爸，也就是姜院长，他现在和你妈妈都在国外陪你弟弟上学吗？”

面对这个突如其来的问题，姜西顿了顿，原本贴在车窗上的手顿时觉得冰凉。过了好一会儿，她才“嗯”了一声，回答道：“他现在已经不是院长了。”

小伙子偏头看了她一眼，见原本还笑嘻嘻的姑娘突然间没了表情，他懊恼地拍了下嘴巴，真是哪壶不开提哪壶。

“对不起啊，我没别的意思。”他不好意思地说。

“没关系。”姜西扯出一个难看的笑容来。

狂风骤雨下的路况太差，密集的雨点重重地砸在车窗上，路前方能见度极低。

通往小伙子家的路是条乡间小道，两边紧挨着田地，道路窄到如果此时对面过来一辆车姜西都怀疑他们的车是否能够顺利通过。

“快到了。”小伙子说。

“好。”

一路提着的心在听到“快到了”的时候终于安稳了一点儿，姜西这才想起她似乎还没有回复陈鹤予的消息。她正要从包里摸出手机，突然，车身重重地颠簸了一下，紧接着车身往副驾驶的方向倾斜，车内的两个人都慌乱地叫了出来，幸好接着车身停下来，不动了。

原来是车偏离道路，驶到了边上的田里。

小伙子满脸歉意地看向姜西，姜西冷静地说：“别慌，我们先下车。”

雨太大了，下车的瞬间姜西就被大雨浇了个透。她急忙跑到后备厢拿了两把伞，一把给了小伙子，两个人撑着伞一起去查看车况。

“都怪我都怪我，真是对不起，姜西，弄坏你的车了。”

姜西也不敢贸然到田里去看轮胎陷进去的程度，她站在路沿上俯下身子歪着头看。

雨声太大，她提高声音开玩笑地说：“呀，你不用自责。这只是个意外，你又不是故意的。如果你是故意的，那我倒要怪你咯。”

小伙子一愣，都这会儿了，她怎么还有心情如此说笑？

“好像没掉进田里，我试试看能不能把车开出来，你在边上帮我看一下。”

说完，姜西站起来，只是没等她走出两步，就感觉撑伞的手一空，紧接着听到“扑通”一声，有东西掉进了田边的沟壑里。

“什么东西？”小伙子探头问道。

姜西看着那片泥地，心疼地说：“好像是我的手机。”

这一回，陈鹤予确定他不是因为自身原因失眠，而是因为姜西了。

一大早，他打开门，发现外面的天还是阴的，雨不如昨天晚上下得大，但淅淅沥沥，仍旧没有要停的意思。

台风天气，姜馆长在员工群里发了闭馆的消息，她还给大家放两天假，提醒他们不要出门，尽量待在家，做好防护工作。

所以，今天不会有人来馆里。

陈鹤予靠在门口给小达打了个电话，小达接电话时显然还没睡醒，但还是不忘叫他一声鹤予哥。

“姜西乡下的家在哪里？”陈鹤予话一出口，才发现自己的嗓子又哑了。

“西姐家……”小达慢慢变得清醒起来，说道，“哦，西姐家啊，西姐家和她大伯家在一户院里，姜家老宅嘛，在塘东很有名的，你在地图上搜姜家老宅就能搜到了。”

“好，谢谢。”

陈鹤予拿了把伞出门，往外走的同时给崔栩仟拨电话。

崔栩仟因为职业原因，大多数时候起得都很早，这个点儿他已经在化妆准备拍摄工作了。

接到电话，崔栩仟问：“哥？怎么了？”

“你有车在家吗？随便哪辆都行。”陈鹤予出了艺术馆，往老街的西端走。他想，如果小仟的车不在，那他就去街口拦辆出租车。

“在啊，就上次去医院接你的那辆，你要开？在这种天气？你能开吗？你要去哪儿，我让司机过去吧，或者我帮你叫辆车？”

陈鹤予说了句“不用”，而后挂断了电话。

虽然市里还在下雨，但此时乡下的雨已经停了。

听说昨晚两个孩子在回去的路上出了事，姜西的车掉到了田里，手机和人也摔到了田里，大伯早上收到消息的时候吓了一跳，眼下他一刻也不敢耽误便来接姜西。

到了地方，远远地，他就看见了姜西。此时，她上身穿着一件花衬衫，下身穿着一条碎花蚕丝裤，一只裤脚高高地挽起，一直挽到膝盖上方的位置，她正在屋外的空地上蹦蹦跳跳地踢毽子。

虽然隔得远，他一眼就看到她小腿外侧受了伤，有一大片瘀青。

“大伯？”姜西踢飞了毽子，正要去捡的时候看到了大伯，她忙站定，笑眯眯地打招呼。

大伯接走了姜西，还说等车修好了再找人把车给她开回塘东去。

自从接到姜西，大伯就一直念叨个不停：“早知道昨晚最后一趟的时候带上你！”

“没事儿，真没事儿，”姜西一遍遍地说，“车还好，一下就开出来了，腿上的伤是我去捡手机的时候不小心摔的。”

大伯满脸懊悔，姜西频频偏头看他，只能努力地讲笑话逗他，终于在她讲得口干舌燥的时候，大伯笑了：“你啊，就见不得别人生气是不是？我又没怪他，我气的是我自己。”

“气自己多傻啊，我就不气我自己，我爱自己还来不及呢。”

大伯笑着叹了口气：“那有没有人来爱你？西西，你也二十五岁了，真没谈过恋爱？”

“没有没有，这不是没人爱我吗。”姜西没脸没皮地说着。

她手肘撑在车窗上，望向车窗外被昨晚的暴雨破坏后的万物。连绵的篱笆歪了大半，路上时不时还能碰上被暴雨打落的树枝。路面未干，此时是深深的灰色，降下车窗便能听见轮胎驶过积水的声音。

汽车爬上坡，驶向姜家老宅，姜西朝前一看，看到铁门外居然停着一辆银灰色的宾利欧陆。

好眼熟的车型。

“您又买车了？”姜西问。

大伯也在看那辆车，闻言他摇摇头，说：“是客人的吧。”他家里经常有客来访。

大伯的车也停在了铁门外。姜西推门下车，她穿着一身花布衫踩到地上的那一刻，那辆宾利欧陆驾驶座上的人也推开车门下了车。

姜西使劲眨了眨眼，接着瞪大了双眼，还以为她出现了幻觉。

陈鹤予照旧是一身黑色T恤配运动裤，整个人清瘦挺拔，脖颈间那条项链上的水柱形的挂坠垂在胸前，脚上踩着一双黑色的平底板鞋。乍一看，他与他身后这辆车很不搭，再一看又觉得，他这张脸开什么车会不配？

他直直地朝着姜西走过来，完全无视了她身上的花布衫，因为他在无比认真地看她的脸。

在姜西还没反应过来的时候，陈鹤予已经在她面前站定。

“我给你发消息了。”他的嗓子还是哑的，配着这张深情款款的脸，这语气听起来显得格外委屈、可怜。

陈鹤予看着她，说：“可是，你没有回我。”

02

陈鹤予简单介绍了自己的名字和艺术馆的工作，大伯便找了间房间让他们俩单独说话。

这是姜西表弟的房间。虽然表弟还在上学，但整栋房子就数这间房被打扫得最干净。房间里壁纸是清新的淡蓝色，朝南的落地窗外是一片翠色的田地。两个人刚进房间，外面就又开始下雨了，淅淅沥沥的，窗户上很快就起了一层雾气，天也跟着阴沉了几分。

姜西先是打开房间的灯，接着又去拉上窗帘。

她正试图将窗帘拉得更严实一些的时候，陈鹤予的手就毫无预兆地握了上来。姜西身体顿时僵住了。他力道很轻地握着她的手腕，把她拉到最近的藤椅前让她坐下。

陈鹤予手里不知道什么时候多了一瓶碘伏棉球，他蹲下身，什么话也没说，卷起了她的一只裤脚，正是受伤的那条腿。

他的头发不是正宗的黑色，发尾有些偏栗色，从姜西这个角度看去，可以看到他的头发很柔顺地垂在额前，再往下是鼻梁的弧度，很好看，还有宽宽的肩膀，白皙有力的手臂……他用指节分明的手捏着小镊子从瓶子里夹出一个棉球，动作轻缓、神情认真地替她擦拭伤口。

他抬头的时候姜西才发现他是单膝跪在地上的，她不由得心中一颤：一是因为这张脸好像比往日更加好看了，看她的每一个表情都显得无比温柔和饱含深情；二是因为他的这个姿势，很像是在向她求婚。

“昨天捡手机受的伤？”他嗓音低沉，眉头微皱。

“摔伤很正常嘛，”姜西无所谓地耸耸肩，“只是昨天有点痛而已，今天完全没有感觉了。”

陈鹤予又低头看了看她的伤处，只觉得喉咙里仿佛有一束小火苗在燃烧着，他感觉到了疼痛，但还是开了口：“昨天给你发的消息，你看到了吗？”

快递？

姜西实在不明白一个快递有什么好说的，难道帮忙放到办公室很辛苦，需要她道个谢？

姜西感觉有点莫名其妙，但她还是老老实实地说了句：“哦，谢谢你，不过那个快递本来就是给我姑婆的，放她办公室没问题。”

“原来没看到。”陈鹤予自言自语地说了句，语气轻松了许多。他将手伸进裤袋里，摸出一颗糖。糖的包装纸是透明的，里头那颗圆圆的糖果是大红色的，是一颗西瓜口味的水果糖。

他将糖果递到她面前，问道：“吃吗？”

姜西接过糖果，她没有剥开，而是问他：“你要不要先站起来？”她指了指紧挨着她的藤椅，说道，“坐这里？”

陈鹤予没起来，也没抬头。

姜西平复了一下飞速跳动的心脏，迟疑地问出心底的疑问：“陈鹤予，你今天来这里是为了我吗？”

她指着藤椅的手还悬在半空中，突然就被他握住了，他的另一只宽大的手掌也覆了上来，慢慢地将她的手牵引至自己的额前。

过了好一会儿，他才声音低沉地“嗯”了一声。

“说什么好……”他自嘲地笑了一声。

他低着头是觉得没脸面对她，牵着她的手是希望她能明白他的心意，他现在心里没底得很，于是他问道：“姜西，S 市那晚你问我的话还要答案吗？”

陈鹤予感觉手心里的小手似乎动了动，顿时握得更紧了，然后他听到了她一贯的笑声，清澈爽朗，即便没抬头看，他也知道她此刻是一副悠然的姿态。

“怎么啦，后悔啦？今天特地跑过来找我，是来找我谈恋爱的吗？如果是的话，鉴于哥哥之前拒绝我太多次，这次我可要好好考虑一下。”

他极度隐忍之后的嗓子已经哑到不行，但他还是诚挚地、认真地看着她，说：“那你好好考虑。”

他后悔了，早就后悔了，只是每次话到嘴边都会被他极力压下去，就像每次咳血一样，隐忍的时候他都会把咬破嘴唇后流的血咽下去，硬生生地咽下去。

这是他第一次顺着她的话，没有反驳。

姜西用了点力气把手从他的手心里抽了出来，她伸出双手去捧陈鹤予的脸，原本脸上的笑容，在抬起他的脸之后，顷刻间僵住了。

陈鹤予的眼眶有点红，鼻头也有点红，嘴唇紧紧地抿着。姜西觉得不对劲，她把贴在他嘴角的拇指移到他的下唇，轻轻一拨，刚被他咬破的口子顿时暴露出来。

她看得心都颤了一下。

陈鹤予偏过头，不让她看。

“如果我考虑不好呢？”姜西一动不动地盯着他。

“都听你的，怎么样都行。”

其实他也不知道该怎么办，说什么，求她和他在一起吗？可是凭什么呢？

“你这么说我心里可没底啊，十天半个月有可能，一年半载也说不准。我们公司管人事的一个姐姐最近在给我们部门招实习生，听说都是刚刚毕业的学弟，他们可是朝气蓬勃的弟弟呀，说不定我就看上一个了呢。”

姜西是在逗他，她松开捧着他脸的手，没想到很快又被他按了回去。

他的掌心贴在她的手背上，他看了她一会儿，那双眼睛就红了：“我错了。

“别考虑了行吗？这次是我问你，你要不要和我在一起？”

她心里在排山倒海般地翻涌着，但她面上还是波澜不惊地说：“一点儿考虑的时间也不给我吗？”

“五分钟。”

他在心里默数。

这五分钟里，陈鹤予保持着半跪的姿势不动，仰脸看着姜西。

两个人都是第一次这么认真地看着彼此，双方内心都已软软的。

五分钟一到，陈鹤予一秒都不耽误地问：“考虑好了吗？”

姜西撇撇嘴：“你再问一遍。”

“要不要和我在一起？”

“换个问法。”

“要不要做我的女朋友？”

“再换一个。”她快要控制不住自己笑出声了。

“要不要和我谈恋爱？”

“喜欢我吗？”

陈鹤予的笑意浮现在眼底，他嘴上不好意思把直白的“喜欢”两个字说出口，只在她手心里点头。

“要抱抱你吗？”姜西俯下身，用没被他牵住的那只手去搂他的脖子，她声音里是抑制不住的笑意，“你有点吓到我了，但是我很开心。”

他也笑了一声，拍了拍她的背，忽然来了句扫兴的话：“我腿麻了。”

姜西立马松了手，让他站起来。

陈鹤予站直身子还没有一秒，藤椅上的花衣姑娘就跟着起身，不由分说地抱住了他的腰。她好像有点不好意思看他的脸，明明之前她不要脸地说了那么多喜欢他的话，甚至还大着胆子跨坐到他身上过，这一次她却只知道将脸埋在他胸前。

姜西感受到男性特有的、坚实的胸膛，还有他身上的棉短袖洗过之后清香的洗衣液味道，是干净的味道。

相比她，陈鹤予自在多了，他早知道她谈恋爱应该是黏人的，毕竟她是这么主动的一个人，什么话都被她说完了。

他的手本来放在她两侧的肩膀上，感觉腰上的力道似乎挺大，他便慢慢拢住了她的背，将下巴抵在她的头上，感受着怀里又娇又瘦又软的女人。

“一直在忍吗？”被抱着的人忽然说，“想说的话要忍住不说出口，就要咬自己吗？”

“本来没想过跟你在一起。”陈鹤予咳嗽了一声，胸膛一震，他忽然问，“你真没谈过恋爱吗？明明男人最吃你这一套。”

姜西笑了下，脸在他的胸前蹭了蹭：“哥哥也吃我这一套是不是？”

陈鹤予也笑了，无奈地道：“是。”

“哎呀，回去我得准备出一本书了，居然被我收下这么一个帅哥。”

陈鹤予偏过头，笑得更加无奈，他低下头去看她的脸，这才发现她的脸颊是红的，不是以往没脸没皮的样子。他说：“能不能正经点儿？”

突然被他这么一看，姜西迅速把脸埋在他胸前，热热的呼吸透过薄薄的衣服浸染了他的皮肤。她说道：“我本来就没个正调，你要习惯我，毕竟我现在是你的女朋友了。”

她说“女朋友”三个字的时候，嘴角是上扬的。

“好，习惯。”陈鹤予很乖地答应。

两个人抱了很久，好像谁都没抱过人一样。他们都不知道彼此心里都在想，他们是不是第一次这样满心欢喜地抱人，而答案都是肯定的。

姜西想了想，她以前和要好的女同学会抱一下，可和男生总是会礼貌地保持着距离，家人当然不算，姜戈一出生她就抱过了。想到最后，她的结论是——这是她第一次这么亲密地抱一个男人。

陈鹤予也是，他跟国外的同学基本上没有机会相处，大多数时间都在世界各地的岛上奔波，毕业后更是除了在海上，就是在赶往下一片海域的路上，身边只有一群老爷们儿。

“以后不要咬自己了，想说什么就说出来。你看看，你早点儿说和我在一起，明明我会更开心。”姜西想了想，又低声补充，“不要咬嘴唇了，我看着很心疼。”

“以后不咬了。”

姜西点点头。

她的发丝弄得他痒痒的，陈鹤予摸了摸她的后脑勺，说道：“要不我们松开休息一会儿？”

姜西忽然抱得更紧了，她急急地说：“等一下，我能问我的男朋友一个问题吗？”

“什么？”

姜西不确定这个问题会不会勾起他不好的回忆，犹豫了一下，还是问出了口：“你在感情里受过伤吗，她甩的你？”

陈鹤予愣了一下，问道：“为什么这么说？”

姜西想了一会儿，说：“如果是因为上一段感情才让你这么谨慎的话，我希望你对我大可放心，我会对你好一点儿；如果不是，我会对你更好一点儿。”

陈鹤予忽略她的问题，反问道：“为什么没有受过伤反而对我更好一点儿？”

姜西终于从他胸口抬起头来，她小脸涨得通红，十分可爱。此刻，她眼睛明亮，笑容清甜，唇色似乎也和往日不同，显得粉粉嫩嫩。她抿着嘴唇冲他笑了一会儿才说：“因为我要对你很好很好，无论以后我们在不在一起，我都要你牢牢记住我对你好过，要你一直记得我。”

陈鹤予抬起手，悬在空中停留了一会儿，反复回味着她这句话，他心口有种异样的感受。他想起从前的自己即便是在遇到大风大浪的船上都能站得稳稳当当，现在怀里只是贴着这个人，他却觉得步子是虚浮的、心里是不踏实的。

他伸手摸了摸她的头发，语气里满是好笑和无奈：“你还真是……霸道。”

很久之后，在他离开这座城市之后，在航海过程中不止一次面临死亡危险的时候，他确实经常会想起那么一个人。那个人有着明亮的眼睛和清甜的笑容，她真的拼了命地对他好过，在他离开的时候，她一滴眼泪没掉地对他说“我等你回来”。

03

两个人黏在一起没多久，姜西就被大伯叫下了楼。台风已经离去，祠堂还要继续去。

“楼下的保姆阿姨会叫你吃午饭，吃完饭你就睡一会儿，我晚上回来找你。”姜西靠在门口依依不舍地叮嘱道。

陈鹤予懒洋洋地靠在门框上，点了点头：“去吧。”

姜西走了两步又回头，看见陈鹤予还在门口，她忍不住又跑回去。

她其实很心急，很想吻他的嘴唇，仔细想了一下，她却踮脚亲了一下他的下巴。

他下巴上有新生出的胡楂，有些扎人。

感觉到一抹轻柔的触感意外地落在下巴上，陈鹤予几乎是不可控制地退了一步，他盯着得逞后笑得猖狂的她好久，才问出一句：“你干什么？”

“陈鹤予，你居然会脸红，难得，真是难得。”

不等他说什么，姜西已经蹦蹦跳跳地下了楼。陈鹤予愣了愣，没听错的话，她最后一句话说的是“回来再亲你”。

外面还在下雨，大伯开着一辆众达的高配车在凹凸不平的泥地里行驶，却时不时地偏头看姜西一眼。

“大伯好好开车啊。”姜西微笑着提醒。

“我是不知道你在笑什么。”姜西上了车就开始笑，都快到祠堂了还没停，大伯受到她的感染，也笑起来了，他问她，“今天那个是你对象？不是才说没人爱你吗，怎么，现在突然有人爱了？”

姜西笑嘻嘻地想避开这个话题，但耐不住开心，她犹豫了下，问道：“您对他第一印象怎么样？”

大伯如实说：“长得不错，和你站在一起倒是挺般配，就是这工作是不是不稳定了点儿？看他开的车也不像是做这份工作的人啊。”

姜西这才想起今早陈鹤予开过来的宾利欧陆。

“那不是他的车，估计是借的。”存款两万元的陈鹤予怎么可能买得起这种车？

之前姜西也想过他都二十八岁了，为什么会来艺术馆做这样的工作，现在想来这份工作再适合他不过。姑婆是个那么好说话的人，他不能接触黑暗姑婆肯定也是知情的，所以才会让他只上白班。

五点就能下班，还住在艺术馆里，能省去上下班路上的时间和隐形的危险，这的确适合他。

姜西倒没有评判他做这份工作是否有前途。看来谈恋爱使人智商为零是真的，她细细一想，如果这个人换一换，换成别人，她兴许就会觉得这个人不思进取了，但谁叫她偏心呢。她不介意陈鹤予做这份看似不稳定的工作，她每年的工资加上年终奖有不少，手里还有存款，以后由她来养家并不成问题。

“大伯，这事儿你先别和我爸妈说，等他们下次回来，我想亲口告诉他们。”

这是她第一次谈恋爱，第一次有了亲人以外珍视的人，这种事，她还是想亲口跟父母说。

大伯说：“知道，你们好好在一起相处，大伯先祝福你们。”

这天晚上，大伯留在祠堂守夜，叫了邻居送姜西回家。到了老宅门口，姜西下意识地抬头望了眼二楼陈鹤予所在房间的位置，那里的窗帘拉得很严实，隐约有光线透出来。

姜西向邻居道谢，她进门上楼的步子都是愉悦的，应该说心里有了期待的人，每分每秒都是愉悦的。

她敲了敲陈鹤予所在房间的门，等开门的间隙她津津有味地看着涂了红漆的门，发现上面还贴了一张很小的奥特曼贴纸。

很快，陈鹤予开了门。

姜西先是闻到了一阵香味，大概是洗发水或者沐浴露的气味，接着看到了开门的人。他果然是刚刚洗完澡，头发还湿着，衣服也是新换的。

“还带衣服了？”

姜西指着他身上那件她从没见过的黑色T恤，是件棉长袖。这里因为刮台风，气温骤降了好几度，即便是在室内也有点冷，穿长袖正好。

陈鹤予脸上已经有了点困意，他低头笑了下，语气自然地说：“我想过，如果你没有回应，我就死缠烂打，今晚就没打算走。”他将门缝拉得更大，笑道，“进来？”

姜西像是听见了什么了不得的消息，她乐得捂着嘴进门，一进门整个人就忍不住往陈鹤予身上贴。陈鹤予一只手关门，一只手打算推开她，他问道：“干吗，一回来就要亲我？”

“我只是在想……”她伸手抱住他的腰，“先抱一下。”

“嗯。”他背靠到门上，用和白天差不多的姿势搂着她的背。

姜西说：“我只是在想，是我昨晚一整晚没回你消息，才把你惹急了来找我的，是吗？”

陈鹤予沉声说："我以为你出事了。"

他摸了摸她的头，真奇怪，上午她一走他就挺想她的。明明他困得要死也睡不着，于是就翻了翻她的微信朋友圈。她的朋友圈里大多是众达的汽车广告，偶尔有几张她吃下午茶时的自拍，都是她对着镜头笑的照片，表情虽然浮夸，但很漂亮。他将那些照片一一保存，看了一下午，直到刚刚才去洗了个澡，想着她应该快回来了。

"下次不会不回你消息了。"姜西软声说，"我以为你只是告诉我快递的事儿。"

陈鹤予说："下次也不会和你聊这么没营养的话题了。"

"哦。"她笑嘻嘻地从他怀里仰起脸，问道，"那什么是有营养的话题？"

陈鹤予想了一会儿，感觉有些头疼，说道："不知道，等聊到再说吧。"

姜西一直仰着脖子，以至于脖子有些酸疼，她重新低下头靠着他的胸口。外面风雨如晦，这里有他真实的温热的身躯。

"我觉得我们现在就在聊没营养的话题。"

"那聊点什么有营养的？"陈鹤予漫不经心地玩起了她背上的发尾。

"楼下那辆宾利欧陆哪儿来的？"姜西突然问。

"我借的，"陈鹤予老实交代，"有个朋友住在老街尾，是挺好的一个朋友，有空介绍你们认识。他平时比较忙。"

姜西没想到他在这里还有朋友，她好奇道："街东还是街西？"

"街西。"

"有钱人啊——"姜西感叹了一声，"街西住的都是本地有钱人，你怎么认识的？"

"意外，缘分。"陈鹤予简单概括，他现在不想多说，只道，"下次带你跟他见面了再告诉你。"

姜西在他怀里点头，然后说："陈鹤予，你是不是落难的富家少爷？我觉得你长得很像富家少爷，你肯定还有很多事儿没有告诉我。"

陈鹤予笑了笑，感觉嗓子一痒他又用拳头抵在嘴边，转头咳了咳，然后问她：“介意我晚点儿告诉你吗？我还没想好怎么说，事儿挺多，说了怕你不要我了。”

“你不会做过违法的事吧？”姜西又抬头问道。

“那倒没有。”陈鹤予认真地回答。

“没有违法行为就是好公民，我才不会不要你呢。”姜西忽然猛地在他胸前吸了口气，深深地感叹道，“哥哥好香，我也要去洗个澡！”

04

窗外垂落的雨帘裹着绿色的田、灰色的路，冰凉的水汽吸附在封闭的透明玻璃上，隔离着屋外屋内的清凉与炙热。

外面的雨下得还是不尽兴。

听着雨声，陈鹤予的注意力忍不住转移到鼻尖嗅到的她洗完澡后散发的香味上，他偏头看了一眼人，把手枕到脑后，不动声色地提醒：“这里有两张床。”

姜西躺得直直的，她往他那边凑了凑，感觉到胳膊终于碰到了他的胳膊，面不改色地说：“我知道，我就想挨着你嘛。”

“你今晚真的要睡在这里？”

“你不会碰我的。”姜西掀起被子，那是她从客房搬过来的，刚洗过，也是香的。她惬意地将脑袋往被子里埋了埋，只露出一张小脸，没脸没皮道：“要是碰我也行，我求之不得啊。”

陈鹤予半晌没说话，而后他将她盖在下巴处的被子扯上去一点儿，盖住她的半张脸，只露出她圆圆的眼睛，说道：“我不是正人君子，但没想现在碰你，正经点儿，你要睡这儿我就去旁边的床上睡去。”

“亲一下再走，”她商量道，“你怎么都不亲我？”

她早就在等他亲她了。

从他开门放她进来的时候她就在等了，没想到她洗完澡出来却看到他已经靠坐在床上。她脚步匆匆地去客房抱了一条被子，也跟着他坐到床上，到后来两个人都躺了下来，他还是没动静。

这种事，好像应该是男人主动点儿才对？

也许是灯光太亮，也许是第一天在一起，一切都还在试探之中。

“脸靠过来。”陈鹤予终于低低地说了句话。

姜西浑身都被裹得严严实实，像条毛毛虫，陈鹤予倒是穿得整齐，身上什么也没盖。他把手伸过去，把“毛毛虫”搂近，先看了她一会儿。

有点不好下嘴。

他试探性地用嘴唇碰了下她的脸颊，碰上的那一瞬间他只觉得姜西的脸蛋细腻、柔软到让人的心都化了。

他的嘴唇在她的脸上停留了一会儿。

光亮中，姜西眼巴巴地等着，她瞪大眼睛瞧着这个贴在自己脸上却没有下一步动作的男人。

怎么有点儿替他心急的样子？

陈鹤予笑了，因为他发现姜西在瞪着自己。

两个人对视了一会儿，陈鹤予离开些许距离，故意吊胃口地说：“看我干吗？”

看姜西翻了个白眼，他觉得更好笑了，忍不住亲了亲她的鼻尖。

距离突然被拉近，姜西以为总该轮到亲嘴了，她迅速闭眼，感受着鼻尖传来酥麻的触感，结果又没下文了，她睁眼就看见陈鹤予抿着嘴在忍笑。

实在忍不了了，她在被子里挣扎着准备出来，结果之前她把自己裹得太紧，好一会儿手都没能出来。好不容易将手露出来，姜西只觉得自己和被子都被他紧紧抱住，她抬眼，陈鹤予直接亲了上来。

嘴唇相触的一刹那，两个人的心口像是有烟火倏地炸开，七彩的烟火向四面飞散。

他在很认真地吻着她。

陈鹤予感受着女朋友身上的香气，嘴角有笑意。一不留神，姜西的舌尖就霸道地迎了进来，他一怔，很快含住，慢慢地吮吸着。

姜西热切地迎合着他。

亲着亲着，陈鹤予放下撑着身体的手臂，隔着被子压住她。姜西感受到了他的重量，但她并不觉得重，只觉得内心充满了安全感和满足感。

两个人越吻越深，姜西趁着换气逃脱开，软绵绵地叫了声："哥哥。"

上方的男人浑身一僵，惩罚般轻咬了下她的嘴唇，嗓子哑到不行。

"别叫我哥哥。"他眼底带着些许隐忍，说道，"还是回去睡？"

她要是留在这里，今晚才真是要命了。

"不用我……留下吗？"

"走吧。"他拍了下她的脸，翻身到一边。

第二天一早，外边还下着雨，陈鹤予就打算要回塘东了。那辆银灰色的宾利欧陆就停在房子外面的空地上，姜西怎么看怎么觉得这辆车眼熟，可就是想不起来身边谁有这车。

姜西撑着伞将陈鹤予送到车边，说大伯原本希望祭祀结束后能在家里和他一起吃顿饭。

"不合适。"陈鹤予把头顶的伞往她那边偏了偏，他身上很快有了细微的水珠，"昨晚在这儿住了一晚都觉得挺不好的了。"

如果不是舍不得离开，他应该不会在这里住一晚。

"那我明天晚上回艺术馆找你。"

陈鹤予笑了声："晚上找我干什么？又想睡我的床？"

"可以一起睡的。"姜西忽然脱口而出，又觉得自己太主动了，顿了顿，过了一会儿又压低声音说了一遍，"可以的。"

昨晚想了一夜，她好像并不在乎这件事情的快与慢，只是盲目地渴望与他做任何事，无关其他。

陈鹤予摇了摇头，他忽然觉得姜西有点儿好玩、好笑，还有点儿单纯好骗，他快招架不住了。

"总觉得我在欺负你。走了。"说完，他去开车门。

姜西将伞往前送了送，见他开了车门后却没上车，他在原地停了一会儿，站姿随意，懒散得一如往常。

水雾茫茫中陈鹤予回过头来，又看了姜西一眼。

他抓住姜西撑着伞的手，将伞往她身后推，只留了点地方给她遮雨，自己淋在雨下。他微微弯腰，配合着她的身高，嘴角噙着笑问她："还想说什么？"

姜西脸一红："想问你不来个告别吻吗？"

陈鹤予挑眉，低头轻轻碰了下她的唇，戏谑地道："嗯，看出来了，你眼睛里全写着呢。"

崔栩仟在塘东老街的自建房基本没人住，崔栩仟即便休假，他也不爱回这里。空荡荡的房子和院子毫无人气，院子里的那些花草树木要不是请了人定期来打理，早就枯死了。

这些年崔栩仟手里有了积蓄，在京州买了房子，平时都住在京州，一是为出席活动方便，二是他那帮明星朋友基本都定居在京州。

最近他难得闲了下来，人却破天荒地留在了塘东。

广告现场，崔栩仟卸完妆，去了更衣室换衣服。

史乔岳在门外问他回哪儿，他说要回家。

"回塘东老街？"史乔岳也是塘东人。

崔栩仟套好短袖应了一声，漫不经心地道："嗯，等会儿我哥要过来。"

史乔岳小小的一双眼睛眯成一道缝，他欲言又止，好一会儿才道："小仟，你跟你哥……"

崔栩仟利落地推开更衣室的门，手臂上挂着换下来的衣服。他在一旁的架子上找了衣架挂好衣服，回头吊儿郎当地轻笑了一声："小岳哥，你想什么呢？鹤予哥是我哥，小岳哥你也是我哥，你看我跟你能有什么吗？"

史乔岳开车把崔栩仟送回老街。

车刚在路边停稳，一辆银灰色宾利欧陆就缓缓驶来，停在他们后面。

崔栩仟推门下车，一路小跑到身后那辆车的驾驶座门外喊道：

“哥！”

车内，陈鹤予慢条斯理地解开了安全带，抬眼望着车窗外的人。来人戴着黑墨镜、黑口罩，人半蹲着，脸都快要贴到他的车窗上了。

陈鹤予挥了挥手示意崔栩仟走远点儿，他要推门下车。史乔岳也走过来，陈鹤予下车，客气地朝他点了点头：“岳哥。”

史乔岳也冲他点点头：“你也住这儿？”

“里面有家艺术馆，我在那儿上班，住在馆里。”

“哦。”史乔岳对他的事已经没了兴趣。

“钥匙给你，我走了。下次藏钥匙换个地方，起码放在保险柜里。”陈鹤予将钥匙丢给崔栩仟，准备走。

“别啊，哥，我下礼拜要去录封闭式综艺节目，再见面指不定什么时候呢，今天一起吃顿饭啊。”

陈鹤予想了想，点头：“行。”

这个点吃的是午饭，史乔岳也被崔栩仟留了下来。三个人叫了塘东老街一家老牌菜馆的外卖，在崔栩仟家古色古香的饭厅里吃。

吃到一半，史乔岳接到一个重要电话，跑到饭厅外面的院子里去接。崔栩仟这才灌了口可乐，笑眯眯地问陈鹤予：“你开我的车去哪儿了，一晚上都没回来？”

陈鹤予把露在外面的项链塞回衣服里，面无表情地说：“去见女朋友。”

崔栩仟顿了一秒，问道：“你说笑呢？”

“你不信？”陈鹤予起身去倒水，转身的时候脸上藏了点笑意。

“嘁，”崔栩仟一脸嫌弃的表情，“哥你跟谁学坏的？以前的你可不会开这种玩笑。你还记得小时候住我家对门的那个小丫头吗？她天天缠着我，为了什么呀？还不是为了跟着我，进而跟着你啊！好家伙，她缠了我们整个暑假，你就只对她说过一句话——说话可以小声点儿吗？你这种冷面直男是会和女生相处的人吗？就连我有时候都被你挤对得够呛。我觉得你这种性子根本就找不到女朋友，除非有人忍耐力比小时候的那丫头更强，没脸没皮地主动追你、缠你，你最后才会妥协。”

陈鹤予笑了笑，端着水杯走回去，什么小丫头，他一点儿印象都没有。

他刚走到八仙桌边，摆在上桌上的黑色手机就“嗡嗡”地振动了起来。他将水杯放到旁边，拿起手机解锁，是姜西发来的消息。

姜西：“我拿了大伯的手机给你发消息！你到了吗？”

陈鹤予：“嗯，到了，正在吃饭。”

姜西：“吃的什么？”

陈鹤予打开手机软件里的相机，当着傻了眼的崔栩仟的面，拍了一张饭菜的照片发过去。

本来他还想再补一张边上这个傻子的照片，但他想想还是算了，下次让两个人正式认识比较好。

陈鹤予发完照片，回道：“还车，在他家。”

这是陈鹤予第一次发图片给她，平时他连个表情包都没发过。姜西受宠若惊地点开照片放大看了看，满桌子的菜。饭桌是红色的八仙桌，靠左的位置上有另一个男人的手，那男人手里还握着一瓶红色的可乐罐。

看来朋友确实是男生没有错了。

姜西：“慢慢吃。”

崔栩仟在一旁看着陈鹤予逐渐扬起的嘴角，惊讶地道：“你真有女朋友了？！什么时候的事儿？！为什么我会不知道？”

“大明星这么忙，还需要我报备私生活？”陈鹤予低头笑了笑，打字回消息，直到姜西说要继续去忙了，他才锁了屏坐下，“我们才在一起一天，你是第一个知道的，下次介绍你们俩认识。”

“嫂子是哪里人？”崔栩仟的表情从目瞪口呆转为好奇。

“姜老师的侄孙女。”陈鹤予说。

“你把人家侄孙女给……等等，侄孙女……不会比我还小吧？！”

“大你两岁。”

“原来是姐姐啊。”崔栩仟松了口气，忙挪动椅子凑近他，“那嫂子长得漂不漂亮，有没有照片？好奇死我了，你才来一个月，她就能把你收了？”

“嗯。”

陈鹤予回忆了一下从姜西朋友圈里保存下来的照片，似乎每一张都是对着镜头拍的。他其实觉得这些照片拍得不错，但把这样私人的照片给小仟这样的陌生人看似乎不太好。

陈鹤予随口说没照片，只形容道：“漂亮，很有灵气的长相，个性不错，你们俩估计挺合拍的。”

崔栩仟顿时吓得把椅子挪回原位，瞪眼：“这是什么话？！”

陈鹤予笑了下，解释道：“说你们挺像的意思。”两个都是叽叽喳喳的性格，说起话来没完没了的人。

史乔岳在外面打了半天电话，终于进门，他脸色不太好。

崔栩仟看到他这副神色，忐忑道：“我上热搜了？”

“你除了广告还能上什么热搜？”史乔岳把手机往桌面上一放，叹了口气，忧愁地说，“是韩公子的电话。”

崔栩仟：“韩域哥？”

“他怎么会知道众达想要邀请你做代言人的事儿？”史乔岳纳闷道，“他电话打过来是问进展的，但他应该事先知道我们这边拒绝了合作邀请，张口就问我理由。我能说什么，我总不能说我们看不上众达吧，就跟他说你年纪太小了，形象不符，暂时不考虑这类代言。你猜他说什么？”

史乔岳哼笑出声：“他说只要我们接了众达的代言，AC 中国区的形象大使也给你做！他这不是疯了吗，他图什么？”

“岳哥，上个月在京州 AC 酒店的商务晚宴上，就是你没去，我哥陪我去的那一次，”崔栩仟说，“韩域哥安排过我和众达的一位对接人见过面。”

史乔岳觉得口干舌燥，他喝了口水，问：“众达的人跟你说什么了？”

“说什么不重要，就是有关代言的事儿。重要的是，那位对接人是个美女姐姐。韩公子和她很熟的样子，不过他们看起来也不像是一对……

韩公子有公开的未婚妻，但他看那位美女对接人的眼神吧，我觉得不一般。他那次请我过去，大概也是因为美女对接人想见我。”

“你的意思是，韩域做了这么多，连自家集团酒店的代言都双手递上了，就是为了帮众达那个女的？”

崔栩仟挑了挑眉：“我就这么一猜。”

下午，淅淅沥沥的雨终于停了下来。雨后初夏的艺术馆味道显得格外清新，蛙鸣四起，衬得这片后院更加幽静。

姜西中午给陈鹤予发过消息之后便没了动静。

陈鹤予擦干净后院古树下的石凳，坐在那里看了会儿手机，他心想，应该给她买好手机再走的。

晚上，陈鹤予随便吃了点儿东西，便早早进屋，眼下没什么能做的，还是等姜西的消息吧。

他原先也没有觉得生活有多无聊，但跟姜西确认关系后好像不一样了。他发现原来他手头可以做的事情少之又少，现在把自己关在屋子里，他能做的唯一一件事居然只是等女朋友的消息。

又胡思乱想了一阵，他点开手机随便下了个游戏打发时间，好不容易才过去一个小时。当然，其间他曾无数次地打开过微信。

昨晚他几乎都没睡，他想了很多，想到如果他这辈子都好不了，但姜西还是要他的话，她大概会受很多委屈。

他们在一起，他没法儿在接她下班后再陪她逛街，没法儿和她牵着手进电影院看电影，甚至如果关系更进一步的话，晚上家里都没有办法关灯。

会委屈她，他这么想着。

可现在让他放弃，他绝对不愿意。有些事情一旦开始，就很难再放手。

陈鹤予拿着一支烟绕着手指转动，也没打算点燃，就这么绕着玩来打发时间。

想了这么多，但其实他们确认关系才一天。

所以总有人说，初恋是飞蛾扑火，初恋是你在想象里就已经跟她到了天长地久。

床上传来手机振动的声音，提示有两条新消息。

他点开，是一张机票的照片和一张哭泣的表情包。

姜西："连请三天假的后果是临时被派出差。"

姜西："明天见不到你了，哥哥。"

陈鹤予头疼，因为"哥哥"两个字，不过好在不是从她嘴里叫出来的。

他点开机票截图看了下信息，问："今晚就走？"

姜西："哭哭。是的，你不要想我。"

陈鹤予："好，不想。"

姜西："哥哥你没有心。"

陈鹤予："别叫我哥哥。"

姜西："陈鹤予你没有心。"

他看着屏幕愣了好一会儿，笑着回道："是没有心。"

姜西端着杯热拿铁坐在候机厅，看着聊天框里陈鹤予最后发的消息。

"路上小心，到了给我发消息，在线等。"耳边好像响起了他的声音。

姜西想劝他早点睡，不过想着他也睡不着，还是等到了酒店告诉他一声，让他放心好了。

飞机在一片璀璨的夜色中降落，姜西根据闫青山给她的信息，联系了闫青山为她安排的酒店接驳车。

一通电话打过去，接电话的是个男人，对方刚刚叫出"姜西"两个字，姜西就怔住了，她疑惑地开口："韩域？"

"你在哪儿？"电话那头也是喧闹的声音，不用猜，他人就在机场。

姜西正想挂断电话，眼睛已经先看到了前方穿着正经的男人。韩域隔着一段距离冲她笑，一边向她走过来一边在电话里说："看到你了。"

眼看着韩域越走越近，姜西拖着那个从乡下直接带过来的行李箱退了一步，她神色不明地问："闫总让你来接我的？"

韩域并不隐瞒，他如实说："就是托闫总帮了个小忙。姜西，见你一面真不容易，你把我的微信拉黑，手机号码拉黑，是存心要躲着我吗？”

姜西哼笑一声：“你心里清楚，怎么还这么多屁事儿？”

说完，她拖着行李箱往出口方向走，韩域几步上前抓住她的行李箱拖杆。

“放手。”

韩域加大力道，面上露出不怀好意的笑容，他牢牢地盯着她：“这个月，我会和莫璧微订婚。”

“喜事？那恭喜了，请你放手。”

“订婚仪式结束的当天我就会和她分手。”

姜西愣了愣，觉得眼前韩域的渣男形象被无限放大。哪怕他出现在众人面前的时候永远干练、正经，但姜西就是觉得他着装再正经都不如陈鹤予随便套件T恤来得端正。

“你是神经病吗？你们两个人要订婚、要分手关我什么事？韩域，看在同学一场的情分上，别让我以后回忆起来只有和你纠缠的这些画面。”

韩域松了手，姜西毫不犹豫地拖着行李箱离开，她大步往前走，没回头，她能感觉到身后的人没有再跟上来。

姜西去外面打了辆车去明天举办活动的酒店，上了车给陈鹤予发消息时，她才发现手有点颤抖。无关其他，她只是气愤。

自己明明什么都没有做，这两个人总是绕在自己身边干什么？

姜西打下“我在去酒店的路上了”几个字，想了想，她又在后面补了个叹号。

陈鹤予秒回：“嗯。”

姜西把手机抱在怀里，一时没有再回。

窗外的路灯一盏接着一盏闪过，高架桥下灯火通明，夜景璀璨。

大概这就是爱人的力量，一个“嗯”字就足以让她心安。

活动在艾西酒店如期举办，姜西代表闫青山出席，受到了前辈们接二连三的询问。其间凡是讲过话的，她通通加了微信，交换了名片。就这样，她的人脉圈靠着这一场又一场的活动在悄悄地拓展。

活动结束于当天下午两点，姜西买了两点半的机票，她和会场负责人打了个招呼，提前离开了活动现场，出发去机场。

她疯狂地、迫切地想要在今晚见到陈鹤予。

第八章

我会陪你

01

临上飞机前，姜西收到了灿灿发来的消息。

灿灿：“西姐，你不在艺术馆啊？”

广播正在播报登机通知，姜西将包挂到身上准备排队登机。

姜西：“你去艺术馆了？”

灿灿：“对呀，今天天气好，小莫姐约我来塘东老街逛逛，我们路过艺术馆就想看看你在不在。”

姜西看着消息发了会儿呆，她竟然无意识地打出一句：“莫璧微在干吗？”

灿灿：“小莫姐姐在看画。西姐，你们这儿的讲解员小哥长得不错嘛，人也幽默，会讲话。”

灿灿直接拍了一张照片发过来。

姜西点开看了一眼，只见照片里莫璧微穿着一件收腰的纯白色连衣裙，一头乌黑的波浪卷发垂在身后，光看背影就觉得气质清纯。她指着墙上一幅图偏头看着身边的男人，侧脸立体漂亮。

男人穿着一件格子衬衫，袖子挽了半截，露出一小截手臂，背影很壮实。

原来是小达。

姜西看了一会儿，刚要关闭微信对话框，灿灿又发来一张照片，激动地叫道：“西姐！”

灿灿：“你家艺术馆的讲解员都是从哪儿找来的？！这个哥哥绝了，也太帅了吧！”

这回灿灿是单拍的陈鹤予。

高高瘦瘦的他照旧是一身宽松的黑色衣服，脚上踩着薄底的黑色板鞋。他应该是刚刚过来上班，正从后院往前厅走来。他一只手拿着红马甲，另一只手在懒洋洋地拨弄着头发，头发半干不干像是刚洗过的。他戴着白色口罩，只露出一双清俊的眼。灿灿偷拍的时候，陈鹤予正好看了过来，他眉眼冷淡地对着镜头，眼里露出被偷拍的错愕。

奇怪了，他戴着口罩干什么？

奇怪了，他戴着口罩灿灿怎么看出帅的？

姜西看着照片傻笑了一会儿，给灿灿回道：“摘下口罩更绝呢。”

姜西下飞机赶到艺术馆时不到五点，前厅展馆的客人只有零星几个，她进门扫了一眼，没看到小达，却和靠在门框上的陈鹤予对上了眼。

姜西礼貌热情地和门口的两位讲解员阿姨打过招呼，东拉西扯聊了两句才往里走。路过陈鹤予身边时，她故作不经意地随口问道：“怎么没看见小达？”

“送客人，你同事。”陈鹤予默契地装作两个人关系还和以前一样，面上一本正经、不冷不热的。

姜西点点头，作势要往后院走，走了两步之后她又倒退回来，险些被门槛绊倒。

陈鹤予扶住她的背：“走路小心点。”

“你戴口罩干什么？”姜西站正之后说。

他咳了一声，眉眼弯了一下，好像在笑。他喉结滚动了一下，声音懒洋洋的：“很遗憾，我感冒了。”

姜西：“……”

姜西来艺术馆什么也没带，身上就斜挎了一只小小的水桶包。她去卫生间洗了把脸，人瞬间清爽了很多。

日暮时分的后院，夏日晚风还带着阵阵温热，轻轻拂过古树和竹林。姑婆大概短时间内都不会回来，馆长办公室的门此时关得严严实实，整个长廊附近只有卫生间、厨房和陈鹤予房间的门是开着的，略显清冷。

趁着没人，她偷偷溜进了其中一间开着门的屋子。

她把包挂到门后，人坐到椅子上等。五点一到，陈鹤予拿着红马甲回来了。

看见姜西在他房间里，陈鹤予站在门口没进去，他捏了捏鼻梁上口罩的铝塑条，招了招手想把她叫出来："不怕被人看见？出来说。"

"就是怕被人看见才进来的。"

姜西起身过去开灯、拉窗帘，然后拉着他的手把他硬生生地拽进门来。她把门关好，转身抱住他的手臂，说："还好你平时进房间就早，没人会怀疑。"

"他们等会儿会喊你去吃饭。"

"等会儿我就出去，现在就想和你单独待一会儿。"

陈鹤予应声，低头一看，姜西几乎整个人都黏在他手臂上了，他无奈地摇摇头，拖着手臂上的人带她去椅子上坐下，自己则靠着桌边站着。

一番动作下来，姜西的手便落在他的手里，陈鹤予反手握住。

"你怎么感冒的，是因为这两天天凉了？"

"不知道，今天睡醒就这样了。"

"咳嗽？"听着还有鼻音。

"嗯。"

"你有没有药？没有的话，我姑婆办公室里有备用的感冒药，我现在去给你拿。"

"有。"他按住她要起来的身子，说道，"小达给我拿了。"

有点心疼他，姜西还是站起来想去摘他的口罩，可她手还没碰到他的耳朵就被他握住："想干吗？"

"就是想看看你。"

陈鹤予倚靠着桌边，比站着时海拔低一些，姜西一站起来两人脸与脸之间的距离更近了。姜西目光灼灼地看着他，眼底的心思写得清清楚楚。

"不给。"他把她的两只手都抓在手里，指腹揉着她的手指。

"今天不能亲亲你了吗？"

"你属猴的吗？"陈鹤予闷笑了一声，果断拒绝，"不能。等我感冒好了吧。"

感觉到手里的手在挣扎，陈鹤予用了点力牢牢握紧，见她还在挣，他索性松手，而后把她拉过来，单手将人揽进怀里，说道："你这一个礼拜都在跑，累不累？"

姜西双手抬起来攀住他的背。

这样亲密的距离，两个人都能感觉到对方温热的身躯和逐渐加速的心跳。

姜西将下巴抵在陈鹤予的肩上，嬉皮笑脸地说："不累呀，我很能跑的，这算什么。你是不知道我大学实习的那家外企有多变态，天天派我一个实习生出差，就连我写论文那一阵都没放过我，我的论文一大半都是在飞机上或者高铁上写的，那会儿是真的累到想哭。"

"最后哭了没有？"他的手臂比较长，几乎将她完全包裹在了怀里。

"当然没有，我不怕吃苦的，虽然会抱怨，但是我会坚持做完。"她忽然抬起头来，嘴唇擦过他的耳朵，有些得意地说，"你看你拒绝我我都没有哭，有志者事竟成，最后还不是换你来追我。"

陈鹤予想笑，喉咙一痒又想咳嗽，他把她的头按回去，将脸偏向另一边咳了咳。姜西抱着他，手一直在他背上轻拍，直到他咳完了她的手还在他背上轻轻拍动，跟哄小孩儿似的。

她拍着拍着忽然说："陈鹤予，你真的是我男朋友吗？"她始终觉得像做梦一样，抱着面前的人都觉得不真实。

陈鹤予笑了下，故意说："不是。"

姜西的脸忽然一下仰起来，盯着他的眼睛说："你反悔了？"

"我不是你哥哥吗？"他无奈地道，"一天到晚哥哥、哥哥的，搞得我总觉得我们像充满禁忌的兄妹恋。"

姜西扑哧一声笑出来："你不喜欢我叫你哥哥啊，我以为年纪大点儿的男人都喜欢呢。"

陈鹤予说："不喜欢。"

姜西一副"我也没办法"的样子："那你要尽快习惯，因为我喜欢这样叫你。"

姜西说完，脸正要往他肩膀上送，房间门忽然被"砰"的一声打开，她下意识地抬手去遮陈鹤予的眼睛，速度快到连陈鹤予都没反应过来怎么了。

姜西向突然开门的人看去，就见小达的手僵在门把手上，他嘴巴张得老大："西，西姐……"

这是什么情况？他居然看见西姐霸道地把他的鹤予哥整个人抵在桌上，这难道是"桌咚"吗？！关键是被"桌咚"的男人居然无动于衷，西姐的手盖在他的眼睛上，他居然一点儿反抗都没有？

小达简直要怀疑自己的眼睛是不是出了问题。

"西姐……我，我是不是打扰到你们了？"

"是的，出去把门带上，谢谢。"

小达听了，火速转身关门。

"你吓到小达了。"姜西的手没拿下去，陈鹤予也不动。

"我才被他吓死了！"

姜西感觉手心下的睫毛轻微地扇动了几下。

"难受吗？外面天有一点点暗，你刚刚有看到吗？"

陈鹤予摇头，双手往后撑在桌上，十足像一个被调戏的男人，静等着姜西的手放下来。

姜西一瞬间有些不忍心，她的手还盖在那里，能感觉到手心下方的口罩内他的呼吸很缓很缓。

刚刚差一点儿，他又要难受了。

“陈鹤予，不要怕。”姜西慢慢贴到他耳边，柔声说道，“别怕，不管白天黑夜，我都会陪着你。”

姜西的手缓缓移开，陈鹤予睁开眼，又见满室亮堂。

接着，他又听到她贴在他的耳边，一字一顿地温柔道：“我会陪你。夕阳会西下，你的西西永远不会离开你。”

周一一大早，姜西来到闫青山的副总裁办公室外等候。

九点整，闫青山踩着高跟鞋，穿着一身干练的西服从走廊一端走来。远远地，她看见姜西毕恭毕敬地站在她的办公室门口，心里已猜着了三分。

她开门，冲姜西点了下头：“进来吧。”

姜西站在门口没动，她直截了当地道：“闫总，我有男朋友了。”

闫青山扶着门的手一顿，她难以置信地看了她一眼：“什么时候的事儿？”

“上周。”

“我认识？”

“您不认识，他来临州没多久。”姜西礼貌地微笑道，“闫总，韩域对我来说一直是同学，往前推几年可以说是好朋友，但现在的话，我最多只能把他看作是一个有机会合作的伙伴。除此之外，我跟他不会再有交集了。”

闫青山低头沉吟了一会儿，再抬起时，面无表情地说：“是我想多了，我以为是在帮他，也是在帮你。”

姜西说：“您的心意我明白。”

闫青山拍了拍她的肩膀，没有再说什么。

副总裁办公室的门被重新关上，姜西往工位的方向走去，刚过转角处，她一怔，忽然顿住脚步。

莫璧微端着一杯水站在那里，似乎在等姜西过来。

她面不改色地笑了笑：“抱歉，我都听到了。”

姜西也没什么好尴尬的：“听说你们这个月要订婚了？恭喜。”

莫璧微说：“你当然要恭喜。姜西，不瞒你说，我最缺的就是你的祝福。请帖我一定给你，记得到时候带着男朋友一起来。”

02

陈鹤予和姜西暂时不打算在艺术馆的众人面前公开两个人已经在一起的消息，整个艺术馆里，就只有小达那天在陈鹤予的房间门口撞见两个人抱在一起。

周日这天，姜西借艺术馆的厨房包饺子，她从早上包到中午，连带着把当天值班的讲解员的那一份都包了。

早上她刚来的时候，陈鹤予陪了她一阵儿，给她打了打下手，等有员工赶到，他便自觉地退出厨房，正好撞见了要进来取杯子的小达。

小达眼睛看着埋头包饺子的姜西，手指指着正要踏出门的陈鹤予，他结结巴巴道：“你你你你你你，你们——”

陈鹤予拍了拍小达的肩膀，然后笑笑，侧身给他让路，说：“问你西姐。”

姜西在心中叫屈：这事儿并不是她不愿意公开，是陈鹤予说两个人的进展太快了，在大家面前不好解释，他要等她姑婆回来，亲口告诉姑婆后再告知大家。

姜西发现自己谈恋爱之后有一点儿传说中的“恋爱脑”，只要陈鹤予说得有道理，那她就答应。况且这样在大家的眼皮子底下谈恋爱的感觉也不错，有一种刺激感。

“西姐，你和鹤予哥在一起了？”小达从一旁的柜子里拿出自己的杯子，默默地坐到姜西对面的椅子上问道。

小达的语气比姜西想象中的平静，她默认了他的疑问，反问他：“你不惊讶吗？”

小达转了下杯子，挑着眉说：“我早料到了。”

姜西一边捏饺子皮一边嘟囔："这你都能猜到？陈鹤予明明一直对我爱搭不理的。"

小达摇摇头，笑着说："我可不是猜的，我是用眼睛看的。"

他脸上一副看透人生百态的表情："你们两个啊，嘴上虽然都没提过，但都是把心思写在眼睛里的人。西姐，你还记得你生日那天晚上吗？那天我和小应下班后扛了两个大西瓜去找你，那天没告诉你，西瓜其实是鹤予哥去你喜欢的那家农贸市场门口的水果铺买的。西瓜买回来以后，他托我们给你送过去，还硬塞给我们辛苦费。这我们哪儿能要啊，你过生日，我们本来也没给你买什么。

"不过你别多想他为什么不自己给你送过去啊！他那天回来以后人就不舒服，整张脸惨白惨白的，吓得我和小应差点要送他去医院……"

……

多余的饺子，姜西打包了一份带去医院给伍清越。

"你真的把陈鹤予搞到手了？"伍清越一边拆调料包，一边吃惊地赞道，"可以啊，西妹，果然你主动起来没有哪个男人能逃脱你的魔爪。我以为就陈鹤予那副谁也不爱的态度，指不定得让你追上大半年，没想到你们这么快就成了。"

姜西笑眯眯地说："是挺快的。实不相瞒，我到现在整个人还是蒙的。"

实不相瞒，她甚至觉得两人目前只是抱抱，都没有恋爱的真实感，只有亲起来才有。

姜西想着想着，下意识地抿了抿嘴唇。

伍清越打开玻璃打包盒盖子的时候睨了姜西一眼，以为她是馋了，问道："你没吃？饿了？咬着嘴唇干吗？"

姜西不好意思地低头笑了笑，招来伍清越一个大白眼："打住！我不想吃饭的时候听你秀恩爱，请等我吃完！"

"不秀，今天不说这个。"

姜西今天过来除了要说她和陈鹤予正式在一起的事儿，还想问伍清越有没有收到莫璧微和韩域的订婚请帖。

“早收到了，寄到了我学校。你没看班级群吗？莫璧微给所有同学都寄了请帖。”伍清越顿了顿，一时没心思吃饺子了，“姜西，我真是觉得奇怪。你说韩域和莫璧微两个人都从京州回来，一个接管了临州这边的AC酒店，另一个呢，临州这么多好的企业她不选，偏偏进了众达，还和你在一个部门，你说她是不是故意要在你身边刷存在感？”

姜西无所谓地说：“自信点儿，最后一句可以用陈述句。”

“这女人真是绝了，都要和韩域订婚了，还来这么一出，她难道想在你身边盯着你吗？”伍清越担心道，“这小蹄子在公司没为难你吧？”

姜西摇摇头，她从包里摸出一颗充气薄荷糖，剥开放进嘴里，说：“本来也没为难过我，我和她不一直都是面上过得去的关系吗？现在我们就是一种比较熟悉，但熟悉之中又透着一丝尴尬的同事关系。因为工作上的事，她午饭基本上都会跟我一起吃，我带的实习生还挺喜欢她的，大多数时候她也确实不招人讨厌。”

“我只是觉得韩域有点过分。”姜西咬碎糖果，继续道，“就上周，我临时出差去青普，你绝对想不到韩域会在机场等我，他还说他会和莫璧微在订婚的当天分手。”

伍清越惊道：“韩域他发什么神经？莫璧微知道这事儿吗？知道的话，她还这么大张旗鼓地给所有的同学发请帖？”

姜西无奈地苦笑道：“别说同学，她给我们整层楼的同事都发了个遍。”

两人一时都有点同情起莫璧微来，在心里为她打抱不平。

这么多年，没人知道莫璧微心里是怎么想的，为什么会这么执着于韩域。

当然也没人知道韩域是怎么想的，明明他早就接受了莫璧微。这么多年大家时不时从旁人口中听到韩域出席任何活动场合几乎都会带着莫璧微，却不知道他怎么还能执着于姜西，也不知道他为什么要执着于姜西。

姜西纠结得眉头紧皱，她问对面的伍清越：“清越，你会去吗？”

姜西实在太纠结了，如果她没有在青普见过韩域，于同学情分，或于同事情分，她都一定会满怀祝福之心地去参加他们的订婚宴。

可是韩域那句话还是劝退了她，姜西永远猜不到韩域会做出什么让人意想不到的事儿，又或者他说的话到底是真是假，她无法判断。

伍清越夹了个饺子，她也没多想，说：“那天我肯定在实验室泡着，我不去，但你得去。”

姜西眨眨眼，问：“为什么？”

“管他们分手不分手，你把陈鹤予带上一起去，韩域他能当着所有亲友的面做小三儿？西妹，从前你单枪匹马怎么也甩不掉韩域，现在你可是有男朋友的人了呀！”

伍清越咬了一口饺子，又愤愤地补充道：“你这极品男朋友，何况还比韩域那疯子帅那么多！”

当天姜西没去艺术馆，她直接回了家。她到家给陈鹤予发了一条消息，说她有一对高中同学要订婚，问他能不能陪她一起去。

陈鹤予没有及时回复，姜西立马打字：“是午宴，吃完饭就走。”

又等了两分钟，陈鹤予还是没有回复，姜西便放下手机去洗澡了。洗澡之前，她把带回来的多余的饺子放进了冰箱里，打算明天当早饭吃。

她从浴室出来的时候，放在客厅茶几上的手机的屏幕正好亮了起来，她一边擦头发一边走过去，点开消息，看到陈鹤予回了一个字：“好。”

姜西犹豫了一下，缓慢打字：“还有件事要坦白。”

姜西在想怎么说比较好，她打了字又删掉，重复了好多遍。最后姜西觉得单单一句话解释不清楚，于是发了两条 59 秒的语音过去，把她和韩域、莫璧微的关系讲了个大概。最后她告诉陈鹤予，订婚宴当天有很多同学和同事出席，如果他不介意，那么他们一起去，如果他不想去，那么她也不去。

陈鹤予很快回了消息，问：“他的名字？”

姜西一愣，不知道他为什么要问这个，感觉即使说了他也不认识。但她最终还是老实地回道：“韩域。”

姜西觉得自己才刚刚按下发送键，陈鹤予那边就立刻回复了，只一个字：“去。”

韩域和莫璧微的订婚宴在临州的AC酒店举办，场面极为盛大豪华。姜西的同事们也是当天在订婚宴现场才知道，原来莫璧微的订婚对象是AC酒店集团的小公子韩域。

姜西和同部门的同事坐一桌，她特意在旁边留了个空位。

“还有谁要来？”灿灿坐在姜西的另一边问道。

姜西低头笑了笑，说：“我男朋友。”

灿灿一激动就容易惊呼，结果旁边正七嘴八舌聊天的同事全看着姜西，他们惊奇地问：“西姐，你有男朋友啦？！”

姜西点头：“等会儿就介绍给你们认识。”

同事们这下也不闲聊了，全都把话题转移到姜西身上。

“哟，小姜什么时候谈的男朋友？没听你提起过啊。”

“嚯，搞得我措手不及，我有个在楼上做程序员的朋友前两天还问我要姜西的联系方式来着，我昨晚才把你的微信名片推给他。”

“小姜之前没谈过吧？这是你的第一任男朋友？他是做什么工作的？”

“我们部门这回是撞上桃花了，小莫订婚，连我们的小姜也有对象了！”

“大哥，我这不是还没找到对象——”

……

姜西少有地露出腼腆的笑容，她一一回答完同事们的问题，正要回答他是做什么工作的时候，她放在圆桌上的手机忽然一振。

姜西握住手机，起身说：“他到了，我现在去接他。”

姜西今天穿着一条浅色系的连衣裙，包裹着的身材玲珑有致。为了配合陈鹤予的身高，她还特意搭了一双五厘米的细高跟鞋。只不过她平时很少穿高跟鞋，所以不习惯，走路走得歪七扭八的。

陈鹤予在酒店大堂靠近电梯的位置等姜西。他今天穿得仍旧随意，是他一贯简简单单的休闲风，但即便如此，他站在那里也极为惹眼。路过的男女频频对他注目，陈鹤予不知道，他们捂着嘴窃窃私语，是以为偶遇了哪位男艺人。

陈鹤予被看得不耐烦，索性转身面向墙壁。听见电梯到达一楼的声音，他转头，就看见姜西从电梯内出来。只见她双手摆在两边维持平衡，走路姿势很怪，像一只笨企鹅。

陈鹤予看了她脚上的鞋跟一眼，细得都快赶上他的手指了。

“你来啦！”姜西最后几步加快速度，直接扑到了陈鹤予怀里。

他伸出双手稳稳地拖住她，看到她今天金闪闪的眼影，他语气意味不明：“看来今天场合很隆重，打扮得这么好看。”

姜西扶着陈鹤予的手臂借力站稳，她摸了摸自己的头发和脸，又低头看了看裙子和鞋子，问道：“这种程度就好看了啊？”

陈鹤予哼了一声，没说话。

姜西扑哧一声笑出来，伸手戳戳他的脸：“喂喂喂，陈鹤予，如果这种程度都觉得好看的话，请反省一下你自己，是迷恋我迷恋到什么程度了？等下次我再来个‘性感小野猫’套装，你看见了岂不是要立马腿软了？”

陈鹤予一愣，他深深地看了她一眼，偏过头面不改色地道：“那倒是不会软。”

03

姜西牵着陈鹤予的手领着他进门。

整个宴会大厅里人很多，两个人好不容易回到席位，还没等坐下，就已经迎来了姜西满桌同事的注目。一个个的都格外热情，像主人一样招呼陈鹤予快坐。

早在看见二人牵手过来的第一眼，一帮人就开始起哄了，他们看见陈鹤予的第一眼是八卦的心思居多，第二眼便是惊讶了。

远远看去，穿着一身低调的黑色运动装的男人在宴会厅涌动的人流中并不起眼。大家只会觉得这个人个子高，衬得他边上的女朋友格外小巧。再往上看到脸，大家就要在心里低吁一声了。这人好看到一下就让人想到“高级”两个字，视线在他身上多停留两秒，就会感受到他身上特别的气场。

姜西早料到同事们会有如此反应，所以她并不在意他们的起哄。她只是怕陈鹤予认生，所以自进门开始就握紧了他的手没有放。一直到他在预留给他的座位上坐下了，她的手还在他的手背上。

陈鹤予倒是比姜西想象中坦然很多，他主动跟她的同事们问好，又落落大方地做了自我介绍。

这桌同事以女孩子居多，她们七嘴八舌地开始追问两个人在一起的事。陈鹤予知道她们是在好奇他的事，于是回答得老老实实、认认真真，半点没有他们在一起之前他在姜西面前的高冷样子。

“几岁了？”

“今年二十八岁。”

“怎么和我们小姜认识的？”

“其实，是个意外。”他讲了在码头发生的那件事情的经过。

“那后来呢？又见面了？”同事们一下子全瞪圆了眼。

他点头，又说了很多。

姜西看着陈鹤予的侧脸，他说话时嘴角带着很浅的笑意，不说话的时候就抿着唇仔细聆听同事们的提问。

姜西忽然觉得这有点不像平时的陈鹤予，在她的印象中，陈鹤予除了在艺术馆讲解，好像从来没有讲过这么多话，回答这么多八卦问题。

不知道是不是她的错觉，他好像努力地在她同事们面前给足她面子，一点儿也不敷衍。

“少问两句啦。”姜西劝了一句。

同事们当姜西是在害羞，仍然不肯放过，继续追问：“你们两个，谁追的谁？帅哥，不会是我们小姜追的你吧？”

姜西哼唧一声，正要笑着反驳这个问题没有营养，是她追的又怎么样，两个人在一起，总要有一个人主动。

她放在陈鹤予腿上的手却突然被他握了握，他面不改色地清了清嗓子，比她先开口：“当然是我追的她。”

同事们的表情变得更加暧昧起来。

“好幸福啊，姜西，你男朋友真帅。”

“我们小姜要么不谈恋爱，一谈就谈到个宝。”

“看来小莫订婚了，小姜也快了吧？”

姜西第一次受到这样高的关注，一时也有些兴奋。等同事们高涨的情绪降下来了，姜西这才发现右边座位是空的，她疑惑地问道：“灿灿呢？”

有人回答：“你前脚刚走她后脚就上厕所去了，奇怪，怎么还没回来？”

她和陈鹤予在这儿坐了都快半个小时了，姜西不放心，拿起桌上的手机给灿灿拨了个电话。

“对了，帅哥，聊了这么久，还不知道你在哪里上班？”一同事像是忘了问什么了不得的问题。

陈鹤予嘴角敛起了两分笑意，说道：“在艺术馆。”

大家听到答案都顿了顿，他们都知道姜西的姑婆在塘东老街经营着一家非营利性质的艺术馆，平时大家也都爱去塘东老街逛街，几乎都去过那家艺术馆。

提问的那位同事略微诧异道：“不会是姜西家开的那个吧？”

陈鹤予沉默了片刻，周遭的哄闹声仿佛变大了，像是形成了一个无形的圈，短暂地将他们这一桌人围了起来。

一旁，姜西在认真地拨着电话，嘴里嘟囔着电话那头的人怎么还不接，另一只手始终在他手心里放着，他感受了一下，她的手已经出汗了。

放在以前，他会说自己只是个搞环卫的，跟谁说都好，别人信不信，会怎么看他，他都无所谓，他孑然一身，一个人早就无所谓了。

现在，他并不觉得一个区级私营艺术馆的讲解员是一个上不了台面的职业，即便面对的是这么一桌基本上都来自世界 500 强企业的男男女女，他们是白领精英，年轻又有朝气。

他唯独担心的是，这群人清晰地将自己的功利心写在了眼里，含在了说出的每一个字里。他担心他们在背后谈论的时候，会笑话姜西找了他这样一个看起来没有前途、生活平庸，未来一眼望得到头的男朋友。

如果他们真的笑她怎么办？他不愿意别人在背后议论她。

“是塘东艺术馆。”陈鹤予最后说。

边上忽然传来了一阵更大的起哄声，前面几桌的人突兀地站了起来，这一桌的人没来得及反应陈鹤予在艺术馆的具体工作，也被吸引了过去。

“各位各位，少安毋躁啊！”后台的工作人员拿了个话筒进行提醒，可惜没什么效果。

原来是来了一个女明星，她被安排坐在舞台前的第一个位置。

一身酒红色礼服的莫璧微从后台的转角出现，她提着裙摆小心翼翼地跨过地上的设备电线，直奔女明星所在的席位而去。

“谁啊？”他们这桌有人在问。

“是帕夏。”原来是有着那个异域长相的当红女演员。

“小莫和女明星都认识？”

“这有什么好奇怪的，你也不想想人家订婚的对象是谁，你现在在的这家酒店，可是人家未婚夫手里上百家酒店中的一家！”

莫璧微和女明星帕夏交头接耳了一阵，忽然抬头朝姜西的方向看来，似乎是看准了她在的位置，她又低头和帕夏说了些什么，然后朝着他们这一桌走来。

莫璧微今天妆容精致，漂亮得不行，她大方得体地过来打招呼："让大家久等了，再过半个小时仪式就要开始了，仪式会很快结束，大家就可以开心享受午宴了。"

"小莫，你这说的什么话，当然是你和韩公子的订婚仪式重要，我们都期待着呢。"

莫璧微笑笑，她站在姜西身后，手撑在陈鹤予的椅背上，挑着眉问："姜西，这位是你男朋友？"

莫璧微毕竟是今天的女主角，无论站在哪里都会有人频频看过来。因此，在姜西挽着陈鹤予站起来跟莫璧微打招呼后，隔壁桌的其余同事和她们的高中同学都注意到了姜西今天居然是携伴参加宴会的。

"陈鹤予，我男朋友。这位是我的高中同学，准新娘莫璧微。"姜西介绍完，仰头冲陈鹤予甜甜地笑了笑。

莫璧微歪着脑袋打量了陈鹤予一会儿，问："陈先生，我们是不是见过？"

确实见过，他们在KTV里见过。那会儿闵允歌还想回头去找陈鹤予要微信，后来莫璧微和灿灿去逛艺术馆的时候也见过他，只是那时陈鹤予戴着口罩，莫璧微没太注意到他。

莫璧微想起来了，但只想起他们在KTV里的第一次见面。她想起当时闵允歌在楼梯间和她说话的时候聊到了姜西，闵允歌还嘴碎地说了几句有关姜西不好的话，不知道他那会儿听见没有。

陈鹤予想了一下，实在没想起来。

"抱歉，我不太记得了。"

"咳。"莫璧微掩面轻咳了一声，不知道该欣慰还是该心酸。从小到大，她怎么着也算是个出众的女孩，那天在楼梯间他明明也跟她眼对眼地打过照面了，难道他是故意这么说的吗？

莫璧微只能笑笑，没点破。

另一端，灿灿握着手机边滑动屏幕边越过人群走回来。她只是去AC酒店的网红打卡点拍了几张照片，手机就莫名黑了屏。她想着手机是不是没电了，于是跑到大堂前台借了数据线充电，等到手机开了机才她看到姜西给她打过许多通电话。

“西姐！”灿灿眼尖地看到了姜西身边站着的高瘦挺拔的男人，她欣喜地小跑过来。

“灿灿，你怎么不接电话？”姜西看到灿灿过来才放心了。

“手机没电了，我在大堂充电呢。”灿灿挤眉弄眼地说，“西姐，这位就是我姐夫吗？”

姜西觉得她这一天都在向人介绍，她笑道：“是你姐夫没错。这是灿灿，我手下带的实习生。”

陈鹤予说：“见过。”

这位他记得。

灿灿看他第一眼也觉得眼熟，可是她没敢认，面前的人很像艺术馆的帅哥讲解员啊，她还偷拍了照片呢。

陈鹤予提醒：“周末，在艺术馆。”

灿灿恍然大悟：“啊啊啊，我想起来了，那个戴着口罩的大帅哥真的是你！我当时还和小莫姐姐说你帅呢，没想到你就是西姐的男朋友！怪不得我偷拍你，将照片发给西姐夸你帅，西姐说你摘了口罩更绝，原来——”

灿灿说着说着有些不好意思起来。

莫璧微也想起来了。

这个人记得在艺术馆到处瞎逛的灿灿，却偏偏不记得认认真真看了半天画和摄影作品的她！

灿灿红着脸道歉：“不好意思啊，姐夫，当时没经过你同意就偷拍你，真对不起！”

“发给姜西了？”陈鹤予偏头看了姜西一眼。

宴会厅有点热，她的脸有点红，额角出了点汗，几根发丝粘在一起，他抽了张纸巾自然地递给姜西，面上却一本正经地对着灿灿说：“如果只发给了她，那不要紧。”

灿灿保证道："绝对没发给别人！"说着，她重新解锁了手机，打开相册，"照片我删了哦，西姐你记得保存，我抓拍的角度真的很好！"

姜西笑到没话说。

莫璧微终于离开了，大家各自坐下。灿灿一回来，他们这一桌的人就开启了新话题。灿灿掌握了聊天的主动权，其他人也就没有继续聊关于陈鹤予的事。

宴会未开始，姜西喝了口陈鹤予给她倒的茶，又摸了摸肚子，扯了扯他的衣角，说道："陈鹤予，陪我上个厕所。"

陈鹤予点头："好。"

客人太多，女卫生间正在排长队，有服务生过来引导，说不介意的话可以去楼下上卫生间。

今天AC酒店有好几个厅在举办宴会，楼下的卫生间也有另一个厅的客人在排队，不过队伍的状况比楼上好太多。排队的多是外国人，金头发、蓝眼睛、大长腿。

陈鹤予靠着卫生间外的走廊上的墙等姜西。

"Hey？"有两个外国男人路过陈鹤予身边，一步三回头地看了他好几眼，最后竟然又掉头回来了。

"Have we met？"其中一个满头黄色卷发、西装革履的男人惊喜道。

陈鹤予摇了摇头，用醇正的英式发音说了句"Sorry"。

另一个男人是法国人，他语速飞快地用法语问他："你是不是Cheney Chen？"

陈鹤予怔了怔，依旧说"Sorry"，他警惕地看了一眼卫生间出口的位置，姜西还没出来，但应该也快了。

那法国人不依不饶地坚持和他对话，陈鹤予被问得无奈，于是用法语回了他几句。

两个人的法语对话对于那个英国人来说只能勉强听懂，但这也够让他震撼了。他动作夸张地用手虚捧住耳朵，语速飞快地用英文和陈鹤予对话。陈鹤予见他如此激动热情，笑了笑，礼貌地又用英文回应了两句。

两个外国人得到了回应，终于心满意足地离开了。

……

宴会厅这边，姜西和陈鹤予一走，留下的人急不可耐地果断切换话题，追问灿灿："小灿灿，你说你在艺术馆见过姜西那个男朋友？他在艺术馆是做什么的？"

灿灿老实回答："讲解员。"

"你逗我呢？！"

整桌人都在唏嘘，邻桌的同事们，还有边上两桌姜西的高中同学也纷纷侧耳偷听。

灿灿说："是讲解员啊，西姐家艺术馆的讲解员都穿红马甲，姐夫也穿了。"

有位女同事听了，顿时觉得幻想破灭了："我还以为他是在艺术馆做副馆长，居然只是个讲解员！"

另一位女同事道："幻想破灭了，看人不能光看脸，姜西她到底怎么想的？"

又一位女同事撇撇嘴："别操心她啦，人家是'众达小公主'啦。"

上厕所归来的邻桌同事正好听到了这一桌人在讨论姜西的男朋友，一句句居然都是在嫌姜西找了个艺术馆的讲解员做男朋友。

于是他幽幽地来了句："不简单啊，不简单，我和你们说。"

他手上抹着从卫生间蹭来的贵妇级品牌的护手霜，双手交叠着抹个不停。借着手上这股清香，他抬起下巴呛那群嘴碎的人："我说，你们见过英文、法文说得贼溜，还被楼下那场国际交流会上的两位大使恭维的小艺术馆讲解员吗？姜西这男朋友肯定没那么简单。"

众人听了，一阵沉默。

这桌的同事们听了，除了灿灿，皆露出了不屑的表情。

有人听不下去，冲那个同事翻了个大白眼："全公司就你嘴里没句实话，你就瞎扯吧——”

全桌人在姜西和陈鹤予回来的时候集体噤了声。

灿灿想为姜西打抱不平，可是她现在不能说，毕竟姐夫还在这里。

姜西摇了摇灿灿搭在桌上的手，落座后，低声笑问道：“怎么了？噘着个嘴，像只小鸭子。”

灿灿把头低下，神情恹恹地说：“没什么，西姐。”

04

十一点五十八分原是韩域和莫璧微订婚仪式开始的时间，外头的海报上也写了。可真到了这个时间，整个宴会厅的侍应生却开始端着餐品游走，直接上菜了。

没有人来通知说仪式取消了，直接开了席。

有人一边夹菜一边奇怪道：“小莫刚刚说早点结束仪式好让我们早点吃饭，不会直接跳过仪式了吧？”

没有人知道是怎么回事，姜西也不清楚。

闹哄哄的宴会厅，连个主人都没有，总之她没看到一个韩家人，也没有看到韩域。

菜很快上了大半，姜西不停地给陈鹤予夹菜，他面前的碗碟里已经垒起了高高一堆，其中还有清蒸的鱼肉和大龙虾。

“怎么不吃啊？”见他几乎没怎么动筷子，她问道。

“不太饿。”陈鹤予喝了口饮料，问她，“要喝汤吗？”

桌上刚刚端上来加过栀子的鸡汤，姜西点点头把自己干净的碗递给陈鹤予。

半桌的人都在看他盛汤，不得不承认，这个男人虽然撑死只拿三千元的工资，但他举手投足间都是贵族之气。

他们一时不知道是该羡慕姜西，还是该心疼姜西。

宴席过半，渐渐地有人开始过来敬酒。陈鹤予菜没吃多少，就被从邻桌过来打招呼的姜西同事连敬了好几杯酒。这些人太过热情，姜西拦都拦不住。

陈鹤予待人客气，来者不拒，给他倒红的他就喝红的，给他倒白的，他也眼睛都不眨一下就直接喝了。姜西只是去边上和高中同学说了几句话，陈鹤予就已经被一大群人围住了。

眼见形势不太对，姜西端着个酒杯挤进去。她挡在陈鹤予前面，背部紧贴着他的胸口，颇有护夫的架势："喝酒怎么能少了我呀，来来来，给我倒上，我跟你们喝。"

陈鹤予一手拿杯子，一手拿酒瓶正在倒酒，姜西直接钻进了他怀里，红酒差点洒到她的肩膀上。他微退半步，腾出一只手扶了把她的肩膀让她站稳，嘱咐道："小心点。"

站在对面的男同事笑说："姜西，你明知道我们喝不过你。怎么，跟你男朋友喝几杯你就心疼了？我们可没喝多少。"

没喝多少？姜西回头看了陈鹤予一眼，他正垂眸注视她。

眼眶都红了，还说没喝多少？

她夺过陈鹤予手里的杯子和红酒瓶，把杯子和红酒瓶都递到对面的同事手里，气势十足地说："不喝了，不跟你们喝了。陈鹤予，陪我上厕所。"

同事们都笑了："真上厕所还是假上厕所啊，你上厕所要男朋友陪？灿灿，你陪你西姐去啊。"

被点名的灿灿"啊"了一声，看着姜西。

姜西摆摆手，牵住陈鹤予的手拨开人群把他带出去："别闹。"

姜西有点生气了。

出去后，姜西拉着陈鹤予一直往楼梯间走，细高跟踩在地面上，发出铿锵有力的声音。

"走慢点儿。"陈鹤予拽了下姜西的手腕，两个人停在楼梯转角的地方。

"他们今天干吗啊？平时明明不这样的。"

她早就觉得不对劲了，从上完厕所回来后她就觉得不对劲，因为那些人看陈鹤予的眼神里都带着某种审视。

邻桌那帮来找他喝酒的人也不怀好意，嘴上说着要和他喝一杯认识认识，其实都是在用烈酒灌他。偏偏陈鹤予今天顺从得不像话，笑容都扯不出来了，还一个劲地跟他们喝。

“早知道就不带你来了，我也不来。”她揪了下他的衣角，低着头，一副很不开心的样子。

陈鹤予确实头有点沉，但还好，他向来能抗晕，缓一会儿就好了。只是他喝酒上脸，现在看起来他大概是一副醉态。

“怎么了？”他俯下身，凑到她脸旁边想看看她，又怕酒味熏着她。他屏住呼吸，正想着要怎么说话时，姜西忽然侧过脸直接亲了上来。她精准地吻住他的唇，双手也缠了上来，牢牢地圈在他的腰上。

她一边亲他，一边说话，每个字都摩擦着唇瓣：“今天不喜欢他们。”

陈鹤予被亲得有点蒙，他没回应她，任由她亲，含混地问：“你生的哪门子气？”

姜西说不上来，所以干脆不说。

她一声不吭，开始专心亲吻他。

陈鹤予担心的难闻的酒气到了姜西鼻尖已然成了诱惑。那些酒气产生了强大的吸引力，让她忍不住跟他贴得更紧，吻得更深。

唇齿纠缠，陈鹤予的呼吸忍不住变粗了。

这里随时都会有人推门出来，随时都会有人撞见他们两个心无旁骛地在扶手转角处接吻。他们圈着对方，感觉到彼此的体温都在上升。

“要不要去我家？”姜西忽然停住，她没有抬眼看他，嘴唇还贴在他的下巴上。

陈鹤予把头低下来，将耳朵靠近她嘴边，他是真没听清，问道：“你说什么？”

姜西抿嘴笑了笑，在他耳边吹了口气，小声又坚定地说：“问你要不要去我家！”

“去干吗？”他猜到了，但在装傻。

姜西：“就是，来一下？”

陈鹤予手搭到她脑后，扶着她的脑袋摇了摇，他无奈地哧笑一声：“来什么？你是色魔吗？”

姜西气呼呼地把陈鹤予的手从自己的头上拽下来，她双手禁锢着他的手，还是很小声地说：“你不想吗？”

“不想。”他说。

陈鹤予满脸无所谓，他的眼眶因为喝了酒红红的，看起来倒是挺诱人。

明明看起来他才是想要的那一个。

“你这样让我觉得自己很没有吸引力。”姜西低头看了一眼自己，明明该有的她都有，而且她今天穿的裙子格外修身，令她姣好的身材得以完美展现。

她抬头，又对上陈鹤予的眼睛。

“看我干吗？不给你看。”

陈鹤予低低地“嗯”了一声，满不在乎地说：“是没什么好看的。”

“你……”姜西气得用手指去戳他的腰，这个人说话真是不好听。

没戳几下手指就被他拉开了，陈鹤予安慰地捏了捏她的脸，笑道：“我开玩笑的。”他推着她的背往外走，“行了，回去了。出来那么久，你同事要么以为你便秘，要么以为我们走了。”

姜西说：“你吃饱了吗？吃饱了我们就走吧。”

陈鹤予点了下头：“行，是送你回家还是回艺术馆？”

“我当然要回家。”姜西摸出手机看了一眼时间，“时间还早呢，难得你请一回假，不要浪费了。哥哥，要不要去我家？”

“你这么热情地邀请一个男人去你家，真的好吗？”陈鹤予无奈又无语。

姜西眉头皱成“八”字：“女朋友这么热情地邀请你，你不去，你还是男人吗？”

“别急！”陈鹤予还没来得及张口，姜西接着道，“到底是不是，你女朋友要试试才知道。”

陈鹤予低头笑了笑，他没纠结多久，答应道：“走吧，去你家，你别老实点就行。”

第九章

我男朋友来接我下班啦！

01

街头空气闷热，知了在枝头叫得人心里烦躁。

酒店正门口的喷泉池不知道出了什么问题，涌出来的水花溅到了圆坛外，姜西和陈鹤予打打闹闹地从大堂出去，路过池子时两个人都被溅了一身水。

姜西头发都被溅湿了，乍一看跟落汤鸡似的。

陈鹤予边笑边用手抹掉她脸上的水。

门口的门童见了连忙找了一条干净的毛巾，郑重地说声抱歉，并把毛巾递给姜西。

“还闹吗？”将毛巾盖在姜西头上，陈鹤予漫不经心地替她擦，他边擦边笑话她，“说一句‘你像企鹅’都能被你追着打，我怀疑你有家暴倾向。”

姜西低头看了一眼脚上的尖头高跟鞋，她忽然甩掉鞋子，光着脚踩到了地上，死皮赖脸地说：“不穿鞋子的才是企鹅，现在企鹅走不了路了，要人背着才能回家。”

中午的地面温度直逼四十摄氏度，姜西踩了几秒就忍不住跳脚，她一只脚搭在另一只的脚背上，眼巴巴地望着陈鹤予：“我要被烫死了！”

“谁让你脱鞋的。”嘴上这么说，陈鹤予还是弯腰蹲下身去，把她甩在地上的高跟鞋捡起来，在她的脚边摆放得整整齐齐。

看着这一幕，回忆忽然涌上心头，姜西忽然想到了两个人第一次见面的那一幕。

她本来是在码头蹲守崔栩仟的，等得渴了就去小店里买了一杯西瓜汁，她特意嘱咐老板娘把西瓜汁装在她那个可降解的随行杯里。后来崔栩仟没追到，她却撞上了陈鹤予，冰凉的西瓜汁溅了她一头和大半个后背，当然陈鹤予也没有幸免。

再后来，她献完血后睡在他的病床上，醒来后她光着脚跳下床，陈鹤予也是像今天这样，弯腰下去，把她那双红白相间的帆布鞋从鞋架上拿下来，整齐地摆在她跟前。

她对他这样的举动莫名很感动。

如果上一次她足够清醒，可能会发现自己在那会儿就对他有那么一点点心动了。

时间很短，这一个多月过得很快又很慢。面前的这个男人高大英俊，说话的语气有点欠揍，身上还总是带着一种懒散的气息，可莫名让她好喜欢。

姜西笑着穿上鞋。

陈鹤予见她穿好了鞋子，什么也没说便转过身蹲了下去。

姜西看着他的背，愣愣地道："怎么了？"

陈鹤予没回头，手撑在膝盖上维持着半蹲的姿势，他依旧懒洋洋地说："给你十秒钟考虑，不上来我就走了。"

他话还没说完，姜西就跳了上去。

陈鹤予手顺着她的裙子往下滑，将她的裙子下摆笼好，手放在她裙子上，闷笑一声："你多少斤？"

姜西手搭在他的肩上，惆怅地说："刚吃饱得有九十多斤，很重吗？"

"还好。"他是觉得太轻了，还以为她只有八十来斤。

听到陈鹤予这么说，姜西放心了。

她把车停在了路边，走过去还有一段距离。姜西心中生出小小的窃喜，这是陈鹤予第一次背她。

和拥抱不一样，两个人面对面拥抱的时候，她脸往他怀里一埋就什么也看不见了，可他低头还能看见她的脑袋。现在她趴在他的背上，这也是亲密的一种姿势。虽然他看不见她，她却能完完整整地看清他干净的耳廓、白皙的脖颈，还有他脖子上戴着的那条项链。

夏日炎炎，两个人的体温都很高。

两个人决定去姜西家里看电影。

看电影是情侣之间必备的活动之一，可惜他进不了电影院，所以只能跟姜西在家里看。

路过农贸市场，陈鹤予让姜西靠边停车，他下去买了两个西瓜。

陈鹤予将西瓜放到后备厢，关了后备厢的门还在原地站了一会儿，想了想，敲敲车窗，问："两个够吗？"

姜西把车窗降下，解开安全带，眼睛牢牢盯住陈鹤予，生怕他转身再回去买西瓜。

她招了招手，示意陈鹤予低下头来。

"嗯？"陈鹤予莫名其妙地低下头，下一秒却感受到下巴上传来了柔软的触感。姜西细软的手指捧住他的脸，嘴唇顺着他下巴的弧度滑上来，她猛地亲了他的嘴唇一下。

好在现在买菜的人少，这片停车场只停着三四辆车，周围都没有人，没有人注意到他们。

车内的空调开得很大，冷气顺着开了的车窗伴随着她的亲吻不断扑向他。陈鹤予站在原地，已经分不清什么是冷，什么是热。他睁着眼，看到姜西微颤的睫毛，感觉一切像是真实的，又像是虚幻的。

"我生日那天，你来这里给我买西瓜了是吗？"姜西低声问道。

陈鹤予沉默了一会儿，才说："我不知道那天是你的生日。"否则，他绝不会选在那天说那句话。

"没怪你。"

虽然那会儿她还没有表明心意，可他决绝得连让她表明心意的机会都不给。谁能想到没多久他们就走到了一起，现在他们已经可以这样亲密地拥抱、接吻了。

“没怪你，所以没关系。上周小达和我说西瓜是你出去买的，我想了下，你从艺术馆到这里，买了西瓜再回去，天已经黑了是不是？”

“嗯。”他的表情有点严肃，因为姜西突然的正经。

“吐了吗？说实话。”

“还好。”

其实他吐到了半夜，胃里的东西都吐光了，最后吐出来的都是胆汁。

那一晚，他嘴里都是苦的。

姜西努着嘴说：“谁缺你两个西瓜了。还拒绝我，你是不是那会儿就喜欢我了？”

陈鹤予没说话。

“一见钟情？”

“你别自恋了。”

“那是什么呢？想不出别的。”

“我见你第一面，是你撞了我；第二面，我在吐；第三面，你在献血站睡得打呼噜。”陈鹤予想着想着就笑了，“让我怎么对你一见钟情？”

姜西皱眉苦恼道：“那你是从什么时候开始喜欢我的？”

“不知道。问题这么多，能不能让我先上车再回答？”

车门很烫，他靠在车门上说了大半天，姜西赶紧让他上来。

话题没再继续，回到家里，姜西立刻打开了空调。陈鹤予将两个西瓜放在一旁，在门口换鞋。

“拖鞋是我弟弟的。”姜西怕他误会，解释道。

陈鹤予“嗯”了一声，换完鞋，他找到厨房，过去把两个西瓜放下。

姜西的房子是非常精致的两室一厅。客厅不大，东西很多，大多都是书，电视柜上和两边的木架子上都堆满了。靠墙的展览橱柜里放着许多汽车模型，什么颜色、什么款式的都有，陈鹤予简直以为自己进了一个小男孩的家里。

房间里的东西虽然多，但定睛一看，摆放得都是整齐的。

“坐这里。”姜西拍了拍深灰色的布艺沙发。

陈鹤予过去坐下，还在观察：“怎么就两间房？”

姜西进了卫生间，对着镜子梳头，门开着，空间小，她说话也听得很清楚：“小区刚开盘的时候，我爸妈买来投资的。原先我们一家四口都住汽车研究院边上的家属楼，后来他们去美国了，我才搬过来一个人住。”

“你弟多大了？”

“十九岁，他特聪明，在加州理工学院念环境学。”

陈鹤予朝卫生间看了一眼，见正在梳头的姜西面上带笑。他以为自己听错了，加州理工的环境学专业非常不错，她弟弟显然是个学霸，这点他不惊讶，但他已经十九岁了还需要父母陪读？

他以为她弟弟最多十六岁，不过能选择出国留学这条路，也该是个能自理的大人，国内的情况他不了解，但他念书那会儿，至少他身边的留学生朋友们都没有父母陪读。

“你要吃冰激凌吗？冰箱里有一大桶的那种。”姜西忽然转移话题，放下梳子走了出来。

“你弟弟……”

姜西挤了个干巴巴的笑容，眼底眸光暗了下来：“不想说这个。”

陈鹤予没有再问，他看着她，说：“我不吃冰激凌。你去洗个澡吧，我挑一部电影，等你洗完出来一起看？”

姜西点头答应，脸上又带了笑，笑到眼睛都眯了起来。她回房间找了一套干净的衣服，进卫生间前又回头看他。

她突发奇想地问：“陈鹤予，你看纪录片吗？”

液晶电视屏幕亮起，开屏的屏保是一张乌蓝色的图，陈鹤予握着遥控器的手忽然一顿，他认出来了，这屏保是他的微信头像。

他忽然哑了嗓子，问道：“什么纪录片？”

姜西把衣服抱在手里，认真地想了想，说道："鲸鱼系列的我已经看完了，不推荐给你，太血腥，你经常吐，看了可能会难受……有个海洋系列的倒是不错，我都没舍得看呢，好像是国外一个团队拍的，在2013年大火过，不过那会儿我没关注过。第一期我只看了一半，弹幕都在说好看，那就应该是好看的。2013年……陈鹤予，你那年有没有关注过？纪录片的名字是《蔚蓝宝藏》。"

"没有。"陈鹤予失了会儿神，语气莫名变得很冷淡，"还是看电影吧。"

02

姜西洗完澡在浴室里犹豫了一阵，纠结着要不要喷点香水，远山迷雾味儿的，味道很淡很好闻。

打开了香水瓶的盖子，拇指却始终没按下去，姜西想了想，还是就这样出去吧。

她穿了一身灰色衣服，上身是贴身的纯棉短袖，下身是衬腿长的运动风棉短裤，细软的发丝被她用一根黑色皮筋随意地绑在脑后，露出一张清爽干净的脸。

姜西打开卫生间的门出来，第一眼没在客厅里看到陈鹤予，而电视机的屏幕仍旧亮着，只是被按了暂停。她走了两步，这才看到陈鹤予正在厨房里切西瓜。

站在客厅里，姜西就已经闻到了西瓜味，不用说，这肯定又是一个口感极佳的西瓜。陈鹤予将西瓜对半切开放在一边，开了水龙头在那里洗手。

姜西走过去从背后抱住他的腰，脸贴在他的背上，她沉吟了一会儿，说："我以前有一阵特别爱看小说，以至于我那会儿特别想谈恋爱，可是一直没遇上合适的。慢慢地，身边的同学有的开始谈恋爱，我很羡慕他们，因为我总觉得校园里的恋爱应该是一件很美好、单纯的事，两个人很纯粹地在一起，也不用考虑未来，只要在一起就好。"

陈鹤予低头看了下姜西交叠着放在他身前的手，他关了水龙头，偏头想看她一眼，可惜她太矮了没看清，他问道："怎么突然说这个？"

姜西浅浅笑了下，说道："我是想说，我一直以为我的初恋会发生在学生时代，没想到会到二十五岁才开始。还有，和你在一起太快、太顺利了，我总觉得不真实，总觉得你会走。"

陈鹤予甩了甩手上的水，双手撑在水槽台上，一时竟然不敢回过身去抱她。就这么任由她抱着自己，良久，他才低声说："如果我真的走了呢？"

"那我就等你回来。"姜西想也不想便说，圈在他腰上的手抱得更紧了，她心里突然生出莫名的担忧，"你不会真的要走吧？"

陈鹤予没说话。

姜西被他的沉默惹得心脏乱跳，她松了手把他身子扳过来，仰着脸看他。她以为他面上该是和她开玩笑的表情，却看到了他眼底突然出现的深沉情绪。

姜西叫了一声他的名字，语气里带着小心翼翼的试探。

陈鹤予也不知道自己在担心什么，他短暂地想了一下，如果到时候蒲老师真的找过来，真的要把他带回岛上，他一定要坚持自己的立场——不走，回岛上也没有意义，而这里有姜西。

他弯了弯嘴角，人懒散地靠着身后的橱柜，他抬手揽住姜西的背，说道："我不走，也没想走。我爸是S市人，我妈是芜周人，他们两个在外面工作了很多年，不着家，工作也不安稳，半生都在海上漂泊。现在也是，只不过我妈不在了，我爸就一个人漂着，我也很少见他。我的爷爷奶奶、外公外婆也都不在了，严格来说，其实我已经没有真正意义上的家了。"

姜西想要抬头，却被陈鹤予按住后脑勺不让动。他的声音很冷静，但姜西听得清楚，里面有十分微弱的颤意："我什么都没跟你坦白，对你其实挺不负责的。之前你说我不想说的你都不会问，说实话，那会儿我在心里笑过你傻，但笑过之后又觉得，我凭什么值得你这么盲目地信任。只是还有很多事，我自己现在都还弄不明白，所以我什么都没说，跟谁都没说。如果有一天我弄明白了，会第一时间告诉你，但短期内我应该还没法想明白，所以再给我一点儿时间。”

姜西没想到陈鹤予会说这些，她还是想抬头，后脑勺却被他按得更紧，她的脸紧紧地贴在他的胸膛上，动不了。

“你有心事吗？”姜西问。

“有。”

“因为家人？”

“一半一半吧。你别乱想，他们不是坏人，在外面漂也不是躲的意思，没人犯过法。”

“我没多想。”姜西急道，手在他腰侧的衣服上乱抓着。她是真没想到他会忽然这样说，之前她只觉得他神秘，现在却觉得他身上大概发生过让他很难过的事，否则他怎么明明长着一张充满朝气的脸，却有着一双看淡生死的眼。

“我只是不知道该怎么安慰你。”

心是在安稳地跳着的，怀里的人也是真实的。

陈鹤予不知道该怎么说，他想说，大概连你也安慰不了我，可是他又想到，他好像已经很久没有买烟了，最近也很少失眠了，而这两样都是和姜西在一起之后才改变的。

陈鹤予低头吻她。

小小的一间厨房，两个人紧紧地抱着对方，热切地亲吻着彼此。鼻尖是空调打开后的凉爽，混合着姜西刚刚洗完澡的沐浴露的清香，还有台面上两半西瓜的甜味，这一切都让人沉迷。

陈鹤予没有告诉姜西，他来到这里最初的目的只是想在母亲生前待过的城市逗留几个月，见一见母亲的恩师，算是给自己的安慰，他没想过能遇见她。

姜西于他而言已经不是安慰了，一定是老天觉得他太可怜了，所以把她当作礼物馈赠给了他。

她不是安慰，她是上天对他的恩赐。

“陈鹤予，曼德拉说过，如果天空是黑暗的，那就摸黑生存。”

“不管你的世界是黑是明，你放心，我都会陪你。”

周一，姜西之所以起了个大早赶到公司，是因为她急着要给合作方回复一份邮件，而需要的数据都在公司的电脑上。

大清早，办公室里除了姜西空无一人，她发完邮件后，起身去楼下的公司食堂吃早饭。她简单吃了个鸡蛋，喝了点牛奶，临上楼前她又买了一杯酸奶。

还不到九点，电梯前排队的人已经很多了。姜西在队伍末尾排好队，肩膀忽然被后面的人拍了拍。

姜西手里的酸奶盖刚掀到一半儿，转过身去，看到了陈庭，叫了声“庭姐”，只觉得庭姐嘴角的弧度简直温柔到她的心坎儿里。

真是怪了，莫璧微来了之后，同事都说莫璧微夺了陈庭在新能源运营部“部花”的称号。可姜西并不觉得，庭姐真是看一次就喜欢一次的颜值，她才是看不厌型的漂亮。

“听大家说，这次小莫的订婚宴你带了男朋友过去？可惜周末有事我没去成，否则也能见到了。”陈庭笑着说。

姜西不好意思地低头笑道：“以后有机会的，庭姐。下次来塘东记得跟我说，我请你去艺术馆吃饭，到时候就能见到他了。”

陈庭微笑道：“那当然好。”

两人的工位不在一处，一起上了二十五楼后就分开走了。姜西把酸奶放到办公桌上，拿了杯子转身去茶水间接水。

办公室里人还不多，远远地姜西没瞧见茶水间里有人，走近了才听见里面忽然传出一道嘲讽的笑声。

姜西听到了自己的名字，于是她放慢脚步，驻足在门外。

闵允歌笑到摸着肚子：“你说什么？你说姜西的男朋友年纪比她大，还居然只是个艺术馆的讲解员？哎哟，我以为她眼光能高到天上去呢，没想到这么不挑？”

姜西辨出了另一个是IT部门杨工的声音：“轻一点儿，别让人听见，毕竟你没去参加小莫的订婚宴，没见过人，也不好说什么，说不定人家男朋友就是人好呢。”

“好又怎样，到时候结了婚姜西养他吗？这不就是包养了个男人嘛。”闵允歌摇摇头，继续大笑道，“这可够我笑好几天了，昨天欣欣和我说我还不信，以为她听错了呢，连问了好几个人！”

“她男朋友长得很好，也挺有礼貌的，我也说不来，总觉得他不像是单纯做这份工作的。”

“不像又能怎么样？啧啧，二十几岁的人做着四五十岁的人做的工作。”

“允歌，”杨工苦恼地劝道，“别说了，早知道我就不告诉你了。”

“怎么能不告诉我呢，我就喜欢听她的八卦怎么了，太逗了，真没想到她的眼光如此一般！”

茶水间的玻璃门被瓷杯敲了敲，发出刺耳的声音，姜西倚靠在玻璃门上，冷笑着盯着闵允歌。

“什么叫如此一般，你在拿我和谁比，和你吗？”

姜西走到闵允歌身边，晃了晃手里的杯子，嗤笑道：“我还是第一次有想往一个人头上倒水的冲动，可是仔细想一想，你这脑袋已经够发昏的了，再被浇一下，是不是就要直接坏了？”姜西露出可惜的表情，“那可不行啊，那不是直接就废了嘛。”

闵允歌前一秒还吓了一跳，后一秒她马上板着脸瞪姜西：“你说什么呢？”

“我还想问你说什么呢？”

姜西把杯子重重地往大理石台面上一放，发出“咚”的一声清脆的响声，闵允歌吓得整个人一抖。

“什么意思啊闵允歌，你到底在看不起谁呢？到底是看不起我还是看不起我的男朋友？如果你是看不起我，那你尽管看不起好了，我根本不在乎你看我的那点儿眼神。如果你是看不起我男朋友，那我今天就把话放这儿了，再让我听到你说他半个不字，我动动嘴就能让你离开众达。你不是总在背后说我在众达有关系吗？对，我承认了，我有，所以你千万别惹到我！”

03

正是上班的点，茶水间外人来人往的，多多少少会有人听到动静。

很快，茶水间门口有人探出半个身子，没过几秒又来一个。

姜西和闵允歌两个人僵持着，仰着下巴谁也不愿意低头。杨工站在闵允歌身后看着两个女人之间不断燃起的气焰，一时之间有些不知所措。

“姜西和允歌这是怎么了？”门口的人压低声音问道。

“嘘！”欣欣压低声音解释，“吵架啦，允歌又在背后聊姜西的八卦，这不正好被姜西听见了吗。”

“什么八卦？”

“姜西的男朋友，就我们那天见到的那个。我也没听清，姜西好像是在为她男朋友抱不平呢。”

“不是吧，允歌这回撞枪口上了。前天在小莫订婚宴上我就看出来了，姜西是真护着她的男朋友。营销部门那几个男同事找她男朋友喝了几杯酒，姜西心疼得直接带着人走了，你都不知道后来那些男同事在背后是怎么说的……”

姜西最后气不过，把闵允歌手里的杯子夺了过来。

里面是滚烫的热水，闵允歌惊得连连后退，大呼：“你干吗？”

“使不得啊使不得，姜西，你冷静一点儿！允歌不该这么说，她下次不会了！”

杨工见状连忙过来拦，门口原本看戏的几个人也瞪大了眼睛纷纷跑进来，茶水间一下子被围得水泄不通。

好气，她真的很想像电视剧里演的那样，毫不犹豫地泼闵允歌一脸水，哪怕惹急了被闵允歌反泼一身也没关系，她就是想出这口恶气。

可是她做不到。

她在心里告诉自己，这样的行为太损人品了。

姜西冷冷地盯了闵允歌一阵，拿着她的杯子走向洗杯台，“哗”的一声将她杯子里的水倒掉。

倒光她的水就算解气了，姜西把闵允歌的杯子放在一边，若无其事地拿起自己的杯子去接了一杯温水。

同事们都僵在那里，姜西觉得大家也真是搞笑，看热闹的果然不会嫌事儿大。

她忽然很怀念以前在研究院的日子，身边无论是同龄人还是前辈，都是温和的、充满善意的，大家除了聊工作也聊生活，相互尊重、相互关爱。

“看不起人之前先得让人看得起，你以为你多招我待见？”姜西离开茶水间前还是忍不住补了这么一句。

办公室里的中央空调温度调得很低，姜西从桌柜里拿出了薄薄的空调毯披上，她裹住手臂，手指在电脑键盘上心不在焉地打着字。

微信突然闪出小红点，是一旁的灿灿发过来一个太阳当空照的表情。

灿灿：“西姐，晚上要不要一起吃火锅？我请你吃呀。”

姜西偏头去看旁边工位上的灿灿，灿灿手撑着脸冲她挑眉灿烂一笑。

她知道整个办公区现在都在传她和闵允歌刚才在茶水间吵架的事儿，灿灿是想安慰她。姜西心里感激，但她其实也没把那件事放在心上，她笑了笑，打字：“我没事，别担心。”

上午十点整，运营部的例会时间。

会议结束时接近十二点，新能源分部部长在散会之前临时通知大家午饭结束后加一个会议，是关于新能源汽车第五代的事儿。

二组的人都在茫然地讨论，第五代的宣传因崔栩仟团队拒绝代言几乎被搁置了，他们一时不知道为什么会突然加了这么一个相关会议。

“部长那边是不是收到崔栩仟团队的新消息了？崔栩仟会不会同意

做我们的形象大使啦？”灿灿挽着姜西的手臂摇了摇，有些激动。

姜西回忆了一下部长说话时的表情，并不这么想。如果崔栩仟接了众达的代言，一定是让整个部门甚至集团都欣喜的事儿，但部长刚才说话的表情，显然是严肃和惆怅的。

新能源汽车第五代的代言一直是压在姜西心上的大事，代言事关众达集团的门面，形象大使的选择一定要慎重。当初他们两个小组讨论了好久才筛选出崔栩仟这么一个符合新能源汽车第五代形象的艺人，如果再换一个，她过不去自己心里那一关。

但姜西其实也听到了些旁的消息，一组那边对崔栩仟几乎是放弃的心态，正在积极地寻找新人选，只有他们二组还在坚持着，组长和姜西都决定另找机会当面和崔栩仟团队的周小姐谈一谈。

不过前不久，姜西这边收到了崔栩仟团队的第三次拒绝，这次她的心态是真的有点崩了，对于面谈也不太抱什么希望。

见姜西脸色不佳，灿灿以为她还在为闵允歌的事情生气，到了食堂门口她硬是拽着她往反方向走，说是要去外面的综合体商场吃寿喜锅。

姜西没拒绝。

也好，否则到时候又要跟同事们坐在一起，她现在没有聊天的心思。

两个人点了一份寿喜锅，多加了一份乌冬面。

下单之前，灿灿问：“西姐，你能吃辣的吗？”

“一点点。”

“那我要微辣哦。”

“可以。”姜西捧着杯子，点了点头。在店里坐下之后，姜西就一直愣神，她也不知道自己是怎么了，只觉得诸多情绪交杂在一起，最后汇成了一股失落。

灿灿点完菜之后将手机放在一旁，她掌心在膝盖上犹疑地搓了搓，然后才开口道：“西姐，你不要不开心了，不要听他们说些乱七八糟的，你都不知道你和姐夫站在一起有多养眼！我将来的男朋友要是有姐夫一半儿帅，我尾巴都要翘到天上去了。”

论说好听话，姜西一直对灿灿很服气。她勉强地笑了下，放下摩挲了好一会儿的杯子，语气认真地问：“灿灿，你对你另一半的职业有什么要求吗？我指结婚的话。”

“职业？”灿灿苦恼地说，“职业我没想过，但我的男朋友一定要会讲话，不能像个闷葫芦一样，和闷葫芦在一起我可就太难受了。”

“也对，你还没毕业，应该还想不到这一层。”

“西姐，那你呢？”灿灿虽然不认同同事对姜西的看法，但她认同他们说的姜西的条件，人美、心善，又有钱。她就算在众达内部随便找一个，经济条件大概都要比姐夫好很多。

店里正在播放一首慢节奏的歌，很像某部催泪电影的主题曲，姜西的手不自觉地又握到了杯子上，缓缓道：“认识他以前，我对自己的感情也挺迷茫的。

“我从来没想过我会和谁在一起，但我能确定的是那个人一定不是我身边熟悉的人，一定是一个没有出现过的人，所以我想不到他会是一个怎样的人，有着怎样的职业。”

姜西回忆道：“我也是认识他之后才发现自己在感情里算是冲动的。很奇怪，他明明什么都没做就很让我心动，很多时候还让我很心疼。不知不觉间，我就很想和他在一起，很想有名有分地抱着他，所以就死皮赖脸地开始追他。不过他挺不禁追的，我们在一起很顺利。

“今天闵允歌说的那些话我觉得很荒谬，我不觉得他这样一个职业需要我‘包养’，‘包养’是多难听的字眼啊！即便他的工资很低，即便这样的工资不足以支撑两个人的婚后生活，他也并不是什么都没有做。今天让我更生气的是，闵允歌的这种认知很不尊重人。”

“西姐，我不太会安慰人，但我遇到不开心的事情通常会安慰自己：你要想着，以后不管怎么样，你一定会过得比她好，很好很好，好到她羡慕你羡慕得想哭！”灿灿做了个哭的表情说，“就这样，就这么哭。西姐，你想一下她哭的样子。”

灿灿皱着眉头、弯着眼睛和嘴巴假哭，五官几乎挤到一起。姜西听着灿灿的话，又想象了一下闵允歌的哭脸，倒真觉得有点好笑。

“好啦，”姜西真心笑了出来，“谢谢你灿灿，不过真的没什么，你不问我我也不会说这个。我和她同事一场，连朋友都算不上，不值得为她生太久的气。”

灿灿撇了撇嘴，问道：“那你怎么还是不开心呢？”

因为姜西在发愁新能源汽车第五代代言人的事儿。

“你心里有其他合适的形象大使人选吗？”姜西忽然问。

灿灿摇头：“我们二组的人都不会有别的想法。”

灿灿的答案当然令人欣慰，但没想到午饭结束后，会议上，新能源分部部长要宣布的竟然是重选第五代新能源汽车形象大使的事情。

大会议室里，部长站在主讲人的位置，他按下遥控器，白幕布上立刻出现一张单人照片，是钢琴演奏家郁家合的照片。

照片中，他身着黑色燕尾服，笔直地站在金色大舞台上，嘴角带着浅浅的礼貌的笑意。

郁家合，二十五岁，毕业于柴可夫斯基音乐学院，多次获得德国古典回声奖。他去年才归国发展，因才华与颜值兼备，在国内已收获大批粉丝。近期他因担任一个选秀综艺节目的发起人，热度大涨，目前他在社交软件上的话题讨论度直接冲进了榜单前三。

“首先要和大家说的是这事儿。第五代新能源汽车形象大使这件事，研究院那边虽然没有给我们压力，但我们必须清楚，第五代新能源汽车上市在即，形象大使必须尽快定下。先前我们把所有的精力都花费在了崔栩仟身上，说实话，有些浪费了。我很赞同二组这边坚持做最后的争取，但不赞同持续做无用功。

“过去我们力求各车型形象大使符合‘成熟、睿智’的标准，但第五代新能源汽车不同，这是一款需要打破陈旧观念的车型，追求‘年轻、澎湃’，所以在选择上，代言人的年龄范围已经局限在二十五岁之内，对于选择来说确实有难度。

“但目前，我们有了一位很好的人选。郁家合，想必大家最近上网时也经常能在热搜榜单上看见他，这多亏了一组小莫的推荐。目前论人气来说，郁家合确实不如崔栩仟，且郁家合这边可能缺少一些环保活动的资源，不过不要紧，如果定下了，之后我们手头上的很多环保活动可以建议并推荐他参加。通过小莫，我们一组这边也和郁家合取得了联系，虽说还没收到答复，但争取一下，合作不是太大问题。”部长说着，十分赞赏地看了一眼坐在前排的莫璧微。

部长扫了一眼参与会议的众人，问道：“大家有什么意见？”

会议室里一片沉寂，忽然有道难以置信的声音响起：“为什么？”

姜西从椅子上站起来，双手放在桌上，她看了莫璧微一眼，又把目光移向部长，问：“我想请问二组的同事，是只有我一个人不知情我们部门已经和郁先生取得联系这件事，还是我们二组的同事都不知情？”

会议室内稀稀拉拉地有了愤怒地表达不知情的声音。

姜西被气笑了：“就事论事，不管是新能源汽车第五代的代言，还是之前第四代、第三代的大小活动，任何活动下决定前向来都是由一组和二组的成员共同商讨，再定计划和结果的，为什么这件事有特例？为什么在二组成员不知情的情况下，一组的人已经和拟合作代言人取得了联系？”

不只是姜西一个人蒙了，二组的组员听到部长前半段话已经开始坐立不安了，这分明是来自一组的下马威啊。

二组组员纷纷声援。

“小莫新来，不熟悉我们的工作流程可以理解。怎么，一组的老组员也不知道要知会我们二组一声吗，哪怕在群里？”

“不合规了部长，我们连接收邮件通知的资格都没有了吗？”

二组的人七嘴八舌地说着，都在表达不满。

一组组长听了一阵，说：“大家也不必这么激动，今天这场会议的目的就是和大家讨论郁家合的事情，决定还没有下，我们听取每一位组员的意见，也并不是说就定下是郁家合了。”

二组组长闻言冷笑一声：“真是搞笑了，会议都是临时加的，说得倒像是特意来找我们商量一样。部长，是不是这次的代言合作交给一组就可以了？如果谈不下来，二组这边也不需要出力了？那今天的会议找我们二组过来干什么，一组组内开会就好了啊。”

一组组长反驳：“并没有定下是郁家合……”

二组组长怒道：“重点不是郁家合！是知情权，同一个部门的知情权！”

……

会议到后面成了一场辩论赛，两组组员都不甘愿低头。

争论到底，还是部长和一组理亏。

形象大使选择这样的重大决策本就应该是经过两组商讨、计划、草拟合作案、审核合作案之后再放出合作邀请，而这次一组却直接越过前四步和合作方取得联系，实属违规。

部长和一组、二组组长最后都被叫去了闫青山办公室。

散会的时候，两个组的成员脸色都很难看，一个比一个脸黑地走出了会议室。

莫璧微和姜西默契地留下。

在人走光之后，姜西过去关上了会议室的前后两扇门。

姜西手里绕着一支笔，关好门后她慢悠悠地走回去。她没坐回原来的位置，而是在莫璧微的右边就近拉出了一把椅子坐下。她把笔往桌上一放，开口道：“说说吧，老同学，你下一步的计划是什么？”

04

莫璧微的眉毛属于柳叶眉，细细弯弯的，即使是蹙着的时候也是好看的。

“我的下一步计划？”莫璧微抿唇微笑，“我听不懂你在说什么。”

姜西点点头，一本正经地提醒：“别人不知道也就算了，小莫，郁家合是你叔叔的儿子，在你叔叔和你妈妈刚结婚的前两年，你们还住在一起。”

莫璧微意味深长地“哦”了一声：“所以呢，我提议请我弟弟做代言人有什么问题吗？大家知道也没什么，毕竟最后的决定权还在家合的团队手里。倒是你，姜西，你这么执着于崔栩仟干什么，你们二组组员也是。我就搞不懂了，这个不行换一个又怎么了，你这么死盯着崔栩仟不放……你不放，韩域也不放，韩域他都快把AC的资源全给崔栩仟了，你知不知道？”

莫璧微说到最后手有些抖，话一出口她又有些后悔。

她虽然是韩域公开过的未婚妻，可只有她自己知道，她有的也只是这个名分，实际上韩域做什么事都轮不到她过问。

姜西想争取崔栩仟做代言人，韩域就不止一次向崔栩仟团队发出邀请，他已经疯了，什么资源都给崔栩仟送，利用一切他能利用的人脉。

可笑的是，崔栩仟的团队不识相，他们态度坚决，就是不接受众达的这份代言邀请。

姜西怔了怔，在思考着莫璧微的话，她问道：“这和韩域有什么关系？”

莫璧微笑道：“看看，你什么都不知道，他还什么事儿都做得那么起劲。有时候我都在想，他到底是真的喜欢你这个人，还是他只是疯了。”

姜西听得一知半解，想要继续追问时，会议室的门忽然被外面的人敲了敲，有人推开半扇门，将脑袋探进来问：“轮到我们用会议室了，你们还没结束吗？”

莫璧微冲开门的那人笑了笑，说：“我们已经用完了，你们请进。”

二组组长和一组组长大吵一架，导致今天整个办公室的气氛都异常沉闷。

姜西从早上就开始胸闷，一直到下午，整个人难受得不行，头也晕。

下班前，她完成手头的工作后给陈鹤予发了一条消息，问他在干什么。

陈鹤予回了一张图片，是用手机拍的一张铁树照片。

姜西点开他发的照片看了好久，越看越觉得眼熟，直到她看到铁树底座的表面刻了“Z”“D”两个英文字母。

姜西发消息：“你在我公司楼下？”

陈鹤予：“准确地说，来接你下班。”

准确地说，他是顺路来接她下班的。

崔栩仟临时回了趟临州，要用车，于是他打了个电话给陈鹤予，让他把他的车开到市中心来。陈鹤予今天恰好休息，就替他把车开了过来。

崔栩仟需要用车的地方和姜西的公司仅一条马路之隔，把车送到了地方，陈鹤予没有多留，再过半小时姜西就下班了。

众达大楼一楼专门设了休息区，在靠近电梯的位置。陈鹤予没在休息区坐着，而是靠墙站着，低头在手机上给姜西回着消息。

姜西问他怎么会突然来接她下班，说他一定没这么好心。

陈鹤予老老实实地回应：“只是路过。”

姜西让陈鹤予在楼下等着，她要先去二楼食堂买完西瓜再下来。

下班的时间一到，第一拨人陆陆续续地从电梯里出来，其中两个女人在唉声叹气地聊着。

“真的要哭了，听说找崔栩仟做新车形象大使这事儿已经告吹了，要换人了。”

另一个人也叹气：“听二十五楼的人说要换成郁家合。真是的，这是谁想的，落差也太大了，我还是喜欢小仟的长相。”

边上有人听见了，凑过来搭话：“谁说要换？姜西不是一直在争取崔栩仟吗？”

那两人不约而同地问：“谁是姜西？”

“就是二十五楼运营部的，闫副总破例给过她一周的假去蹲守崔栩仟的那个，大家不都传她是闫副总的私生女来着！”

“哦哦，她啊，你说私生女我就知道了嘛……”

唉声叹气的两个女人越走越远，陈鹤予低头盯着边上的那盆铁树一时间没有动。

忽然，一侧的肩被人拍了拍，陈鹤予转过身去，看到双颊粉红的姜西仰脸看着他。她喘得很厉害，双手背在身后，笑嘻嘻地冲他说："陈鹤予，猜我买到西瓜了没有？"

"买到了？"陈鹤予往她身后看了一眼，她身后是安全出口的位置，他一愣，"你是跑下来的？"

姜西献宝似的把身后一盒切块整齐的西瓜亮出来，高兴地道："还好我跑得快，最后一盒，我买到啦！"

姜西一边说，一边往陈鹤予身上凑，用额头抵着他的手臂。

身体一有接触，姜西情绪又莫名地低落下去，但她努力掩饰着，没让他看到自己的脸色，她只低声说："陈鹤予，我今天有点儿想你。"

在办公室看到他发来消息的那一秒，她简直开心得要哭了。怪不得大家都劝她谈恋爱，原来喜欢的人的一句话真的可以赶走一天的坏心情。

她刚才在工位上准备关电脑的时候，灿灿估计是看她反常地笑了起来，还忐忑地凑上来，试图安慰她："西姐，你……"

"我男朋友来接我下班啦！"她的声音不大，不过也足够身边人听到了。

灿灿顿时就明白垮了一天脸的西姐为什么这会儿开心了起来。中午吃饭的时候，她说多少哄她的话都没有用，西姐都只是勉强挤出一个笑脸来回应她，笑意很快又会淡下去，再加上后来的会议一开，西姐脸上更是连半点笑容都没了。

见她真的开心起来，灿灿也替她高兴，她连忙多哄几句："太幸福了吧，好羡慕你！我也要赶紧找一个男朋友来接我下班！"

姜西的心情的确好，她一边推椅子，一边把包往身上挂，说道："没事儿，找不到姐姐以后帮你介绍，我先走了啊。"

等电梯的人太多，两部电梯都显示满员。姜西低头看了一眼脚上的鞋子，还好今天穿的是帆布鞋，于是她直接去走楼梯。

她从二十五楼跑到三楼食堂买西瓜。

老板娘见是她，直接把最后一盒西瓜拿了出来，笑着说："怪不得这盒没卖出去，原来是在等你。”

听到这话姜西也很高兴，她兴致更加高涨地再从三楼跑到一楼。

一出楼梯间，她就看到了陈鹤予的背影。

虽然他站在那里不说话，但他真的是个很惹眼的人，从电梯里出来的人的第一反应都是去看他。走出两步的人也纷纷回头去看他，如果身边有人，他们还要和身边的人窃窃私语一阵，一起回头去看他。

姜西本来是很高兴的，可是在听到陈鹤予问她为什么是跑着下来的时候，她莫名又觉得有点委屈，说不出来的委屈。

他在心疼她，她从他的眼神里看得出来。

情绪忽然低落下来，姜西靠着他歇了一会儿，手指扣着那盒西瓜，告诉他，她想他。

“不是二十四小时前才见过面吗？”陈鹤予压低了声音道。

发觉电梯那边频频有人看过来，他转头一看，看到了前两天在宴会上见过的姜西的同事们，他点点头，算是和他们打了招呼。

陈鹤予人没动，因为他发觉姜西似乎有点情绪，也就不催她把脸抬起来。

“天还早，要不要吃个晚饭再回去？”

两个人干站了一会儿，陈鹤予估计姜西的同事们可能都看见了。电梯出口那边他眼熟的人看过来，不眼熟的人也看过来，还有姜西带的那位实习生，看到他和姜西后冲他激动地挥了好一阵手。

姜西呜咽一声，不打算回应。

陈鹤予低头去看她的脸，她迅速把头偏向另一边。

“你知道我们这样挺高调的吗？”陈鹤予无奈地一笑，扶着她的后脑勺想把她的脸抬起来。

姜西摇了摇头不让他动，她抬手把陈鹤予的手拽下来：“让他们看。这是你第一次来接我，我很得意的。”

“嗯，他们都在看我，你头低着也不用怕羞。”

姜西笑嘻嘻地在他手臂上一阵蹭，心情似乎好了一点儿。

她终于抬头，憋着笑说：“不在外面吃，要不要去我家？”

陈鹤予沉默。

姜西坚持不懈地问：“要不要去我家？”

她伸手要去拉他的手，陈鹤予倒退两步，脚后跟挨上了后面的铁树，他直接转身。姜西还在重复那句话，他摆摆手，头也不回地离开了。

“要不要去我家啊，陈鹤予？”

“……你轻点儿声。”

“那你去不去我家？”

“……不去，你别说了。”

姜西抱着西瓜快步跟上他，一直到走出大楼，见他要往园区的出口走，她忙道：“错啦错啦，我的车停在后面。”

陈鹤予没回头，从后面看过去他像是在无奈地扶额。姜西顿时觉得很开心，她小跑两步上前抓住他扶额的手，拉着他往反方向走。

一路上遇到很多从大楼正门出来的同事，姜西笑盈盈地和他们打招呼。打完招呼，姜西又将半个身子挂到了陈鹤予身上，嘴里还在喋喋不休地问：“去不去我家啊？”

陈鹤予几乎是咬着牙说：“不去。”

“怕什么，我这次不对你动手动脚。”姜西自信地说。

陈鹤予才不相信她。

认识姜西之后，他才见识到了什么叫作女人嘴里的鬼话。说好不做那种事，她倒也确实没做，可在她家那样一个安逸的、没人打扰的环境下，姜西绝对保证不了自己不对他说些什么挑逗的语言。

这个姜西，虽然看上去正正经经的，相处起来却完全没有正形可言，谈起恋爱来更是什么露骨的话都敢说得出口。

那天陈鹤予在她家待了半天，一半的时间都躲在卫生间里不让她靠近。他怕的是惹火上身。

姜西的车停在园区后面的停车场。

陈鹤予在副驾驶座上坐好，他右手刚把安全带移到胸口的位置，姜西就已经在旁边落了座。她人都没坐好，关上门后就直接越过中控台，双手攀在他两侧的肩膀上。

姜西以一个极其别扭的姿势单腿半跪在椅子上，上半身趴在他胸前，她看着他，低低地叫了声“陈鹤予”。

陈鹤予皱眉，回忆着刚到她公司楼下时，最先出电梯的那三个女人的对话。

他大概能确定，他陪小仟去京州的那一次，在京州的AC酒店，小仟见的人就是姜西。

他以前怀疑过，但觉得不会这么巧。

那天在小仟家里，他听到了他和史乔岳的对话。史乔岳说众达坚持邀请小仟代言汽车，还说AC酒店的老板韩域为了帮助众达负责代言合作的对接人，竟然愿意把自己酒店集团的代言也给小仟。

在姜西说要去参加的订婚宴的准新郎是韩域的时候，陈鹤予心里已经基本明白了。原来绕了一圈，他和姜西最初能在码头见到面，竟然是因为她在那里等小仟。

之所以没从姜西嘴里听说过小仟，是因为她很少在他面前提工作上的事。

一个代言迟迟没搞定，这对于她来说，应该也是工作上的烦心事。

陈鹤予解开了安全带，他头靠在座椅背上，“嗯”了一声。

“工作不顺利吗？”陈鹤予问她。

感受到她的脸向他贴过来，担心她这个别扭的姿势会扭到腰，他便伸手扶住她的腰。

姜西用脸贴着他的脸。大概是撑不住了，她的眼泪滚落下来，沾到了两个人的脸上，是滚烫的。

陈鹤予的心猛的一疼，像被人狠狠地掐了一下。

“姜西？”他想看看她，他还从来没见她哭过。

姜西却抬手把脸上的眼泪一抹，顺便也把蹭到他脸上的眼泪抹干净。

“如果今天你不来接我，我肯定不会哭的，可能明天就好了，我不会哭的。”

她越说声音越哑，她声音越哑他越心疼。

手在边上摸索着，终于找到了移动座椅的键，副驾驶座位慢慢往后移，陈鹤予把姜西抱了过来，让她侧坐在了他的腿上。

姜西双手一攀，圈住了他的脖子，她把脸埋在他的颈窝处，额头抵在他的肩上，她吸了吸鼻子，呜咽起来。

“他们都安慰我说，努力争取过就不用后悔，可是我听不进去。我挺倔的，在生活当中还好，可是在工作上就是牛脾气，只要我认定了一件事没做好就会很难过，会失望好长好长一段时间。

“我争取过了，很努力地争取过。这个项目一直是我在跟，我一直以为对方拒绝可能是因为我们给的条件不够好，也许加加码就可以让对方再考虑一下，最终会同意的。但是，我今天才知道还有人在帮我争取，那人给他们开了很好很好的条件，给的条件好到无论谁听了都要惊叹。可是，还是没有成功。虽然很不想承认，但我明白，不是我们给的条件不好，而是他们根本就看不上众达。”

这次她的眼泪滑落在他的锁骨上，然后顺着锁骨滑进衣服里，好像碰到了那枚吊坠。

陈鹤予温声宽慰：“不是你的问题。”

姜西鼻子更酸了，她很想说，是她的问题啊，一直都是她的问题。

如果仅仅是因为条件开得不够好，那确实不是她一个人能决定的。可是，如果对方是因为众达的品牌形象而拒绝，那就是她的问题啊……

姜西说不出口，她做过一件说后悔又不后悔的事儿。她大学选的专业是为了众达，她好好学习是为了众达，她毕业就进了众达，她想为众达选一个完美的代言人。这么多年，她想弥补自己心中的遗憾，也想弥补众达，却好像总是没有进步。

“所以，如果确定这个项目会有变动，你就不会再争取了？”陈鹤予看了一眼纸巾盒的位置，太远了，他怀里抱着个人，手肯定够不着。

他拉了拉胸前的衣服，用衣服领子给她擦掉眼泪，柔声哄道："先不哭了。"

他心疼坏了。

陈鹤予想着，好在他今天来接她了。

这一次，陈鹤予还是得感谢小仟，感谢他突然回来，感谢他突然要车。

姜西抓过他的衣服领子擦眼泪，因为他刚刚没擦对位置，都蹭上鼻涕了。

她吸了吸鼻子，说："都说了我是牛脾气，还没定呢，我才不会放弃。过两天，我要再给他们发一封邮件，看看能不能再约他们见一次面。"

说这句话的时候，她已经没了哭腔，字字铿锵有力。

陈鹤予感叹女人的情绪还真是多变，他无奈地笑了一声："好，我觉得你肯定能见成。"

姜西用他的衣领把眼泪蹭干净，她从他的颈窝里抬起头来看着他，严肃地说："不能因为我对自己有信心你就对我有信心呀，你没跑过这个项目，你都不知道有多难，对方……"

姜西想想前段时间的痛苦经历就很苦恼，她认真地告诉他："你没见过他，你要是见过他就知道有多难了。"

"哦。"陈鹤予说，"能见到，我说能见到就能见到。"

姜西摸了摸自己哭红的鼻子，睨着他，哀怨地叹了口长气。

这人怎么听不懂人话呢？

最后是陈鹤予开车把她送回去的。车停在她小区的地下停车库后，他准备走回去，姜西却拉住他不让走。

"再不走天就黑了。"陈鹤予摸出手机看了一眼时间，"快了。"

"你可以在我家过夜，我这次保证不碰你！"姜西举手发誓，她的眼睛、鼻子和脸颊还是红的，一副楚楚可怜的样子，可是她露出的笑容格外不怀好意。

陈鹤予懒得争论，打算直接走人，他却被姜西一把拉回来，靠在了她那辆小白车的车门上。

她双手撑在他两边，女人的手到底没有男人长，这样一套动作被姜西整成了一个滑稽的姿势。

陈鹤予失笑，人懒洋洋地站着，也不挣扎，只是抱住手臂控制两个人之间的距离，说道："别用下巴蹭我。"

姜西顺势把下巴搁在他的手臂上，说道："不想让你走，你走了我又会想你。"

"回去跟你视频。"

"视频不能亲亲。"

陈鹤予看了她一会儿，哭成这副样子，他越看越觉得她可怜。他又觉得有点无奈，刚刚她还在因为做不好事情而哭，现在已经能收好情绪在这边调戏男朋友了，收放自如，他很佩服。

陈鹤予将手臂上搁着的下巴抬起来，低头碰了下她的嘴唇。

姜西嘟着嘴迎上来。

陈鹤予敷衍地说："好了，亲过了，我走了。"

"哥哥你没有心。"

"不准叫哥哥。"

"陈鹤予你没有心。"

"没有心就没有你，"他挪开她的下巴，搂着她的背，有些无语地说，"你脑子里都在想些什么？就没见过你这么色的女孩子。"

姜西在他怀里挣扎："我还没见过你这么不想对女朋友做点什么的男人呢！"

"别为你色魔的身份找借口。"

"你该不会是性冷淡吧？"姜西张了张嘴又闭上，她过了会儿说道，"不对，应该不是，你只是不想我碰你，我稍稍碰一下你还是会有反应的……"

陈鹤予捂着姜西的嘴一路把她送到电梯口。

绝了，这是什么神仙女朋友。

第十章

姜西，我再给你一个
后悔的时间

01

2013年1月，一部由芜周市环保协会联合多国自制的海洋纪录片《蔚蓝宝藏》在央视播出。该节目共有十二期，首期播出即引起轰动，亦掀起一阵环保热潮。

纪录片《蔚蓝宝藏》并非以发展旅游经济为噱头，而是真实完整地展现了当下国内外部分海域生态环境的恶化程度，揭示出海洋生物的死亡原因，还揭露了秘密的违法捕捞行为等。

前两期节目，镜头进入深海，展现出一个幽深而富饶的蔚蓝世界，影像唯美又不乏震撼。

自第三期节目开始，镜头在海底一闪就忽然转向海岸，伴随着海浪拍打海岸的水声，有了第一句旁白，镜头画面也变得更为鲜活、生动。

拍摄团队料到节目播出后网络上会对此展开讨论，却没料到其中一条热门话题的关注点居然是旁白解说员的澄澈声音。

网友中不乏有好奇心的，有人最终通过多方查询，找出了这位声音与海洋纪录片的氛围绝配的纪录片解说员，他就是《蔚蓝宝藏》最年轻的总策划人——Cheney Chen。

Cheney Chen。

那年他不过二十二岁，他执行策划的纪录片《蔚蓝宝藏》当年荣登全球纪录片关注度排行榜第一名，并在欧美各院线播出。这个年轻人凭着动人的声音和超越年纪的才能，被公众热烈地探讨着，并连续多日位居公开社交平台的话题榜榜首。

《蔚蓝宝藏》第一季爆红后并未对他的生活造成多大影响，他依旧在安心拍片。网上赞誉他为一个天才的纪录片制片人，而他则断开网络，带着团队辗转多国取景。

2015 年 12 月，《蔚蓝宝藏》第二季播出。

塘东老街西头，青瓦白墙的徽式楼院内，崔栩仟将矮板凳放在假山旁边的空地上，又瞅了一眼跷着二郎腿半躺在假山半山腰上的史乔岳。

“小岳哥，你要不还是下来说话吧。”崔栩仟仰头说，“你有什么想问的，我能答就答。你坐那儿我倒也不是怕你摔下来，就是怕这假山质量不好，被你坐塌了。”

史乔岳半坐半躺在假山上，脸上盖着一本杂志，他身体一动不动，只问：“你哥什么时候到？”

崔栩仟见他还是不肯下来，无奈地在小板凳上坐下，说：“我打过电话了，他说这会儿馆里有点忙，恐怕还要再等会儿，两三点吧。”

“两三点？”史乔岳把脸上的杂志一掀，急冲冲地说，“我可等不了他这么久啊！”

崔栩仟笑道：“你人都来这儿了，什么工作都抛下了，几个小时还等不了？也行，那你回京州去吧，省得到时候老总骂你一顿。”

“骂我？”史乔岳哼笑一声，又躺回去，这次他把杂志盖在了胸口的位置，还用手在上面拍了拍，说，“被我发现这么一个神秘人物，他敢骂我？要是谈成了他能给我跪下！”

刚刚下过雨，青石板地面上水迹斑驳。崔栩仟曲着长腿，有一下没一下地就近找水坑踩，他提醒道：“小岳哥，我劝你别对我哥抱什么希望。我已经提醒过你了，他已经退出《蔚蓝宝藏》的拍摄团队了。《蔚蓝宝藏》的拍摄现在差不多已经被搁置了，你想要他回去拍第三季真没什么可能。”

史乔岳听不进去：“你说得那么笃定干嘛，知不知道这几年大家都在等这部片子的消息？这部纪录片的热度从来就没消退过！你想想国内哪部纪录片能做成这样，还有你哥注册的微博账号，一条微博都没发，光是一个 Cheney Chen 的认证，粉丝数有多少？将近七位数！”

史乔岳激动得一大早就从京州飞过来了，这会儿他根本冷静不下来：“《蔚蓝宝藏》是个热点，Cheney Chen 是个热点，第三季回归是个热点。小仟，听小岳哥的，你和你哥关系这么好，只要你帮我一起劝你哥帮这个忙，无论他是亲自回去拍也好，还是把你推荐到他的拍摄团队也好，只要你能出镜——哦不，只要你能像你哥当年那样以声音出镜就够了！我敢保证，从此你星途坦荡，你想要多好的片源，只要你招招手，就会有人双手举着递上来。”

“我才不会逼他做他不想做的事儿呢。”崔栩仟顿了顿，手肘撑在膝盖上抓了抓头发，说，“小岳哥，我哥够低调的了，你到底是从哪里得来的消息？”

史乔岳意味深长地笑道：“你哥是低调，但你哥也只在国内低调。”

他把拿手里的杂志往下一丢，崔栩仟伸手稳稳地接住。见他翻开了，史乔岳悠悠地说道：“翻到第十七页，看看二十三岁时的你哥。”

“也是巧啊，你担任海洋公益大使之后有人送来了一堆旧杂志，我放在公司书架上就没动过。没想到昨天我路过时，偏偏是它掉下来砸到了我的脑袋，又偏偏是它掉到地上之后展开了这一页叫我看见，小仟你说，这是不是缘分？”

崔栩仟笑不出来了。

今早接到史乔岳的电话时他很震惊，没想到史乔岳匆匆从京州赶过来，居然是因为知道了陈鹤予过去的事情。

崔栩仟跟史乔岳的合作目前来说都很好，他在演艺圈能够安心拍着自己想拍的东西，拿着想拿的资源，史乔岳确实出了不少力。他们两个人配合得很默契，史乔岳铺路，崔栩仟毫不偏移地往前走。早两年两个人都比较安逸，但近两年，崔栩仟明显能感觉到史乔岳的功利心变得越来越重了。

史乔岳知道陈鹤予身份后的第一个念头，就是希望崔栩仟能参与到《蔚蓝宝藏》第三季的纪录片拍摄中去，无论是以什么方式。哪怕只有一期，哪怕只出镜一个背影，甚至哪怕只说一句台词——以史乔岳多年的经验，这样的影响比崔栩仟连拍三部电影都要深远。

史乔岳一到崔栩仟家里，就让崔栩仟给陈鹤予打电话。崔栩仟只是大概跟陈鹤予说了下小岳哥已经知道他是《蔚蓝宝藏》总策划人的事儿。电话里，陈鹤予沉默了半分钟，最后只说："我晚点会过去，正好有事儿找你们。"

陈鹤予下午三点才赶到崔栩仟家，来的时候他身上还套着艺术馆的红马甲。木门打开的一刹那，史乔岳仔仔细细地将陈鹤予全身上下打量了一遍，讲解员？环卫工？一点儿都不像，他身上一直带着股淡然的气场，原来就是他大艺术家的风范。

史乔岳连说了三遍"快请进"，热情地请陈鹤予去屋里坐。三个人去了饭厅，崔栩仟已经在史乔岳的嘱咐下提前泡好了茶。

"陈先生……"

"岳哥，叫我鹤予就好。"

史乔岳干笑一声："今天是我唐突了，你千万别生气啊。"

陈鹤予和史乔岳在八仙桌的南北两端坐着，崔栩仟端了三杯茶过来后也在旁边坐下。

陈鹤予摇头："不会，我听小仟说你有事儿找我？"

史乔岳客气地道："我也听小仟说你有事儿找我？不如你先说吧。"

"好。"陈鹤予也不跟他客气，直接问，"我的问题可能有点唐突了。岳哥，之前听你和小仟聊过众达汽车找小仟做代言人的事儿，你们这边不接受，我想知道是因为你们对众达的品牌形象不满意吗？"

史乔岳和崔栩仟都是一怔，没料到陈鹤予会突然提起这个。

史乔岳想了一会儿才说："的确是因为众达的品牌形象。"

“鹤予啊，你没在这个圈子里待过，应该不知道有个词叫作‘人设’，不过这个我可以解释给你听。小仟无论是要当演员，还是要做明星，他都需要在娱乐圈里有一个定位，这个定位就是小仟的人设。小仟十八岁出道，到今年是第五年，他今年才二十三岁，众达的新能源汽车为什么要找他做形象大使？因为在这五年里，我们把他做公益、做环保、拍公益电影的环保大使人设立得稳稳当当。你想想娱乐圈里有哪个艺人的定位是这样的？所以这应该就是众达盯着小仟不放的原因。

“我们花了五年的时间包装小仟，绝对不能让他沾上一点儿污点。七年前，众达有个案子，在社会上闹得沸沸扬扬，导致其品牌形象严重受损。虽然那是燃油汽车的案子，可燃油汽车跟新能源汽车都属于众达，所以我们就拒绝了，哪怕他们开的条件再好。”

陈鹤予看了一旁的崔栩仟一眼。

崔栩仟弯了弯嘴角，一副“我想反驳但懒得反驳”的表情。

陈鹤予从运动裤口袋里摸出手机放在桌上，又慢悠悠地解开胸前两颗扣子，把红马甲脱下来，放在长板凳的一端。

“您说的有您的依据，但我不认同。虽然我没接触过这个圈子，但我知道小仟从来没有想过要依靠这样一个人设来在这个圈子里站稳脚跟。他做的事儿、他演的戏、他接的活动都是他真心想做的，我不相信他是为了人设和定位。”

崔栩仟没说话，只是看着陈鹤予深感赞同地点了点头。

果然还是他哥了解他！

“当然当然，这当然也是小仟的初衷。”史乔岳连连说道。

陈鹤予解锁手机屏幕，打开浏览器上保存的一条旧新闻网址，问道：“岳哥，您刚才说的是2013年众达汽车尾气超标案吧？”

史乔岳凑过来看了一眼陈鹤予手机上的新闻内容，说道：“对，就是这个案子，当年闹得非常大。”

“好。”陈鹤予把新闻往下滑，第一张图片是众达汽车的车标，第二张图片是一张女高中生被模糊化的侧脸。

陈鹤予盯着那张照片，忍不住皱眉。

他的视线停留在手机屏幕上那张小小的照片上，沉声说道："这名当年向京州环保总局举报众达汽车尾气超标的女高中生，就是这次众达新能源汽车代言项目的对接人，姜西。"

短暂的沉默中，陈鹤予将手机的正面朝向史乔岳。

崔栩仟"啊"了一声，凑过去看手机上的照片。

"这好像真的是那位对接人姐姐！"崔栩仟举起陈鹤予的手机，放大照片仔细看。

史乔岳震惊地看了陈鹤予一眼，他把崔栩仟手上的手机拿过来，滑动屏幕看了一遍新闻，又去看那张照片。

他抬头诧异地道："你是怎么知道的？"

崔栩仟一愣，后知后觉地问道："对啊，哥，你是怎么知道的？"

陈鹤予忽然觉得口渴，他掀开杯盖喝了口茶，然后把他的手机从史乔岳手里拿了回来，锁屏，将它放在一边。

"姜西。"陈鹤予重复了一遍这个名字，声音早已没有了当年给纪录片配旁白的澄澈感。

他看了史乔岳和崔栩仟一眼，语气平淡地说道："因为姜西是我的女朋友。"

"西姐西姐西姐！"

姜西刚刚上完卫生间，正在洗手台前挤洗手液搓手，听见灿灿老远就在外面喊她的名字。

一直冲到卫生间里见到姜西，灿灿才放心地又叫了一声："西姐！"

姜西的手悬在水龙头上方，她回身诧异地看着灿灿："跑什么呢？地上滑，你小心点儿。"

灿灿脸上堆满了笑意，她凑到姜西耳边，压低声音说："我刚刚从部长办公室出来，听到陈主管在里面和部长报备事情。"

"嗯？"灿灿声音太低，姜西听得不是很清楚。

灿灿探身看了一眼卫生间的几扇门，显然还有人在里面，灿灿用眼神提醒姜西先洗手。

一直到了楼道里，灿灿才稍稍放大了声音，激动地握着姜西的手郑重地说：“西姐，你盼星星盼月亮的事可能要盼到了。陈主管刚刚说崔栩仟团队主动联系了她，想要和她见一面！”

姜西惊得目瞪口呆，当场傻掉了。

“你没听错？”被拒绝了太多次，姜西第一反应是不信。

灿灿笃定道：“绝对没听错，我听完了全程。陈主管还在部长办公室里给崔栩仟团队又打了一个电话，已经在约见面的时间了。还有还有，听他们聊天的内容，好像说崔栩仟这两天都在临州。如果不出意外的话，崔栩仟应该也会一起见面，所以会谈估计也就是这两天的事情了。”

姜西靠着扶手愣愣地站了一会儿，她突然拍了拍灿灿的肩膀：“我去找庭姐。”

姜西才走到陈庭的工位旁，陈庭就朝姜西挥了挥手：“去会议室说。”

听到这句话，姜西心里大概有了点儿底。

陈庭已经和崔栩仟团队约好了见面时间，后天下午，双方在塘东老街的一家茶馆里见面。

“是周小姐给我打的电话，她目前还在京州，后天中午会到临州机场。我已经和她说好了，到时候我会去机场接她，再一起去塘东。”陈庭说。

姜西心中还是有些忐忑：“庭姐，合作方案需要改吗？申请额外条件的话，两天的时间流程可能走不下来。”

陈庭莞尔道：“不改，把最新的合作方案打印两份带过去就行。如果对方还有要求，我们就等他们提，提过之后我们再回来申请。总之，决定权和选择权主要在他们手里，我们目前还是处于被动状态。”

姜西点点头，淡淡地笑了下：“我好像又看到希望了，不知道会不会空欢喜一场。”

陈庭也说不上来她是一种什么感受，一切来得太突然，像死灰复燃，可是死灰复燃了也终究会灭，她要的是把火种保存下来，然后细心呵护，让它发出熊熊火焰。

姜西当然希望能保住这次的火种，不要再灭了。

傍晚，太阳收敛起光芒，碧空呈现出更深的蓝色，天边薄薄的几片云聚了又散，快要遮住最后一丝微弱的光。

姜西下班后直接去了艺术馆，结果扑了个空。讲解员阿姨告知她陈鹤予请了半天假，下午就出去了，也不知道去了哪里。

她坐在艺术馆后院的秋千上，脚一踮一踮地晃着，眼看太阳快落山了陈鹤予还没回来，她就拨了个电话过去。

电话响了半天他才接，没等他说一个字，姜西立马问："陈鹤予，你在哪儿呢，天快黑了你还不回来？"

电话那头没有任何回应，姜西疑惑地移开耳边的手机，看了眼界面，显示仍在通话中。

"陈鹤予？"

安静了一会儿，电话那头好像隐约有一道笑声，是男生的笑，但一定不是陈鹤予的笑。

过了几秒，对方终于有了反应："嗯？你刚刚说什么，我没听到。"

姜西问："你在哪儿？"

姜西确定陈鹤予边上确实有别人，因为她隐约还能听见那克制的笑声。陈鹤予似乎换了个地方，笑声没有了，有蝉鸣声和流水声："在老街西。我朋友，跟你提过的那个，他回来了，我来这里坐坐。"

"哦……"姜西脸靠在秋千的粗绳上，仰着头看围墙上方的天空，提醒他，"天快黑了。"

"我在这里吃晚饭，可能不回去了。"他突然反应过来，问道，"你在艺术馆？"

陈鹤予沉默了两秒，又说："我回去。"

"不用不用，"陈鹤予这话一出口，姜西急得手都在挥，"不要回来啊。你们见面的时间肯定没我们多，难得一起吃一次饭，别因为我就回来啊，省得你朋友以为我是个多不懂事的女朋友。”

陈鹤予笑道：“不会，他只会夸你。”

姜西撇了撇嘴：“他又没见过我，怎么会凭空夸我？”

“我怎么觉得你在怪我没带你见他。”

“我没有，你胡说。”

“你不想见？”

“我没有，你胡说。”

“要不要现在过来？”

“不要！陈鹤予，你不知道和男朋友的朋友第一次见面也需要准备的吗？”

“准备什么？”

“至少换身衣服啊，我今天穿的是工作服。”

“嗯，”他懒洋洋地道，“那就不见。”

两个人有一搭没一搭地聊了一会儿，陈鹤予忽然问她：“一直瞎聊，就没什么别的要和我说了？”

“说什么……”姜西一时没反应过来，被陈鹤予这么一提醒，她忽然“啊”了一声。

“有有有！”姜西激动得差点从秋千上跌下来，“陈鹤予，你真是神仙，你的嘴比神仙还灵。我的那个项目有新进展了，对方的对接人答应和我们再见一面！”

“开心吗？”陈鹤予看了一眼逐渐变暗的天，离开院子往饭厅里走。

崔栩仟还站在门口，见陈鹤予往回走，他退回去，在八仙桌旁端正地坐好。

桌面上又是一大堆外卖。

“开心啊，当然开心，如果这次顺利，我在公司说话就能理直气壮了。” 他光是听姜西的声音就知道她在笑。

“只是见面，”陈鹤予跨过门槛进饭厅，他看了崔栩仟一眼，在靠近门的长板凳上坐下，说，“只是见面，你不要有太多的期待，不留遗憾地把你想说的都说出来就行。如果最后没成，也不要太失望，你做得够好的了。”

姜西一直关注着围墙上方的天色，听见电话那头传来陈鹤予走路的声音，想着他应该是进屋了，她这才放下心来。

“我怎么觉得你已经开始安慰我了，昨天还那么有信心，今天就对我没信心了？”

陈鹤予那边又是一阵沉默，姜西敲了敲手机上的话筒：“喂喂喂？”

过了好一会儿，陈鹤予才以一副事不关己的语气道：“我没有，你胡说。”

跟周小姐见面的当天，陈庭、姜西，还有一组、二组的组长皆正装出席，四个人开了两辆众达新能源汽车去机场接周小姐。

从来都只在邮件和电话里联系的周小姐原来是个美人，她个子比姜西和陈庭高许多。大概是因为今天见面要谈生意，所以她穿得也很正式，就连鞋子也是纯黑色的高跟鞋。陈庭站她边上显得矮了些许，姜西站过去简直被衬托得成了萌妹。

在机场，五个人一一打过招呼，一组和二组组长坐同一部车，陈庭和周小姐坐姜西的车。

“冒昧地问一下，周小姐，今天只有你一个人过来吗？”今天是姜西开车，陈庭和周小姐坐在后座交谈。

周小姐将挎在肩上的大包放到腿上，她笑了笑，说：“项目是我一个人过来聊，但是，小仟今天正好也在塘东，到时候我会叫他一起过来见面。”

姜西刚启动车子，车身忽然顿了一下，车子熄火了。

后座上的两个人都往驾驶座的方向看过去。

透过后视镜看到周小姐错愕的脸，姜西立刻满脸堆笑道：“别误会，别误会，是我太激动了没有长按引擎按钮，不是车的问题，不是车的问题……”

02

塘东本来就不大，停好车，姜西才发现他们今天约的这个茶馆原来离老街这么近。

陈庭和周小姐一左一右下了车，姜西在车内飞速捞过放在副驾驶座底下的备用高跟鞋，花了几秒钟换好。

“崔先生什么时候过来？”

阳光很热烈，陈庭撑着一把伞和周小姐站在一起。

“稍等，我给他打个电话。”

周小姐从大挎包里拿出手机拨了个电话，说了没几句就挂了。她语气无奈地笑着说：“怪了，今天这么积极，他已经在里面等着了。”

塘东的建筑风格都差不多，茶馆也是仿古园林风格。两扇老木门上倒贴着红底黑字的“福”字，进门是个院子，东、西、北三面都是独立的包间，周小姐说崔栩仟就在预约的那间茶室里等着呢。

敲门的是周小姐，姜西走在最后面。前面四个人分别和里面的人打过招呼，轮到姜西的时候她才看清今天的崔栩仟。

少年感十足的眉眼，嘴唇红润，不同于电视里总打理得十分精致的发型，今天的他随意得更像是出门前临时洗了头。

姜西主动伸手，笑容满面地问好：“小仟你好，我是众达负责新能源汽车运营的姜西，之前我们在京州见过一面，也聊过，不知道你还记不记得。”

崔栩仟自给他们一行人开门之后就一直在笑，见到姜西后他笑得更欢了：“记得记得，对接人姐姐，之前就是和你聊的代言的事儿。”

他礼貌地朝姜西弯了弯腰，姜西一愣，反应过来他们做艺人的礼节似乎都做得很到位，于是她也弯腰回应，结果崔栩仟又弯腰，姜西愣了两秒，再次笑盈盈地弯腰表达诚意。

在场的人只有周小姐知道崔栩仟今天有多反常。平常出席各种活动，虽然崔栩仟从来不会耍大牌迟到，但第一个到场今天他还是第一回，她不由得多看了崔栩仟几眼，发觉他看向这个叫姜西的对接人的眼神有点不一般，好像在……观察？

茶室不大，室内是日式风格的布局装饰，中间有一张矮矮的长方形茶几，两边各是三个麻布制的坐垫。

为了方便说话，崔栩仟和周小姐还有二组组长坐在一边，姜西和陈庭分别面对崔栩仟和周小姐坐下。

入座之后，几人随便扯了几个话题开始闲聊，并不着急进入谈项目的状态。没多久，茶艺师过来了。他们点的是碧螺春，老板推荐说夏天喝绿茶更好。

“小仟最近是在录综艺节目吗？我是在网上看到的消息，不一定准确。”姜西发现崔栩仟总是在若有似无地看她，却又不说话，于是她主动搭话道。

崔栩仟不小心碰到了杯碟，他抬头，忽然就笑了：“在录的在录的，不过这个综艺节目有点儿复杂，录制中出了点儿状况，所以节目组直接给我放假了。”

茶艺师一番操作之后，给六个人分别递了茶。姜西听完崔栩仟的话，表示理解地点了点头，做了个请他喝茶的手势。

崔栩仟受宠若惊地抬手，也回了个请喝茶的手势。

边上四个人本来在自顾自地聊天，不知道什么时候没了声音，他们齐刷刷地看向坐在最边上面对面的姜西和崔栩仟。

崔栩仟低下头正要喝茶，余光感受到他们的注视，他又抬头看了四人一眼，尴尬地笑了一声，对着其他人也做了一个请喝茶的手势。

“年龄相仿就是比较投缘。”陈庭笑着说了一句。

周小姐问：“姜小姐多大了？看着和我们小仟差不多大。”

姜西说：“我今年二十五岁了。”

周小姐挑眉感叹一了句：“哦，怪不得，我们小仟二十三岁。”

边上几人又重新找了话题聊天，崔栩仟和姜西相视一笑，各自举杯喝了口茶。

绿茶清甜，入口舒畅，崔栩仟慢条斯理地放下杯子，摸出手机，打开屏幕看了一眼消息。

半小时前，陈鹤予特意嘱咐了他：“别乱说话，别逗她。最好别和她说话。”

当时崔栩仟回的是：“我和嫂子什么时候能够相认？”

陈鹤予：“等她做好心理准备。”

崔栩仟：“我直接跟她说我跟你认识不就完了吗？”

陈鹤予发了个问号，断然回绝。

头疼，崔栩仟怎么也没想到他们会因为这样一段复杂的关系而联系在一起。今天的见面崔栩仟本来是兴奋的，因为上一次在京州的匆匆一面，姜西只给他留下了一个“众达对接人态度不错，人也不错”的印象。

可现在不一样了，这是他嫂子啊，是他哥活了二十八年的第一任女朋友！太厉害了，这个女人居然能这么轻松地就把他哥给收了，他对她实在是太好奇了。

刚刚开门看见姜西之后，他嘴里那句“嫂子”差点就脱口而出，好在姜西先开口和他说了话，他才把那两个字憋了回去，后来就只能一个劲儿地笑。

崔栩仟三两口就把茶喝完了，姜西主动为他添茶：“天很热，你是渴了吗？”

“不渴，就是有点憋得慌。”崔栩仟一脸便秘的表情。

“啊？”姜西倒茶的手一顿，“憋……什么？”

姜西一脸尴尬，崔栩仟知道她是会错了意，摆摆手，指着空调说：“你们来之前空调温度调得太高了，有点闷，不过现在没事儿了，已经调低了，我不憋了，真的，真的！”

姜西表示理解，她微笑着点了点头，没再说什么。

姜西忽然觉得和崔栩仟有点儿不太好说话。

在京州的那一面，她和崔栩仟明明聊得很好的。她当时把整个合作计划清清楚楚地给他讲解了一遍，他也听得极为认真，有疑问的地方也立马指出，那次的交谈绝对称得上愉快。

可今天她几次想和他拉近距离，想随便聊点儿什么，崔栩仟都躲躲闪闪，不接话。

姜西原本心里对这次合作还有三分信心，现在已经只有两分了。

“言归正传。周小姐，崔先生，今天能有机会和二位见面我真的很高兴。实不相瞒，对于新能源第五代汽车形象大使的甄选，我们一直努力争取的就只有崔先生一个人，这是我们众达能够给贵团队的绝对诚意。我们的合作条件完全是灵活、可变通的。如果你们这边还有什么之前在邮件里没来得及向我们提出的要求，不如趁着今天这个机会，我们正好可以聊一聊，周小姐和崔先生但说无妨。”

陈庭拿出打印好的合作方案分别递给崔栩仟和周小姐。

今天这场当面沟通到底还是让双方都进一步明确了许多疑问，整个过程中更多的是周小姐和陈庭在交谈。

姜西在一旁安静地听着，茶水见底之前她向茶艺师招了招手，这次她拒绝了茶艺表演，叮嘱直接上茶就好。

姜西在一旁观察周小姐的神色。

陈庭说的周小姐都在记、在听，但她回话的大概意思还是在拒绝。

那他们今天为什么要见这一面呢？

水喝多了，盘坐着的腿也有些发麻，姜西听到一半，起身去上卫生间。

这里只有公共卫生间，和艺术馆一样，建在院子里，姜西沿着长廊找到了地方。她心里到底还是有些不安，从卫生间出来后急匆匆地原路返回去。

茶室门外摆放了一排鞋子，姜西踩着高跟鞋连上两级台阶，她正准备脱鞋时，由于没踩稳，右脚忽然扭了一下。

刺痛的酸胀感瞬间传来，她痛得倒吸一口冷气，人直接跌坐在台阶上，过了好一阵才缓过来。

还好动静不大，里面的人都没听见。

她在原地坐了大概有五分钟，微微活动了下脚踝，还是感觉到痛，但也只能忍着。她在门口换好鞋，忍着痛小心翼翼地走了进去。

换了三壶茶，这场交谈才正式结束。周小姐最后给的答复非常官方，说是要回去跟其他成员开会商议之后才能作出决定。

他们愿意再次考虑，姜西和陈庭就已经非常感激了。离开的时候，姜西走到陈庭边上小声说了句：“庭姐，我刚刚扭了脚，可能开不了车了，要不你开我的车送他们回市里吧。”

陈庭低头看了看，关切地问道：“怎么扭的，要不要送你去医院？”

“不用的，不严重，我等会儿去药店买瓶药喷喷就行，只是右脚扭了，没法儿开车了。”

“好，那我送他们走。”陈庭拍了拍她的肩膀，“今天辛苦你了，姜西。”

“你更辛苦啦，庭姐。”

一帮人在茶馆外面告别，陈庭开着姜西的车送崔栩仟和周小姐。崔栩仟坐在后座，临开车他前还特意降下车窗冲姜西挥手：“姜西姐，有缘再见！”

姜西也朝他挥手：“有机会再见，路上小心。”

往北走是去老街，往东走是回家，姜西尝试着走了两步，越发觉得脚踝处像受了限制一般。她拿出手机看了一眼时间，现在是下午四点，她又看了一眼日期，今天陈鹤予轮休。

她毫不犹豫地往北走了。

街道两旁草木丰茂，树叶油亮到反光，枝繁叶茂的排排树木撑起浓浓的绿荫，即使有热浪迎面扑来也不觉得难受。

姜西一瘸一拐地走到艺术馆，却发现大门紧闭，门口挂了“今日闭馆”的牌子。

艺术馆的门是玻璃门，姜西伸长脖子往里面看，就见前厅展馆通向后院的门也关着。

忽然，她的肩膀被人轻轻一拍，抬头就看见陈鹤予戴着口罩和帽子站在她身后。

陈鹤予把口罩拉到下巴处，他抬起帽檐，调侃道：“又翘班了？”

“什么话，说得我经常翘班似的。我刚见完客户，想过来看看你。今天怎么没开门啊？”

陈鹤予摘了帽子，一边摸出钥匙去开锁，一边说道：“上午开了，下午在培训，刚结束。”

“就你一个人回来了？”

“嗯。”

姜西回身看了一眼，街上只有零星的几个行人，对面是一家面馆，老板在收银台里面坐着。老板个子矮，不站起来应该看不到街上的场景。

“咔咔”两下将锁打开，陈鹤予正准备推门的手臂一顿，低头看了一眼又被人缠住的腰，无语地笑了：“你可真黏人。大街上，你不怕被人看见吗？”

“看见怎么了？其实我最近在想，要不要先把我们在一起的消息告诉阿姨们。毕竟我不止一次听到她们说要给你介绍女孩子，什么典当铺的小女儿啦，街西那个刚刚毕业回来的女大学生啦，还有小罗阿姨的外甥女！”姜西抱着陈鹤予的腰被他带进门，一边走一边说，“小罗阿姨的外甥女我见过，很漂亮的。”

陈鹤予回身关门。

姜西跟着他绕圈，就听见他说：“哦，漂亮跟我有关系？”

“没有是没有，但是女孩子好像都会这么想。”

将门关好，陈鹤予又拖着姜西去开第二道通往后院的门。

姜西的脑袋贴着陈鹤予的左胸口，他忽然觉得自己很像拖着一个麻袋在走路。

“会这么想是因为没安全感还是因为什么？”陈鹤予不懂，“为什么要这么想？”

“患得患失是恋爱中女孩子的共性。陈鹤予，你在艺术馆的时候，是不是也有很多客人来问你要微信？”

陈鹤予没说话，专注于开门。这扇门不大好开，拉的时候要用力。

姜西伸出食指挠他："我见过的就不止五次。"

"那五次我给了吗？"陈鹤予看了她一眼，他把头上的帽子摘下来，盖到姜西头上。帽子遮住了她整张脸，陈鹤予失笑道："以前还不知道怎么拒绝，现在我会说有女朋友了。"

姜西松了手让他拉门，她乖乖地站在一旁，笑嘻嘻地"嗯"了一声。

"在这儿吃饭？"陈鹤予去厨房倒水，顺手把姜西那个五角星的杯子也拿了出来，倒了一杯递给她。

姜西接过杯子，放在一边，说道："今天喝了很多水，我已经喝饱了。袁姐等会儿不过来了吧，你吃什么？"

"我一个人吃什么都行。"

"多一个我呢？"

"可以考虑做道蛋炒饭。"

"你炒？"

"不然呢？"

姜西笑笑没说话，她从小到大就不会做饭。她没想到陈鹤予会做饭，即便只是一个蛋炒饭。

她没着急回去，而是留在这里等着陈鹤予给她做蛋炒饭。

锅里还有中午剩下的冷饭，正好够两个人的量。

她没见过陈鹤予戴上围裙的样子，此刻见到，只觉得他整个人居家得不像话。如果这里的场景转换为家里，姜西觉得陈鹤予简直就是新婚后的丈夫。那天看见他在厨房切西瓜时，她就暗自脑补了一番，那一瞬间她想到了结婚，这一刻也是，她又想到了结婚，和他。

姜西尽量平稳地走过去，从后面抱住陈鹤予的腰。

她每次这样抱他，手都会在他身前交握成一个拳。

"我是不是太黏人了，你会嫌弃我吗？"姜西转了小半圈，脸贴到他手臂上，探头看他的表情。

陈鹤予正在打鸡蛋，筷子碰撞瓷碗发出清脆的响声。他一边打着鸡蛋，一边抬高了左手，下巴一抬，示意姜西自己钻进来。

她挪了两步，钻到他怀里。

头顶上方，陈鹤予的声音平静："为什么这么没安全感？"

姜西说："可能是因为我们在一起太快了。"

陈鹤予提醒她："在一起是我提的。"

"那算你追我的。"姜西笑嘻嘻地说。

他笑了下，无所谓地"嗯"了一声。

姜西一直待在他身边，直到油热了陈鹤予才让她去边上坐下。

蛋炒饭很快就做好了，陈鹤予把饭盛好，让她别有太大的期待，说味道最多只能是一般。

姜西不信，直到吃了一口之后她才苦着脸看着对面的帅哥说道："我错了，我以为你是全能的。以后我们结婚了可怎么办，天天来艺术馆蹭饭吃吗？"

"什么？"陈鹤予一时有些失神，因为他听到了"结婚"这两个字。

姜西还在说："不过你还在这里工作的话倒也方便啦，就是遇上这样闭馆的情况会尴尬一点儿。看来只能我努努力了，我婚前一定先要拜袁姐为师，你记得等我能做出好味道的菜后再向我求婚。"

"想得真多。"陈鹤予没有表情地低头吃饭，只当她是在开玩笑。

毕竟他还没想过结婚。

他没想过也会让她没安全感吗？不过即使没想过和她结婚，他也没想过跟别人。

最后碗也是他洗的。

水槽之上是一面窗户，他看了一眼天色，有点暗下来了，他说道："我来不及送你了，你开车过来的吗？等会儿回去的路上要小心。"

姜西在擦嘴，她把纸巾盖在嘴上吹了一下，忽然讨好地说："哥哥，今天馆里也没人，我可以晚点儿走吗？"

"别叫我哥哥。"

"我在跟你商量呢。"姜西走到陈鹤予边上，见他已经洗好了碗，她央求道，"好不好？"

没等他说好不好，姜西已经转身跑了出去。她右脚一跛一跛地往他的房间跑去。

陈鹤予进屋的时候，姜西已经坐到了沙发上。沙发是新的，姜西前两天买的，让人在大清早的时候偷偷送来的。馆里的人基本都没进过陈鹤予的房间，即使偶尔透过窗户看见这里多了一张沙发也不会觉得奇怪。

姜西手撑在沙发两边，笑嘻嘻地挥手，得逞地示威。

陈鹤予走过去蹲下，他什么话也没说，脱了她右脚上的高跟鞋。

他皱着眉看着她脚上高高肿起的地方，实在没法理解她脚都受伤了，刚刚还要在厨房里瞎蹦跶。

他沉声问道："为什么不说？"

03

陈鹤予去厨房冰箱里拿来冰袋，进门的时候他先开了屋里的灯，然后拉上窗帘，关上门。

一旦和他在这样的环境中待在一起，再空旷的房间也显得很封闭。姜西抱着腿坐在沙发上，抬头看了一眼头顶的那盏灯，很亮，和艺术馆里的灯不同，亮得有些刺目，叫人不自在。

陈鹤予默不作声地蹲到姜西面前，一只手握在她的脚踝处，另一只手握着冰袋敷上去。

冰凉的刺激感上来，姜西的脚忍不住往里缩了缩，却被他抓得更牢了。

"疼？"陈鹤予头也不抬地问。

姜西摇摇头："不疼，是冰。"

于是陈鹤予用冰块敷一会儿，再用掌心焐一会儿，不断地重复这两个动作。二十分钟后，冰袋里的冰块融了大半，他把冰袋往旁边一丢，去抽了几张纸巾过来。

沙发很软，表面是绒布的，冰水化开滴落在她脚上和沙发上，陈鹤予一一将其擦干净。

“你已经二十多分钟没有和我说话了。”姜西动了动脚，问道，“你生气了吗？”

陈鹤予终于舍得看她一眼，他把纸巾团成团，抛进垃圾桶里，在沙发的另一端坐下。

“我生什么气，你会装哑巴，还不能让我装一下。”

原来还是在怪她没有告诉他扭到脚的事。

其实不严重，经过这么一敷，她的脚踝已经肉眼可见地消肿了，她现在动动脚腕已经完全感觉不到痛了。

她没想着要告诉他，也说不上是逞强，只能说她习惯了小伤小痛，忍忍就好。她今天过来也只想着见他一面就回家了，没想到馆里其他人都不在，她又不想浪费这个好机会，只好赖着不走，居然被他发现了。

姜西扁着嘴，没说话。

陈鹤予在安静的空气中听到“叮”的一声，是姜西开了空调。

他手撑在一旁，伸直了腿从裤袋里摸出了手机，随便打开了一个新闻软件，浏览了几页，却一个都没点开细看，只是漫无目地往下滑着。

姜西一点一点地凑过来，先把脸贴在他拿手机的手臂上，接着柔软的双手也攀上了他的手臂，她摇了摇他，软着嗓音叫了声：“陈鹤予。”

“嗯。”陈鹤予懒洋洋地回应。

姜西又挪了挪，身子直往他怀里钻。陈鹤予被迫停下滑动手机屏幕的手，偏头看了一眼她的脚，皱着眉头扶稳了她，一只手揽住她的腰，任由她直接坐在他腿上。

姜西往他身上贴。

“第一次谈恋爱，不知道受伤也需要报备，下次不会啦。”

“高跟鞋不适合你。”

“好，听你的。”姜西仰着脸，努了下嘴，“亲一下。”

陈鹤予看着这张化着淡妆、嘴唇粉嫩的小脸，莫名叹了口气，他揽着她的背贴向自己，低头深深地吻住她。

温热的气息交织在一起，没过多久就变得混乱起来。唇舌相抵在这一刻似乎都不能满足姜西，她双手抱住陈鹤予的脖子，忽然单膝跪在沙发上，另一条纤细的长腿越过他的腰，再坐下来。

时隔一个月，她再次跨坐在他的腰间。吻着吻着，姜西忽然笑出了声，她短暂地离开他的唇，用手指临摹他的眉眼：“你怎么这么禁不起逗？”

磨人。

陈鹤予胡乱抓住她的手带下去，理智短暂失控，他的手压在她的脑后，重新吻住她。

他嗓子完全哑了，克制地说：“……你真是够了。”

“痛。”姜西去推他的胸口，却被他抱得更紧了。

接吻从一开始的姜西主动，到后来变成完全由陈鹤予主导。她接受着他的吻，双手却还不安分地在他胸前的衣服上乱揪，抓着抓着，她忽然摸到了他胸口那枚水柱形的吊坠。

“这是什么？”她手里握着吊坠，微微退开，分心地问道。

陈鹤予的手滑过她的手臂，他拉开她的手，将那枚吊坠重新塞回衣服里。

女孩子的手臂又滑又嫩，他忍不住掐了一把，手顺着她微微敞着的短袖口进去，摸到了一根带子。

陈鹤予勾唇一笑，手指勾着带子弹了一下。

姜西一恼，不甘示弱地轻轻一挪细腰，接着她便听到陈鹤予骂了一句。

“喜欢吗？”她将脸窝在他脖子里咯咯地笑着，又在他耳朵上蜻蜓点水般地亲了一下。

听到陈鹤予说“够了”，她笑得更厉害了。

她不知道，她现在抱着的男人更希望她不要笑，最好一点儿声音都没有，安安静静的，不要再动。

陈鹤予极力地克制自己不要低头，仰着脖子把头靠在沙发上。可越是这样躲避，身前的柔软触感越被无限放大，他只坚持了数秒，最终还是忍不住低头看了一眼。

两个人在一起之前他就知道，姜西个子虽然不高，但身材真的不差。

她双腿笔直匀称，身上该凸的凸，该翘的翘。

艰难地吞咽了一下，陈鹤予哑着嗓子叫了姜西一声。

姜西在他颈窝里点头回应：“怎么啦？”

“你到底想干吗？”

“可以的。”

“嗯？”

“我说，可以的。”

陈鹤予被她的话噎住了，无语了好一阵，极力控制着自己，想扶着她的腰让她去边上坐着，最好能安分点儿，最终他还是舍不得。挣扎片刻后，他把她的脸捧过来，继续亲。

陈鹤予说：“你动。”

姜西不肯了，她傲娇地拒绝：“我不。”

两个人边亲边睁着眼互相瞪着对方，他终于舍得将手探进她的衣服下摆，掐了一把她的腰身。

她忍不住“唔”了一声。

陈鹤予觉得自己快疯了，脑子里每分每秒都在爆炸。

“动。”他低声哄她。

他闭着眼，然后抬手蒙上了她的眼睛。

屋里有一间很小的隔间，是姜馆长专门给他加的浴室。陈鹤予从柜子里找了一件T恤，递给姜西。

T恤宽松到足够让她当裙子穿，陈鹤予连人带衣服推着姜西进了浴室，让她进去洗澡。

“一身的汗。”他说。

姜西抱着他的衣服进去，难得一声没吭。

姜西很快洗完澡出来，拉开浴帘。她身上套的是他的黑T恤，袖子一直到了小臂，衣服下摆也到了大腿中间。

陈鹤予只是瞥了一眼就收回了目光，他尴尬地轻咳一声。好在姜西没多停留，直接上了他的床，用被子盖住了双腿。

“我去洗澡。”陈鹤予拿了睡衣去洗澡，速度比姜西更快。他穿着半袖和长裤出来，在浴帘外面站了一会儿，是在看姜西。

她直挺挺地躺在床上，用被子盖住半张脸，只露出无辜的眼睛，冲他眨了眨，看上去很乖。

见姜西冲他招了招手，陈鹤予把毛巾搭在肩上走过去。

姜西仍旧用被子盖着脸，但是身子挪到了另一边，空出位置给他，她拍了拍床，示意他躺上来。

陈鹤予刚张口想要说什么，姜西立马露出脸说：“都这样了，不准跟我说你要睡沙发。”

他顿了顿，“嗯”了一声，掀开被子上了床。他本以为她会像条小鱼一样立马游过来，但是她没有。她重新用被子遮住了脸，视线聚焦在头顶的灯上。大约是觉得刺眼，她的眼睛一会儿眯成一条缝，一会儿又睁开。

陈鹤予跟着她看了一会儿，再看向她的时候，他眼前多了个虚幻的小光圈。

他伸手把她捞过来，问她：“看灯干什么？”

她的声音从被子底下传来，显得闷闷的：“我在想，你失眠的时候是不是也会这样发呆。”

“我不会看灯。”陈鹤予说，“看久了眼睛会花。你不晕？”

“有点儿。”姜西闭上了眼睛。

不知道该做点什么。按照平时的习惯，姜西回家第一件事就是洗澡，接下来就是她一个人的娱乐生活，看电影，看电视，刷综艺节目，看纪录片，活动很无聊，纯属打发时间。

现在和陈鹤予躺在一起，她忽然觉得不知道该干什么了。

他半伏着身子在一旁默默地注视着她，眼底有着难言的情绪，但目光幽深又温柔。姜西转头对上了这样的目光，忽然心软了，她自顾自地说：“不跟你生气了。”

陈鹤予一愣："你在生气？"

她就知道！

她就知道他没有看出来！

姜西拽下被子，把脸露出来，她深深地看了他一眼，拉着他，让他躺下来。两个人侧面相对，姜西枕着自己的手臂，语气认真地道："陈鹤予，你到底是不想碰我，还是不想我碰你？

"如果你不能接受……婚前性行为，你可以告诉我，我们现在可以讨论这个话题。我现在可以明确我的立场，我不介意，这是男女朋友在一起之后会自然而然发生的事。即便我们以后的结局是分手，我会有下一个男朋友，我也不认为我的下一个男朋友会介意我是不是第一次。如果……但如果你是不自信，我觉得你对你的认知……"

姜西话说到一半的时候，陈鹤予就露出了错愕的表情，最后点了下她的额头，无语道："你都在说些什么？"

"我是想知道你的看法，为什么宁愿……"她不说了。

陈鹤予本来是面朝着她，听完她的话，他躺回去，叹了口气，带着无奈和好笑。他的目光聚焦到头顶那盏灯光上，忽然问："你不觉得我们在一起太快了吗？从认识到在一起，到亲吻，再到这种事。"

"我没想碰你。"陈鹤予语气忽然变得认真起来。两个人之间明明只隔着几厘米的距离，却在这一刻好像被无限拉远。

他说："在确定你不会后悔之前，我不会碰你。"

"姜西，我再给你一个后悔的时间。"

第二天天一亮，姜西就醒了。她发现自己居然睡在陈鹤予的怀里，也不管会不会吵醒他，她直接像条小鱼一样从他怀里溜走，下床换衣服。

她没进浴室换衣服，直接背对着陈鹤予坐在床沿上。满室亮堂，陈鹤予睁眼就看见女人姣好的背影，不带一丝多余的遮掩，香肩软腰，还有侧面隐约的起伏。

穿上内衣之后，她又套上了他的短袖。姜西回头，发现陈鹤予在看她，不过他很冷静，就像是在看一个塑料模特。

很好，陈鹤予真是个狠人，一个清心寡欲、无欲无求的男人。

姜西把自己的东西收好，头也不回地说："我走了。"

她走到门口去开门的时候，陈鹤予不知道什么时候也起来了。他大步走过来，握住她开门的手腕说道："不生气了行吗？"

姜西松了手，抬头直视他："你要怎么确定我会不会后悔呢？我喜欢你喜欢得还不够明显吗？如果我嘴上说的没用，那你要我怎么证明？如果我永远无法自证，或者我真的只是跟你玩玩，你就绝对不会碰我一下，是吗？

"爱是自然而然的，陈鹤予。我好像能明白你是为我好，但我们这个样子，就像是我主动献身给你，你却不需要我。"

"我没别的意思，姜西。"

"我也没别的意思，陈鹤予。"

姜西说完，再次去开门。刚刚踏上长廊，她刚一抬头，就直接和走廊对面正准备进卫生间的小达对上了眼。

小达今天破天荒来得这么早，是因为昨天晚上他和几个朋友在老街的酒吧里喝了个通宵，刚刚才散场。朋友几个各自回家，他直接过来上班，担心身上酒味重，他就想等陈鹤予醒了，借他的地方洗个澡。

小达已经快到卫生间门口了，听见长廊处传来一声开门声，他以为是陈鹤予起床了，回头正要打招呼，结果却看到了姜西。当他看清对面的姜西身上套着的衣服时，他嘴里最后一口包子直接掉到了地上。

"西姐？！"

"你不要说话。"姜西只看了小达一眼，头也不回地继续往前厅走。

看着紧跟在她身后出门的陈鹤予，小达的嘴再一次张大："鹤予哥——"

陈鹤予一个眼神都没给他，直接追上去拉姜西的手。

姜西想甩开陈鹤予的手又不忍心。她本就是个心软的人，刚刚那几句话在说出口之后她就后悔了，可是又拉不下来脸收回那些话。

女孩子在恋爱之后果然会变得任性那么一点点。

“你走慢点儿！”陈鹤予拉了她一把，怕她摔着，又去扶她的肩膀。

不说还好，一说她真的无意识地又扭了下脚腕。好在陈鹤予的手就在她肩侧，将她扶稳了。

小达站在原地看着两个人，他们明明离得很近，可彼此之间的气氛又怪怪的。他心想，这两个人是吵架了吗？他还从来没见过西姐委屈的样子，可鹤予哥也不像是个会欺负人的人啊。

小达的视线一直追着两个人，直到他们进了前厅展馆。

待陈鹤予把门打开后，姜西径直走了出去。陈鹤予连门都没关，追到姜西面前，他直接半蹲下去强制性地把她背在了背上。

两个人消失在艺术馆门口。

陈鹤予背着姜西走了好久，任凭一路上遇见的男女老少怎么看他们，他都毫无表情，只直挺挺地背着她沿街一路往东走。

他们穿过早餐店蒸腾出来的热气，一直走到街东马路边。一路上蝉鸣不断，头顶是翠绿色的叶子，陈鹤予什么话也没说，姜西也不说话。她早就分了心，一会儿在他背上回微信消息，一会儿又伸手摘一片树上的叶子，然后把树叶撕碎，笼在手心里，再一口气将之吹跑。

陈鹤予一直到进姜西小区的电梯前才放下她。上了楼，姜西打开门，进去之后她也没有把门关上，任凭它大大地敞开着。陈鹤予背靠着门站着，也没进去，就在门口等着。

姜西换了身衣服，上身是雪纺衬衫，下身是黑色的半身包臀裙，这样一身衣服要配高跟鞋才好看。在陈鹤予的注视下，姜西在门口的鞋架上拿出一双黑色平底鞋，穿好，走出门。

陈鹤予关门，继续跟着她。

看见她按了“1”，没按地下室的楼层，陈鹤予才开口问道：“你的车呢？”

“被人借走了。”姜西低着头回答。

陈鹤予还想说什么，下降至五楼又停下的电梯门徐徐打开，上来了两位邻居，按了地下室的楼层。

到了一楼，姜西出电梯直接往单元楼外走，陈鹤予一把牵住她的手把她带进楼道里。安全出口的门发出“吱呀”一声响，回声巨大。伴随着两个人急促的步子，姜西被陈鹤予抵在了墙上。

他嘴角微沉，深情地看着她。姜西低下头去，陈鹤予抬起她的下巴，和她对视。这一路上他想说但没说出口的话，现在必须要说，他不想她今天带着情绪去上班，带着情绪过完这一天。

姜西晃了下下巴：“你想干吗？”

“想！”陈鹤予一字一顿地说，“‘没想碰你’这四个字是我说错了，我收回。我想得都快疯了，姜西。

“没有嫌你黏人，你是我女朋友，我怎么可能嫌弃你？我喜欢和你接吻，喜欢和你拥抱，喜欢你动不动就用鼻子在我胸口蹭两下，其实我最喜欢听你叫我哥哥！”

他双手握着她的肩膀，头渐渐地埋下去。

姜西抬头正好看见他的脸，她能清晰地看见他用力说话之后微红的眼眶。姜西捧起他的脸，努着嘴道：“……那你怎么一直不让我叫你哥哥。”

“太甜了。”陈鹤予忍不住又要去咬嘴唇的内侧，想起姜西之前说过不准他再咬，他只好松口，“太甜了，我受不了。”

“哼！”姜西从鼻腔里重重地发出一声，故意说，“看我下次还叫不叫你。”

看见她笑了，陈鹤予才松了一口气，从艺术馆到这里一路上的杂念统统被清了个干净。他抱着她，让她的脸贴在他胸口上。很快，感觉到她小小的鼻尖在自己胸口蹭了蹭，他满意地笑道：“嗯，先不叫，留着以后叫。”

“哪个以后，你在说什么？”

“下次我们在一起的时候。”

“嗯？”

“但是给我一点儿时间，我还有一件事要做。”他低头，真诚地吻了吻她的额头，“我不该和你在一起的时候去考虑你的下一个男朋友，如果真的有下一个，如果他敢介意，那你就回到我身边。”他摸了摸她的头发。

姜西没有说话。

但很快，陈鹤予便感觉到胸前真实的触感。她用鼻尖做回应，十分温柔地蹭了蹭他。

两人坐地铁换了三条线才到姜西的公司。

陈鹤予在地铁口旁的早餐店里给姜西买了两个包子、一杯豆浆。姜西想在路上吃，陈鹤予不同意：“要么我陪你站着吃完，要么你到公司再吃。”

再耽搁就要来不及了，姜西揣着包子和豆浆一路快步走到园区门口，见已经到了打卡范围，她连忙摸出手机打卡。

她在园区门口跟陈鹤予挥手告别：“这两天我很忙，都会加班，见不到你。”

“我也有事儿需要忙。”

“你有什么事儿？”姜西想不出来。

“不是坏事儿，做完了就告诉你。”两边不断有朝着园区入口处走来的人，陈鹤予不自在地看了一眼路过他身边的人，摆摆手，对她说，“快进去吧，我看着你进去。”

姜西笑眯眯地说：“你回去路上小心。”

公司的茶水间有休息区，配有三张没有靠背的沙发和一张矮矮的茶几。姜西带着包子和豆浆过去的时候，灿灿和莫璧微正坐在沙发上吃早餐。

她们吃的是三明治配牛奶。

姜西前一段时间经常吃这个，吃得都有些腻了，现在只觉得她手里的包子、豆浆格外香。

“西姐，你也还没吃饭呀？”灿灿招手，示意她来旁边的沙发上坐。

“对，今天时间有点儿赶。”姜西挨着灿灿那边坐下，朝对面的莫璧微礼貌地笑了下。

茶水间外传来了一阵高跟鞋踩踏地面的声音，三人本能地向门口看去，原来是闵允歌。

姜西默默地低头吃包子，灿灿也没吭声。闵允歌沉默了两秒，朝这边说了声“早呀”，只有莫璧微淡淡地笑着回应。

她在那边接水，姜西看了一眼，她居然换了个杯子。

姜西笑而不语。

买豆浆的时候没有要吸管，姜西掀开豆浆封口膜喝了一口，正好看见陈庭也进来了。

坐着的三个人齐刷刷地打招呼：“庭姐早。”

“早。”陈庭眉眼含笑，手上拿着的正是姜西的汽车钥匙。她手里没有拿杯子，估计是特意过来送钥匙的。

“姜西，昨天用了你的车，今天辛苦你赶地铁过来。”她倾身，将钥匙递给她。

“客气了，庭姐。”姜西接过钥匙，问道，“你怎么知道我是坐地铁来的？”

陈庭声音轻柔地笑道：“也是巧，我等红绿灯的时候，正好看到你和你的男朋友从地铁口出来，进园区的时候又看到他送你走过来。”

她感叹道：“你们感情真好。你都进大楼了，你男朋友还在园区外面看着你，一直站了好一会儿才舍得走。”

04

“领风”为众达旗下主打中国制造、全球销售的高端品牌之一，“领风 Few”是基于 CMA 基础模块架构开发的首款车型，上市一周年销量突破三十万辆。

早在上半年，运营部就得到消息，将于七月末在青普或芜周举行发布会，届时将宣布首款车型“领风 Just”正式上市。

“领风 Just”作为领风品牌下首款新能源混动SUV，发布会亦邀请了新能源分部一组与二组代表出席。

周五下午，陈庭特意召集一组、二组成员开会商讨领风的推广计划。

“领风那边需要一位站台嘉宾，希望我们这边能够负责联系。上周我已经把供应商库里可以推荐的嘉宾整理出一份名单发给了领风那边，也和那边沟通过。由于时间比较紧张，等他们选定之后，我们这边就得立刻去和嘉宾协调档期。”

陈庭一边说着，一边给在座的同事都发送了一份电子表格，这是领风反馈回来的初步需求名单。

在座人员各自轻触笔记本电脑触控板，有人看完后忍不住惊呼一声：“嘉宾里有郁家合？郁家合不是在我们形象大使的预备人选中吗？”

姜西也在看那个电子表格。

郁家合的相关信息旁还有备注，上面写着郁家合是领风那边的第一人选。郁家合下面还有两位人选，分别是歌后的女儿祁崎，还有名气较为一般的男星何维圣。

这三位人选，出场价都在一百万到三百万之间。当然，郁家合是其中最高的一个。

姜西将视线从电脑屏幕上移开，看了一眼对面的莫璧微。

莫璧微轻轻挑眉，微微一笑，没说什么。

陈庭往后靠在椅背上，视线在四周扫了一圈，说：“对。虽然目前郁家合是我们形象大使的预备人选，但是这跟请他出席领风的发布会并不冲突。如果最终和我们合作的人真的是郁家合，这也相当于给我们提前预热了。”

陈庭忽然看向莫璧微：“小莫，你是不是能够直接联系到郁家合团队？”

“是的，庭姐，郁家合交给我联系没有问题。”

“好，那就辛苦你了。其余两位嘉宾就辛苦两位组长联系协调了，遇到问题可以找我。另外，还要辛苦两位组长在自己组内各选两位同事协助这次的领风推广计划，今天下班前将名单发到我的邮箱里。”

一组、二组组长应道：“好的，庭姐。”

会议散了，大家各自抱着笔记本电脑离开会议室。同事们对莫璧微可以直接联系到郁家合团队很感兴趣。莫璧微却只是抱着电脑笑笑，说道：“只是认识而已。”

“小莫认识的明星是不是很多？上次订婚宴，我们看见帕夏居然也参加了！”

莫璧微不好意思地说：“其实他们都是我男朋友的朋友。他认识的人多些，偶尔会介绍他们给我认识。”

“小莫这么说我就放心了，郁家合就算不做我们的形象大使，出席个站台活动总会给你面子的吧？领风对这场新车发布会非常重视，我们第五代新能源汽车今年不发布的话，领风当是众达今年最受关注的新车了。”

“我尽力吧。”莫璧微谦虚礼貌地道。

整个部门都开始忙起来。姜西几乎天天加班到很晚，能在晚上十二点前睡觉已经算很好的了。

她有一次给陈鹤予发消息抱怨，他们两个明明只相距一公里，却每天都像在网恋。

“可惜我没法儿过去找你。”难得姜西今天十点上床，陈鹤予也没睡，两个人打了会儿电话。

姜西在床上换了个姿势，说：“嗯。其实你可以早点到我家等我下班，这样我们晚上还可以见面呀。”

“最近有点儿忙。”

陈鹤予那边传来了一阵好像是在敲键盘的声音，可是姜西记得他并没有电脑。

姜西问他：“你现在在干吗？”

“……躺着。”

“我听到你那边有声音。”

那边类似敲键盘的声音忽然没有了，陈鹤予说：“你听错了。”

“哦。”姜西拿被子蒙住脸，委屈巴巴地说，“我有点儿想你了。”

陈鹤予沉默了一阵儿，忽然叫了声她的名字，然后说：“我可能需要离开一段时间。”

姜西一愣，把被子拉下来，她猛地坐了起来，问道：“你要去哪里？”

陈鹤予轻咳一声，语气里没了往日的懒洋洋，克制又冷静：“讲解员培训。就近去几个城市，时间大概是两个礼拜吧，说不好。”

“谁安排你去的？我姑婆？”

姜西知道除了馆内的员工培训，姑婆还会额外安排艺术馆的讲解员去几个历史悠久的城市参加更深入的培训。可这样的培训一般安排在上岗前，陈鹤予都上了这么久的班了，姜西还以为他是特例。

“不行，太危险了。如果那边有意外情况非要你晚上外出怎么办？不行，不行，你等会儿，我给我姑婆打个电话。”她看了一眼时间，又道，“太晚了，她可能睡了。明天吧，明天我跟她说。”

陈鹤予在电话那头笑了声：“瞎想什么呢，该注意的我都会注意，你就别担心我了。”

“可是——”

“放心。”他放慢语速，像是在哄她，“放心，等你忙完这一阵儿，我就回来了。”

芜周岛素有“江南海岛”之称，这里的岛民依海而生，靠海吃海，过得自由自在。

海风拂过，海浪拍打着礁石。堤坝之上，三辆崭新锃亮的最新款新能源混动SUV稳稳地停靠在那里，车身熠熠闪光，明晃晃的漆面能照出人影。

一个小时前，众达汽车正式宣布新能源混动SUV拓界者“领风Just”上市，试驾地点选在全国闻名的海岛——芜周岛上。

环岛试驾是姜西的提议。

在开推广大会的时候，负责人仍旧在青普与芜周之间犹豫不决，想要听取大家的意见。姜西没多想，她站起来把自己的想法简单地说了说，最后推荐去芜周岛进行环岛试驾。

她只在年纪很小的时候去过一趟芜周岛，记忆已经模糊，但是陈鹤予有一次在她家和她聊过很多关于芜周岛上的风土人情，因为他妈妈就是芜周人。

对于他妈妈的离世，姜西没问过，陈鹤予也是一副不想提的样子。他不想提的事，姜西向来不追问。他的性子就是这样，有些事情他不提，但到该说的时候他就会主动告诉你。

在开推广大会时，领风方面没有接受姜西的提议，可是会后他们决定在芜周举办发布会，试驾形式也选择了环岛试驾。

于是，姜西莫名其妙就成了环岛试驾的负责人之一。

莫璧微也顺利请到了郁家合做站台嘉宾。

七月的倒数第五天，负责“领风 Just”项目的一帮同事率先到达芜周市。时隔多年，姜西再次来到芜周岛，多了与陈鹤予有关的这层滤镜，她看哪儿都觉得风光无限好。

七月最后一天的上午，“领风 Just”的环岛试驾顺利结束。下午三点，众达将于温爵仕酒店举办“领风 Just”春夏发布会。

“郁家合什么时候到？”一帮穿着笔挺工作服的员工匆匆离开试驾现场，赶往温爵仕酒店。

“联系过了，人刚下飞机，现在在机场被粉丝堵着，还没脱身。”

“不是给他定的头等舱嘛，他没走 VIP 通道？”

“人家现在风头正盛，怎么可能走 VIP 通道，他就是专门出来给粉丝看看脸的。”

“催催司机，叫他接到人后马上将人送到酒店。也不指望他来参加彩排了，流程总得跟他过一遍！”

“好的，沙总。”

下午一点，郁家合终于出现在温爵仕酒店大宴会厅后台的化妆间内。几位领导一一进去和他打招呼，姜西跟在队伍末尾进门，也终于见到了多年未见的郁家合。

印象中，郁家合还是穿着蓝白校服，每天跟在莫璧微身后走路上学的小小少年，他沉默寡言，基本上只愿意和她的姐姐莫璧微说上几句话。

这个少年的音乐天赋是与生俱来的。

姜西和莫璧微念高中的时候，他在初中部，那会儿，学校大大小小的文艺表演活动中时常能看见他的身影。

此刻，郁家合穿着私服，处于素颜状态。他的脸上架着一副黑框眼镜，看起来像个普通的邻家大男孩。

从椅子上起身，郁家合一眼就看到了走在队伍最后面的姜西，但是他没有和她搭话，也没表现出什么惊讶的表情。他礼貌地弯腰，和面前几位领导握手问好。

到了姜西面前，他也只是微笑着说了句“你好”。

姜西同他握了握手，也当作两个人不相识。

打过招呼之后，领导们离开化妆室，准备去彩排现场盯着。活动总负责人沙总走到门口又停下，特意回身对姜西招了招手：“小姜，外面没你什么事儿，你就留在这儿吧。”

“我？”姜西都走到门口了，她回头看了一眼化妆镜前端坐着，自顾自玩手机的郁家合。

“对啊。总归要留个人在这里，他如果有什么需要，也能及时找到人。”

姜西心想确实如此，她说道：“好，沙总放心，那我就留在这里。”

姜西再度进门。她先瞅了一眼化妆镜，看到郁家合的视线已经从手机界面上移开，正好和她的视线在镜子里对上了。

化妆室里只剩下她和郁家合两个人。

姜西略微尴尬地关上门，而后开口道：“领导让我留下，你有什么需要可以跟我说。”

“姜西姐。”郁家合转过身来，笑着说，“你难道不认得我了吗？”

姜西笑笑，走过去，说：“怎么会？我以前去你家给你姐姐送作业本的时候，你还给过我苹果，我还以为是你不记得我了。”

“我当然记得你。”郁家合笑了一声，语气莫名有些怪异。他用下巴指了指边上的椅子，收了笑容，说道，“坐啊，姜西姐。”

郁家合说完，放下了手机。

姜西在他的注视下只能坐下，尴尬地扯出一个笑脸。

“我经常在网上看到你的新闻。真的很棒啊，你从小到大都是‘钢琴王子’。上学的时候，大家都说你这么有才华，以后肯定会成名成才的，现在你真的做到了。”

“被逼的。”郁家合笑笑，“小时候我不好好弹琴，我爸就把我往死里打，懒得费力气的时候就掐我。我嘴边经常被他的巴掌拍出血，不过他从没舍得碰我的手指。毕竟那是我吃饭的家伙。”

郁家合这人看起来有点儿阴郁，姜西刚开始以为这是搞艺术的人的特质，后来见他的次数多了才发现他这人是真的冷淡，他大概也就在莫璧微面前能笑笑。他的家世和家庭环境，姜西不太清楚。她只知道在莫璧微的妈妈改嫁郁家合爸爸之前，莫璧微家里挺困难的，在她妈妈改嫁郁家合爸爸之后，莫璧微过得明显风光了很多。

郁家合抛出的话不好接，姜西怔了几秒，诧异于他怎么突然说起这个。

忽然，郁家合手机响了，他说了声“稍等”，出去接电话。他在外面的走廊上讲了将近二十分钟，才挂了电话进来。

“我是不是吓到你了？”重新坐下，郁家合挑了下眉，“当你是老朋友我才随口说的，姜西姐。”

“没有，没吓到。”姜西刚刚在无聊地刷手机，见郁家合进来了，把手机放回包里，随口问，“化妆师还没有过来吗？”

“不着急。”郁家合一脸无所谓的表情，而后他话锋一转，问，“倒是姜西姐，你不和我叙叙旧吗？我们有几年没见了。”

姜西心想，有什么好叙旧的，他们以前所有的对话加起来可能不超过十句。

但谁让郁家合是今天的站台嘉宾呢，他可是价值三百万的大客户，姜西只好继续扯着笑脸作陪：“我高中毕业之后，我们就没见过了吧，算起来也好多年了。小莫最近回临州了，她现在和我在一个部门。”

姜西忽然想起同事的嘱托，又说：“我有位同事很喜欢你，还说我要是见到你，帮她要个签名，不知道你方不方便？”

“要签名啊。”他懒洋洋地说，“你带纸笔了吗？”

“没带，不如活动结束之后我去找你？”

一般有艺人站台的活动，活动方都会请艺人参加当晚的庆功宴。这次“领风 Fust”上市，众达也在酒店安排了庆功宴。

不过，姜西不知道郁家合今晚会不会留下参加庆功宴。

化妆室的门开了条缝，里面的人能听到门外的脚步声。隐隐有笑声远远传来，而且像是有人在往这里走来。

“恐怕来不及了，活动结束后我要赶飞机，会提前走。”郁家合直接站了起来，他径直走到姜西面前，一把拉住她的手臂把她拉了起来，又道，“姜西姐，不如我们合个影，回去你也能和你同事说，你确实见到我了。”

“我们？”手臂上的力道太大，姜西轻轻挣开。

她还是第一次见公众人物求合照的，明明她只是想帮同事要个签名而已。

姜西有点莫名其妙，但郁家合已经掌心向上，朝她伸出了右手。

钢琴家伸了一会儿手，见姜西还是没有拿出手机，他有些不耐烦地勾了勾修长、漂亮的手指。

姜西本能地有点抗拒：“我平时不太爱拍照，你介意……自拍吗？”

说话的同时，她从包里拿出手机。

外面的声音更近了，好像还有拉杆箱的轮子碾过地面的声音。

郁家合一把抢过姜西手里的手机，说：“来吧，我们合个影，活动结束后我让助理把签名给你。”

姜西莫名其妙被他拉过去一起拍照。

郁家合举起手机找角度。姜西站在他身后，一点儿也不配合地直挺挺地站着。郁家合只好把手机再举高点，以至于画面里不仅容下了他们的脸，还有他们的上半身。

整个化妆室只有他们两个人，空旷又安静，说句话都有回音。

郁家合一只手高举着手机，另一只手揽着姜西的背，把她拉到了他身边。姜西感觉一阵不自在，因为她不习惯跟一个近乎是陌生的男人有身体上的接触，还因为他的手碰了她的背。

“郁家合，我不想拍，要不你还是……”

走廊上的笑声越来越近，显然人已经到了门外。

郁家合说：“要不还是什么？”说话间，他按下手机的锁屏键，露出一丝难以捉摸的笑容。他那双弹钢琴的天才之手牢牢地按在姜西脑后。姜西瞪大眼睛不知道他要干什么，直到他推着她的脑袋往他脸颊处凑。

姜西本能地挣扎，却挣扎不过男人的力气。她低下头，抿紧唇，依然无奈地感觉到鼻尖擦过他的下颌。与此同时，门外两位衣着时尚的化妆师提着化妆箱推开了门。

郁家合当着两位化妆师的面，一脸惊愕地倒退两步，他不敢相信似的指向姜西，非常愤怒地说道：“你……你疯了吧！你居然亲我？！”

姜西正内心崩溃地抹着鼻尖，明明只是轻轻掠过，她却觉得像是沾染到了秽物。怒火直烧心口，姜西无语地“哈”了一声，忍不住骂出口：“你是不是有病啊？”说完，她看了一眼边上站着的两个人。

很快，门口又多了两个穿着众达工作服的员工，估计是听见郁家合的声音跑过来的。

“我说呢，问你要个签名你却非要拉着我拍照，我跟你有仇吗？你这么恶心我。”

郁家合示威般又指了指姜西，接着他直接冲出了化妆间，在走廊上提高音量道：“我听不懂你在说什么，众达的负责人在哪里？”

“有病就治，谁愿意亲你！”姜西环顾一圈，差点被气死——这里居然没监控！

她愤愤地对围观的人解释说：“我没亲他！”

沙总听到动静赶了过来，正好听到姜西那句“有病就治”，他站在化妆室门口制止般叫了声：“姜西！”

走廊上，郁家合还在不依不饶地要众达给他一个交代，控诉着众达女员工饥渴到强吻男嘉宾。

现在，这位男嘉宾拒绝出席今天的发布会站台活动。

姜西站在化妆室里面听到走廊上传来了沙总慌乱的声音：“这……郁先生，我们给您赔礼道歉，你不出席活动可不行啊，消息都放出去了，外面一半的观众都是为了你来的。”

“行啊，那你叫她出来，让她给我道歉，我要看看她的诚意。”

站在门口的一个员工冲着里面一动不动的姜西使了个眼色：“姜西，出来啊！”

另一个人急得使劲挥手：“出来啊，姜西！”

姜西气到冷笑，干脆双手抱胸在椅子上坐下，她倒要看看郁家合怎么演下去。

沙总看化妆室里的姜西不出来，直接过来拉她：“大小姐，大小姐算我求你了行不行？去给人家道歉，这件事我就不跟你追究了，成不成？”

姜西挣扎开沙总拉她的手：“沙总，前因后果是什么？我在这化妆室里待了多久，就能见色起意到去亲他？我为什么要道歉，难道不是他非礼我吗？沙总，请叫他进来向我道歉。”

“他非礼你？”沙总露出难以置信的眼神，他转头问那两个化妆师，“你俩看见了，是怎么回事？”

两个化妆师都摇头。

她们没看到事情的全过程，推门进来后只见二人相对而站，一个被亲之后很愤怒，一个亲人之后很崩溃，两个人的表情都不像是假的。

“姜西！不管怎么样，你先出去把事情解决了再说。今天的发布会很重要，出了差错，你我都承担不起！”

姜西仍旧不动，坚持自己的原则：“我没错。”

她想要去找手机，没想到翻遍了身上的口袋和包也没找到，而后她反应过来，手机还在郁家合手里。

就在这时，走廊上传来了手机铃声。

是陈鹤予的电话，姜西特意给他设置了特别的来电铃声。

她立刻跑出去。

郁家合悠然地靠在走廊墙壁上，不断响铃的手机被他举在身前，他正盯着来电显示的备注看得认真。

“郁家合，把手机还给我。”

等姜西走近，他欠扁地把她的手机举到最高处，然后道：“你先道歉。”也不知道他这句话是为自己而说，还是替别人讨的。

“我劝你别做让自己后悔的事，你先把手机给我。”姜西朝他伸手道。

郁家合摇摇头，语气更加欠扁地道：“我为什么要后悔？”

“啪——”他把她的手机往后一抛。手机落地，发出一声响，机身在地面上弹了两下，最终以碎屏的状态安稳地躺在地上。

第十一章

等我回来

01

灯光师正在调光，背景屏幕的色彩由白光转为极光炫蓝，接着整个宴会大厅观众席区瞬间变暗。

舞台两端的立体音响传出一声深沉的“预备”。

话音落下，八道白光自屏幕上方直射虚空，舞台正中央的大屏再次变亮，硕大的众达车标及“领风 Just”的宣传海报夺目地出现在荧屏上。

此时，距离发布会开场不到一个半小时，众达女员工强吻男艺人嘉宾的消息已经传遍了整个宴会大厅。

姜西坐在观众席区最后一排的沙发座位上，身后是不断有人进出的大门，她面无表情地望着正前方屏幕上极为闪亮的车标。视线一偏，她看到舞台右侧四位西装革履的男负责人正簇拥着郁家合，在滔滔不绝地说着什么。

撑在沙发右侧的手指动了动，她抚着碎成渣的手机屏幕一角，把细小的玻璃碴子一颗一颗地按回去。

音响师在话筒里喊：“来，主持人，预备上场，音乐预热准备。”

今天的主持人是沙总，姜西看着那个十分钟前还在她面前喋喋不休、用着命令般的语气让她道歉的男人，此刻正精神昂扬、笑容满面地出现在主讲台前。

听着沙总的开场白，姜西感觉身边沙发一陷，她转头，看见陈庭收了衣领前的对讲话筒，继而递给她一瓶矿泉水。

姜西看了一眼瓶身，又看了一眼满是疲态的陈庭，低低地叫了声：“庭姐。”

“嗯。”陈庭宽慰地握住姜西拿着矿泉水瓶的手，说道，“试驾场地出了点儿问题，我过来晚了，才听到消息。”

陈庭看了眼舞台右侧的位置，那四个负责人正拥着郁家合往后台走，无论是谁都劝不动郁家合，他还是坚持拒绝不久后的站台。

“你之前认识郁家合？”陈庭猜测。

“算是认识，他是我高中的学弟。”他也是莫璧微继父的儿子，是莫璧微法律上的弟弟。

姜西止住了后半句话。她猜测郁家合对她不满或许有莫璧微的原因，但也只是猜测。手机坏了，有莫璧微联系方式的同事都不在，她联系不上莫璧微，也没法和她确定什么。就算能和她联系上，电话里草草的两句话也很难问清楚。

她对事不对人，做这件事的是郁家合，不是莫璧微。

她刚刚在化妆室外的走廊上已经问过郁家合很多遍，他为什么要这么做。

郁家合始终一脸装傻的表情，大概是铁了心要和她耗到底。

“姜西，这边的闲言碎语你不要理会，我相信你的人品。这里都是领风的人，他们听风就是雨。但凡今天这里是我们新能源部门的主场，没有一个人会站在郁家合那边，这点你要相信我。”

姜西听了陈庭安慰她的话，感动到有些鼻酸，哪怕此时现场的音响出了问题，主讲台上透过音响传出来的沙总的声音中混入了异响，她也没有在意。她只是感激地看了一眼旁边漂亮又温柔的女人，用力地点了点头。

发布会开始前一个小时，郁家合仍旧拒绝化妆，双方僵持在了化妆室。

听说参加这次活动的大领导们都已经赶到现场。他们到达宴会厅后的第一件事就是进嘉宾化妆室，安抚郁家合的情绪。郁家合与领导们相谈甚欢，只是仍旧坚持要姜西先道歉。

发布会开场前半小时，姜西同部门的同事们也从试驾场地赶到了发布会现场。他们纷纷去后台找领导们，用人格担保姜西绝对不会是能够做出这种事的人。二组的组长甚至在化妆室里扯着嗓门嚷嚷，听说还是陈庭让一组组长把他拉了出来，才避免了他跟郁家合在里面吵起来。

但是二组组长这么一嚷，郁家合决定要走了。

就在发布会开场前二十分钟，郁家合的助理拖着行李箱在酒店安保人员的保护下从温爵仕酒店正门离开。

彩排已经结束，观众席入座率已经达到百分之六十，工作人员都在做最后的准备。沙总通知大家，以领风的品牌 CEO 演讲临时取代嘉宾站台环节。

二组组长骂骂咧咧地来到观众席找姜西："我算是看清楚这个人的嘴脸了！亏他还被人称为什么'钢琴王子'，我们回去就把他从第五代形象大使的名单中剔除！欺负我们小姜没人撑腰是不是？有粉丝了不起啊，还特意让助理把车从地下车库开到酒店正门离开，他是故意走给门口那帮粉丝看的吧？！我看他今天就是居心不良，我看他就是早有预谋！"

一组组长烦躁地扯了扯领带，他拿起边上一瓶矿泉水猛灌，气愤地道："回去我得好好问问小莫。他是小莫的朋友，怎么连小莫的面子也不肯卖一个？刚刚你听见他说的没有，什么我和莫女士并不熟，不用拿她来当挡箭牌——我呸！他有被害妄想症吧！"

姜西怔怔地看着面前向来不合的两位组长头一回默契地吐槽一个人，从他们的话里她得到一个最新消息：郁家合走了。

姜西在这里坐了老半天，此时她忽然站起来问道："人已经走了吗？"

"走了！临走前他还顺走了我们的一个汽车模型，我抢了半天都没抢回来！"一组组长说。

“小姜，你心里千万不要有什么不好的想法。这不是你的错，领风那帮人是急疯了才会相信那个混蛋的鬼话。这不是瞎扯吗？你一个正正经经的姑娘要强吻他？他也不照照镜子，他有你男朋友的万分之一帅吗？”二组组长道。

组长在努力地开着玩笑安慰她。

因为姜西确实自责地在咬嘴唇，大家还是第一次见到哭丧着脸的姜西。

郁家合陡然离场的消息势必会传到外人耳中，也不知道会不会在网上掀起波澜，如果上了新闻头条，这无疑会对“领风 Just”产生负面影响。

“那这次的站台——”姜西话未说完，宴会大厅的灯光突然一闪。

观众席区再度暗下，最后一排位置后面两扇偌大的门旁站立了许久的工作人员都从耳机内收到消息。两位男负责人互相看了一眼，抬手将两边的门由内向外开始关闭。两扇门之间的距离由宽变窄，然后逐渐被挤压成一条缝隙。

入口就要关闭了。

绝处逢生是什么？是在入口即将合上之时，从外面传来了一道铿锵有力的声音：“等一下！”

大门外，陈庭捏着领口的对讲话筒的按钮，坚定的声音传到了所有室内工作人员的耳机之内。

负责关门的两个人也听到了门外女人的说话声，他们对视一眼，然后默契地将尚未完全关闭的门重新打开。

室外光亮处，有两个人步伐沉稳地走过来。女人的长发束在脑后，露出饱满的额头，她眉眼温柔、气质干练，与现场的所有女工作人员一样，身着白色雪纺衬衫及黑色半身包臀裙。只见她踩着黑色细高跟鞋，一步一步、直直地朝宴会厅走来。

另一个人，一米八三的身高，身型虽然清瘦，身材却格外健美。他穿着一身笔挺的黑色西服，下巴微扬，长腿迈动间显得分外自信从容。透过黑色墨镜看着前方大门重新向两侧打开，他满意地打了个响指。

这两个人看上去般配得不像话。

虽然男人脸上架着墨镜，但轮廓依然清晰可辨。坐在观众席上的人齐刷刷地站了起来，在看清来人后无不露出了难以置信的表情，包括姜西在内。

一组组长掐了二组组长一把，问道：“我没看错吧？”

二组组长恼怒地“啧”了一声，回掐后才道：“我不是在做梦吧？”

来人大步走至大门处，止步后，他扫视会场一圈，精准地找到了姜西所站的位置。

在姜西难以置信的目光的注视下，他勾唇一笑，抬手摘下墨镜。

隔着大门与观众席的距离，崔栩仟挥着墨镜冲姜西爽朗一笑：“下午好啊，姜西姐。”

前排观众席区依然处于黑暗之中，而后排因为门重新打开而借到了宴会厅外的光，一时间格外亮堂。

姜西愣愣地站在原地，没能及时回应。她的意识一点一点地复苏，脑海里回荡起自己曾在睡梦中听到的一句话：命运眷顾我，从来都是。

没有人掐她，她只能自己掐了掐大腿外侧，是疼的。

姜西后知后觉地开始微笑，冷静地回应道：“下午好啊，小仟。”

两个人像是熟人见面般相互问好。

陈庭当着整个宴会厅的人的面领着崔栩仟到了后台。

他们离开后，宴会厅里顿时一片嘈杂，满场人都在问这是怎么回事。

大约是工作人员在耳机里收到了消息，有人惊喜地回应：“救场！崔栩仟来救场了！”

在场的不乏媒体人士，早在崔栩仟从宴会厅正门入场的那一刻起，他们手里的相机就不断地闪着光，把崔栩仟拍得清清楚楚。

前排记者反应能力极好，已经在撰写崔栩仟代替郁家合站台众达新车发布会的新闻稿了。

十几分钟不到，网络上就已经能搜到崔栩仟与众达相关的消息了。

论粉丝影响力，近期走红的郁家合的热度完全不及出道五年的崔栩仟积攒的热度。新闻下的评论已经一边倒，众人纷纷指责郁家合缺乏合作精神，与众达员工发生冲突后竟然任性离场。

姜西也是借了自己组长的手机才看到了消息。

原来，崔栩仟最近录综艺节目就在芜周岛上。今天下午两点，他在岛上的节目刚刚录制结束，大批粉丝都在节目录制杀青地点为他应援。

“现在那帮粉丝都聚到酒店门口来了，把郁家合那几个粉丝挤得连影子都没了。”组长看了一眼消息说，嘴角忍不住得意地上扬。

姜西皱眉问：“两点才结束，他是怎么做到在两点四十五分就到这里的？”

组长说：“我问过陈庭了，她说是崔栩仟那边主动联系的她，顺口问她需不需要帮忙。本来崔栩仟他们的车都往码头开了，听说这边出了状况后直接就掉头过来了。”

“这么巧？”

“就是这么巧。”

“领风 Just”的春夏发布会比想象中更加顺利地结束了。

因为有了崔栩仟的临时加入，“领风首款新能源混动 SUV”“领风汽车发布会崔栩仟”接连上了各大社交平台的热搜榜单，发布会网络直播热度飙升，播放量更是突破千万。

发布会结束后，沙总从助理口中得知网络播放量，感叹道：“嚯，新车发布会的直播破千万，这就是崔栩仟的力量！”

崔栩仟下台后，毫无疑问地被“领风”的几位领导围住了。

现在谁还管什么郁家合，眼前可是有个金光闪闪的崔栩仟呢。

沙总下了台，领着崔栩仟和领导们打招呼。一一介绍后，沙总拍了拍崔栩仟的肩膀道：“真是太感谢你了，崔先生，没让我们这么多人的心血功亏一篑。这场发布会能顺利举办，你真是功不可没！”

谦虚、礼貌是崔栩仟一直以来给人的第一印象。

姜西站在很远的地方看着他弯腰颔首，说道：“沙总叫我小仟就好了，我是晚辈，叫先生可就显得您太客气了。”

沙总点点头，笑道："怎么样？今天这一场发布会下来，你想必对我们'领风 Just'这款车也有所了解了，有没有兴趣做我们领风的代言人？有什么条件，一切好谈。"

崔栩仟闻言笑了笑，心想众达还真是财大气粗。

他婉拒道："承蒙众达偏爱，不过要委屈您排队了。我这边已经收到了新能源第五代汽车形象大使的邀请，得优先考虑第五代。"

沙总嗤笑道："区区形象大使才会委屈你呢，哪能跟代言人比——"顾及这里还有新能源分部的人在场，他连忙转移了话题，"对了，小仟，还不知道你这次临时赶过来，是怎么……"

崔栩仟"哦"了一声，说："我就是路过，顺便过来帮个忙的。"

"帮忙？"沙总主持了整场发布会，对旁的消息一概不知，他好奇地道，"帮谁的忙？"

崔栩仟个子高，他在乌泱泱的人群之中一扫，一下就看见了靠在墙上，正望向他们这边的姜西。

"姜西姐啊，我来帮姜西姐的忙，"崔栩仟粲然一笑，"我和姜西姐可是好朋友！"

沙总朝姜西看过去："哦，我怎么不知道你们认识？"

02

七座保姆车开到了酒店的地下车库，崔栩仟摇下车窗和外面一排身着整齐制服的领风负责人告别。在众人热切、感激的注视中，保姆车发动，缓缓往出口的方向开去。

手机已经响了无数遍，崔栩仟终于得空接起。

刚刚按下接听键，还没等他说一个字，电话那头呼呼的风声伴着陈鹤予的声音传来："姜西呢？"

"她没事儿，哥。"崔栩仟幽怨地叹了口气，解开胸前的两颗衬衫纽扣，腿直直地往前伸，问他，"你先告诉我你现在人在哪儿，还在芜周岛？"

"嗯，"陈鹤予咳嗽了一声，回答，"在协会。"

他不想多说。

他每说一段话就要闭会儿眼，许久未有的灼烧感重新席卷喉咙，他的嗓子已经哑到不行。

崔栩仟听着他说那几个字时的声音，心颤了颤："你什么时候回临州？刚刚我听众达的人说，他们明天就回去了。"

"尽量后天，不和他们碰上。"

"你别勉强自己。"崔栩仟皱着眉说，"形象大使的事儿我回去会和小岳哥再商量。虽然我私心也希望你能重新回到大海上，但并不是要你逼着自己回去。"

"知道。"陈鹤予回应得快，他顿了顿，又问，"那个摔她手机的，叫什么名字？"

"郁家合。郁郁寡欢的郁，家人的家，合作的合，是个钢琴家。人我没见过，但听说他还挺有才华的，没想到人品居然恶劣成这样。哥，今天多亏你多了个心思，也多亏我上次和姜西姐他们见面的时候留了她主管的电话，否则我今天不过去，你女朋友真要被那帮人念叨坏了。"

下午陈鹤予给姜西打电话没人接，再打过去时已经无法接通，他莫名就有种不好的预感。他打电话给小达，问有没有姜西同事的电话，小达说没留过，他冷静了好一会儿，才克制住自己没冲去他们举办发布会的酒店找姜西——一旦他去了，那他就解释不清楚了。他好不容易让姜老太太跟他一起瞒着姜西，说他这段时间出来是参加培训的，但其实他是过来处理私事的。

好在他想起了小仟。

小仟和众达之间有合作计划，肯定有姜西同事的联系方式，问一下总能问到姜西的情况。

电话是崔栩仟亲自打给陈庭的，他本是假意要聊形象大使的事儿，陈庭那边却婉言推辞，说现在实在没有空，他们的活动现场出了点状况。崔栩仟没再追问，就直接过来了。

“领风 Just”的春夏发布会顺利落幕。

当晚，众达在温爵仕酒店开了场庆功宴，所有人默契地绝口不提今天姜西与郁家合所发生的矛盾。

姜西想，如果今天崔栩仟没有过来的话，她现在是不是根本没有资格出现在领风的庆功宴上，还要被领风的人疯狂指责？

这件事不能就这么过去，只是要怎么自证清白，她还得再好好想想。

姜西理所当然地和同部门的同事们坐在一桌。直到此刻，坐在姜西边上的两位组长才抓到机会问姜西：“小姜，今天崔栩仟为什么会当着大家的面说你是他的好朋友？你们什么时候成好朋友了，我们怎么不知道？”

“他可能是在开玩笑吧。我们就因为工作见过两次面，上次见面，你们二位不也在吗？我和他也没聊上几句话。”

“那倒也是。”一组组长说，“不过崔栩仟今天愿意过来帮忙，会不会做我们形象大使的事儿也有戏了？他的团队之前拒绝那么多次，显然不想和我们合作，难道他们的想法变了？”

“我看还是别高兴得太早，谁知道他们心里是怎么想的。”二组组长说。

八月的第一天。

因为芜周岛码头的轮船班次有限，所以众达的员工分了三个批次分别坐船返回临州。姜西和部门的同事们被安排在了最后一个班次，下午四点整出发。

温爵仕酒店沿海而建，从正门出去不远就是沙滩。早上，大家一起在自助餐厅用过早餐后，便去沙滩上散了会儿步。姜西手里提着鞋子与陈庭并肩在沙滩上走着，两个漂亮的女人在别人眼里也是道靓丽的风景。

芜周岛的海是清澈的蔚蓝色，海浪来，海潮响。姜西边走边踢着沙子，忽然就想起了那部她迟迟未看的海洋纪录片。她远眺了一眼漫无边际的海平线，心想回去一定要找时间把那部纪录片看了。

“我们先坐船到市里的汽车站，再转车去高铁站，这么一趟下来到临州恐怕要九点了。”陈庭捋着被风吹乱的发丝说道。

姜西在心里快速思考了一遍，坐船、坐大巴，再坐高铁到临州，再回公司开车……她苦笑道：“大概要十点才能到公司了，没想到芜周岛这边的轮船这么少，一天才三趟。”

陈庭笑说：“要不是昨天领风那边先走了一批人，今天这三趟还不够我们坐的呢。”

“不能增加班次吗？如果有特殊需求的话。”姜西也不懂，她纯粹是好奇。

“领风的人似乎和码头有过交涉，但最终我们还是按原班次走，看来是不行。”陈庭说。

姜西点点头，没再说什么。

她在想，还有一个下午的时间该怎么打发比较好呢。最近一段时间，她太累了，今晚十点才能到公司，回到家洗漱后，大概又要到凌晨才能睡下了。光是这么一想她就觉得困了，姜西犹豫着等会儿要不要回酒店补个觉。

“手机买了吗？”陈庭想起昨天姜西还是借的她的手机给男朋友打的电话。

姜西说：“还没，边上有手机店，我等会儿过去买一部，很快。”

陈庭轻轻拍了拍她的背：“郁家合的事儿，我们回去再说。就算他那边不再来找我们，也不能就这么算了，你的名声没那么好破坏的。”

姜西抿唇笑了笑，道：“那是当然。别的不说，手机钱他必须得赔给我，买的时候也要六千元呢。”

中午，姜西吃过饭去手机店买了手机，还特意选了部陈鹤予同款。

陈鹤予的手机是普通的国产手机，价格大概就是他目前一个月的工资。姜西选了一会儿，挑了部纯白色的512G内存的手机，和他那部纯黑色的手机很搭。

她回去一定要给他看看，现在他们用的是情侣款手机了。

付完账出来，姜西迎面就看见了从沙滩那边晒太阳回来的组长。看着人从她面前跑过，姜西连忙叫了他一声。

组长转头，看见姜西站在手机店门口，他说道："哦，姜西你才来买手机啊？"

"对，没着急买。组长，你跑这么急干什么？"她刚刚没看错的话，组长似乎是以冲刺的速度在跑。

"让你不着急买手机，消息都没收到吧？领风那边通知我们现在去集合，说是码头那边临时加了船给我们坐，让我们人齐了就马上赶去码头，坐船回去。"

"临时加船？我早上还听庭姐说码头那边不肯加船。"姜西一边说，一边和组长一起匆匆忙忙地往酒店赶。

"谁知道，反正是领风的人给我打的电话。"组长喘了口气，又说，"错了，不是船，是邮轮。怪了，也不知道这小岛上哪儿来的邮轮！"

03

中午出发回家的好处就是，到达临州的时候天还是亮的。

时间尚早，从高铁站出来，姜西、陈庭，还有两位组长，四人一起打车回公司。

两位组长坐在出租车的后座上喋喋不休地说着邮轮是坐过，但豪华成那样的邮轮他们连见都没见过。

姜西在码头看见那艘邮轮的第一眼也很惊讶。

船身上写的载客量是三位数，可是他们只有五十个人……就算加上已经离开的那两拨同事都没法坐满这艘邮轮。

邮轮上果然宽敞得很，三楼的甲板怎么站都不会觉得挤。同事们迎着海风自拍发朋友圈，果然遭到了早上第一批坐轮渡走的同事的嫉妒。

"听船上的工作人员说，他们这艘邮轮不归码头管。你们猜，这艘邮轮是从哪里冒出来的？"一组组长用手肘碰了碰边上的人。

二组组长又碰了碰他，说："我们哪里知道。说不定是芜周岛哪个有钱的富豪不忍心看我们等，就把私家邮轮贡献出来了。做好事，行大善，不留名。如果真的有这样的富豪存在，我祝他身边的女人一个比一个漂亮，娃娃三年抱仨。”

“恶俗！”一组组长唾弃道。

姜西和陈庭笑了笑，没说话。

不过说到邮轮，陈庭后知后觉地想起了一件事。

她直起身子凑上前，叫了声副驾驶座上的姜西：“昨晚温爵仕酒店集团的销售总监苏瑞丽在我们吃饭的时候过来了，她找你了没有？”

“有的，庭姐。”姜西侧过身回答道，“苏女士说是你让她来找的我，我收到她给的邀请函了。”

“对，是我让她把邀请函转送给你的。下周温爵仕酒店集团会在浦江举办邮轮答谢晚宴。本来他们是邀请我过去的，不过那天我家里正好有事儿，实在没办法去。”陈庭说，“温爵仕酒店集团是我们重要的合作商之一，答谢晚宴邀请的嘉宾都是各界名流，机会错过实在可惜，你代替我过去，多交换几张名片也好，你自己也可以混个脸熟。”

姜西自知这样一场宴会就是一场大型的交际场合。温爵仕酒店集团举办这场宴会的目的就是希望通过宴会维稳长期合作的客户，而被邀请的嘉宾积极参与的原因之一也是想在这样的场合中寻求更多的合作商。来日方长，众人为的是有备无患。

“明白，我会厚着脸皮多要几张名片回来的！”她又后知后觉地想到什么，“庭姐，这场晚宴需要过夜吗？苏女士昨天没有告诉我。”

陈庭摊手道：“就是要过夜我才没办法去。不过你一个女孩子去我也不是很放心，如果你男朋友能陪你一起参加就好了。”

“可以携伴儿？”

“当然。”

姜西打开手机上的日历看了一眼。陈鹤予本来是这周回来，可是那边培训的人莫名其妙给他加了一周的培训时长。

所以，他要下周才能回来。

而他回来的那天，正好是邮轮举办晚宴的当天。

到了公司，大家各自开车回家。明天还要上班，陈庭挥手告别大家的同时，叮嘱大家到家早点休息。

姜西笑嘻嘻地随大流回应说好。

开车回到塘东，姜西到家第一件事就是洗澡。她换了一件清爽的吊带裙出来，擦了擦刚洗完的头发，把粉色的毛巾挂在肩上，接着扑到了床上，在下巴处垫了个枕头，小腿勾着小腿，翘着脚尖，给陈鹤予拨了个视频电话过去。

叮叮咚咚的声音响了几秒，姜西满心期待地等着对方接通，没想到在一声拖着长音的“嘀”之后，电话被挂断了。

嗯？姜西歪着脑袋表示很诧异。她把湿漉漉的头发拨到肩后，在手机屏幕上打字：“你在干吗呢，陈鹤予？”

“为什么不接电话呀，你睡了吗？”接着，她又发了一条语音消息过去。

直到姜西头发都吹干了，那边才回了三个字：“要睡了。”

姜西一边梳头一边看屏幕上那三个字，忍不住一阵心酸。

他怎么累成这样了？

心疼的情绪在发酵，姜西赶紧让他好好休息，等明天有时间，他们再打电话。

陈鹤予最后回的是：“等我回来。”

安心准备睡下的姜西并不知道，“等我回来”那四个字其实并不是陈鹤予打的。

独栋木板房的小阁楼里，昏黄的灯泡发出的光突然闪了闪。一旁穿着背心和裤衩的小哥心无旁骛地补着今天刚刚捞回来的破渔网，他忽然听见身后传来异样的响声。

小哥一转身，就看见穿着黑短袖和长运动裤的男人单膝跪在了地上。

他一只手握着手机，一只手撑在地上维持身体的平衡。

陈鹤予缓慢地抬起头，整张脸都泛着青白。他死死地抿着苍白的、没有血色的唇，用力咬着牙，像是在忍耐着什么。

“陈老师，你怎么了？”小哥冲过去把他扶起来，让他去床上坐下。

陈鹤予说不出话来，眼神冰凉而绝望。他佝偻着背，眼睛直勾勾地看着离他仅两步远的塑料桶。

“要那个？”小哥一指。

塑料桶刚被送到陈鹤予面前，好不容易坐稳的人瞬间俯下身来，竭尽全力地呕吐起来。

小哥慌了——陈老师又吐了，他又要被会长骂了。

他慌慌张张地要打电话叫人过来送陈老师去医院，可电话还没拨出，他的手腕就被人握住了。

“别打。”陈鹤予沉沉地闭了会儿眼，只觉得喉咙及食道里逐渐漫开的灼烧感在不断地增强。

过了好一会儿，他才一字一顿地说：“好了。”

小哥虽然和他接触的时间不长，也不知道他是什么人，但从会长对待他的态度中大概得知，这是一位值得尊敬的客人。

陈鹤予这次来的目的是帮老会长解决棘手的麻烦事儿。空余时间，他就领着他们这帮加入芜周市环保协会不久的青年一处一处地考察附近的生态环境，每天都会出海。可怪了，他一上船必然会吐，却还是执着地每天都要上船。说句难听的，他每天就像在把自己往死路上逼。

陈鹤予连回消息的力气都没有了，只能托小哥一个字一个字地替他敲下想说的内容，再帮他点击发送。

第二天崔栩仟在车站接到人，差点吓晕过去。

这哪里还是他那个神情淡然、偶尔还会开几句玩笑的哥哥？

人来人往中，陈鹤予步伐平稳地走来。他虽然戴着鸭舌帽，但也能看出来他的头发修短了些。随着他的走近，他无神且疏离的眉眼逐渐显露出来，眼下是淡淡的青色，再往下是抿成一条直线的、无血色的唇。

他面庞清瘦，就像是生了一场大病一样。

公众场合，崔栩仟也不怕被人认出，推开车门飞速地跑过去接过陈鹤予手里的大黑包，苦涩地叫了声：“哥。”

陈鹤予点了点头，算是回应。

上了车，陈鹤予靠着椅背，声音沙哑地对崔栩仟说：“去你家。”

“你不回艺术馆？”崔栩仟的安全带系到一半，闻言他转身道，“你没告诉姜西姐你今天回来？”

“下周。”陈鹤予抿着唇说。

崔栩仟秒懂：“你和她说你下周才回来？”

“嗯。”他点头。

怎么也得休养一周，等自己像个人样了再回去见她。

（上册完）

番外

四人游

夏天过去之前，姜西提议找个海岛城市去旅游一趟，她要争取在这个夏天学会骑海上摩托。她不想再时不时地被陈鹤予取笑了。

出国不方便，姜西的年假也不长，最终二人就近选了个非热门的旅游城市。

同行的还有崔栩仟。

应该说，同行的还有崔栩仟和陈庭，只是陈庭还有公事要处理，会比他们晚几天到。

到达 A 市时正值傍晚，三人下了飞机。所有行李都由两位男士负责推着，姜西穿着海边度假的碎花裙走在最前面，她步伐轻快，满脸都是藏不住的兴奋。

崔栩仟拖着拉杆箱，和陈鹤予并排走在后面，他疑惑地问道："嫂子怎么这么开心？飞机上我回头看了你们好几次，她老跟你咬耳朵说什么啊？我看哥你也没怎么开口回应她啊。"

陈鹤予扯了扯嘴角，他本来不想搭理他，但最后还是给了个"你自己体会"的眼神，快步追上姜西。

第三天，陈鹤予租到了海上摩托骑行的设备。

一大早，姜西还没有起床，他就拿着自带的设备在沙滩上观察风向、风速。

这半个月都是晴天，没有大风，他们来对时间了。

回到酒店，姜西还在睡觉。今早，陈鹤予离开房间之前，将窗帘拉开了一条缝，他想着随着太阳的升高，房间里能进来一点儿光，好让姜西清醒些。没想到那光现在都照到她头上了，她却只是翻了个身，脸埋在白色床单里，仍旧睡得很沉。

陈鹤予去卫生间洗手，换了睡衣，他走到床边掀开被子一角，也躺了上去。

房间内开着冷风，被窝里却是温热的。陈鹤予手臂一伸，抱住姜西纤细的腰肢。

姜西背对着他，感觉到动静，她拒绝似的发出一声鼻音，然后翻过身来，揉了揉眼睛，看着他。

陈鹤予的手依然搭在她的腰上，他低头看她。

姜西问他什么时候回来的。

听陈鹤予说刚刚，姜西满意地弯了弯嘴角。

“不早了，起来吃早饭。”

“小仟呢，他起了吗？”

陈鹤予说：“不管他。”

他早上吃过早饭，眼下并不饿。等姜西洗漱、化妆，换好裙子之后，陈鹤予带她下楼，去了一楼的自助餐厅。

他建议她吃七分饱，说吃完之后带她去散步消食，然后再去玩海上摩托。

姜西胃口其实不错，但她听话地没有多吃，啃着奶黄包感叹：“跟你出来玩真好，你什么都安排好了，我一点儿都不用操心。”

陈鹤予只倒了杯白水在喝，闻言，他摇了摇头，道：“别夸我，我也只是在这方面熟悉一点儿，你换个别的地方，我未必懂。”

“别的地方，你是指哪些地方？”

“你旅行清单上的迪士尼、欢乐谷、罗蒙什么的。”

姜西笑道：“这些啊，这些估计你也不感兴趣，我和灿灿或者清越去就行了。”

陈鹤予手指在杯壁上点了点，笑了下，没说什么。

小城市的风景区，游客自然不多。两个人手拉着手在沙滩上闲逛，走到一半姜西觉得口渴，陈鹤予就去买了个椰子。

她喝了几口，将椰子递到陈鹤予的手里，说：“哥哥帮我拿着。”陈鹤予听话地拿着椰子，等她嘴偏过来的时候，他再将椰子送去她嘴边。

遇见烧烤摊也是。

鱿鱼串串上涂抹的酱料经过炙烤，香得很，姜西只是多看了几眼，陈鹤予立马会意：“要吃？”姜西刚点头，他就掏出手机去买了。

两根鱿鱼串串被他拿在手里，姜西只管张嘴吃。

就这么走走吃吃，说是消食，其实她吃下去的比消化的更多。

将近十点的时候，两个人换好装备，准备去骑海上摩托。姜西穿着长袖泳衣、齐臀泳裙，陈鹤予则穿着自带的套装，看上去像潜水服，但又不是。

他骑着海上摩托带她遛了两圈，每圈时间都很长。

姜西这次的感受只有刺激，整个过程她都在尖叫，陈鹤予比之前在芜周岛带着她玩项目的小哥大胆多了，他行驶速度更快，且都是迎着大浪向前。她被陈鹤予护在臂弯内，迎着浪冲到高处，又疾速下落，惊险又刺激。

到底是在前头，姜西被海水浇了个彻底，护目镜上都是水，什么也看不清，只剩刺激，唯有刺激。

第二圈玩完，陈鹤予在海边停下，姜西蹲在沙地上喘气。

“好玩吗？”陈鹤予不知道什么时候走过来了，他跟没事人一样，在她身后笑她。

姜西回头：“开这么快是怕我学会了吗？再来一次，这次你慢慢来，要教我怎么启动，怎么保持平衡，总之每一样你都要教我。”

陈鹤予拉着她的胳膊站起来，笑着说：“想多了，我压根儿没想教你，带你玩玩就得了。”

姜西愣住了：“你不想教我？”

陈鹤予说：“教会了你，我更不放心。”他让姜西面对大海站着，下巴一挑道，“就这么一眼，你看得到大海的尽头吗？”

姜西茫然地摇头，心想，这怎么可能看得到？

“一、你不是生在海边从小就跟海水打交道的人；二、你没有时间、精力和场地长年累月地练。真教会了你，万一你趁我不在的时候，找片海向灿灿炫耀你的技术怎么办？这风险很大，人掉进海里就是一个松手的事儿。我不放心，你要想玩儿，我带你玩玩就行了。”

姜西不吭声。

过了一会儿，陈鹤予看着她道：“怎么，生气了？”

“不是，也没有。”她努了下嘴，“只是我没想那么多。”

“现在呢？”

姜西勾起陈鹤予的胳膊把他往摩托的方向拉：“现在觉得你说得有道理。难得大神你有空，我该珍惜这次机会，多来几遍。只是，这次你要开慢点儿。”

中午，他们是在海边的一家餐馆吃的饭。餐馆店面很小，桌椅老旧，但还算干净。

崔栩仟一个人戴着墨镜和帽子坐在姜西和陈鹤予对面，多少显得有点多余。

菜上来后，崔栩仟问陈鹤予要不要点瓶酒喝。

陈鹤予拒绝，说等会儿还要开车。

“啊？开什么车，你在这里租车了？”

姜西兴奋地说了陈鹤予带她玩了一上午海上摩托的事儿，她吐槽中带着崇拜，听得崔栩仟心痒痒的，他说：“我也要玩儿！哥，你不能只带嫂子不带我！”

“嗯。”陈鹤予随意地应下。

下午两点，陈鹤予又租了几样别的项目的工具，崔栩仟兴冲冲地上前问陈鹤予要先带他玩哪个项目。

陈鹤予指了指不远处的海上摩托及摩托边上站着的皮肤黝黑的小哥，说："师傅都给你请好了，不谢。"

崔栩仟顿时无语。

陈庭来了之后，两对小情侣一起玩了两天，崔栩仟总算不再那么孤单了。

这两对情侣都很养眼。

崔栩仟不用说，虽然身处小城市，但他还是担心被人认出来，走在街上，他的帽子和墨镜几乎就没摘下来过。殊不知，他这样其实更吸睛。

而陈鹤予呢，他和姜西并排走在后面，穿一身黑衣服，路过的人本该一眼掠过这样穿着平凡的人，可但凡有人看到那张脸，都会在心里赞叹一下。

一前一后走着的两位女士也都十分漂亮，前者气质出众、女人味十足，后者相貌精致、俏皮可爱。

几天下来，姜西喝厌了椰子汁，于是崔栩仟请众人喝奶茶。

四人在一家连锁奶茶店门口点单，点单的人是崔栩仟。

收银台的小姑娘看起来才二十出头，在崔栩仟说要四杯芋圆奶茶的时候，她戳屏幕的手指一顿，继而抬头，望着墨镜之下那双眼睛，声音颤抖道："你是……你是不是……你是不是崔栩仟？"

小姑娘因为激动而声音大了些，收银台后面几个加工奶茶的工作人员闻言也停下动作，看了过来。好在奶茶店内没其他客人，店员们要了崔栩仟的签名之后也没有声张。

"等会儿就有人知道你现在在这里了吧，小仟，你要不要再低调点儿？"姜西捧着奶茶笑着问。

"我委屈啊，嫂子，我这样还不够低调？"

发生了奶茶店被认出这件事后，陈庭和姜西手挽手走在后面，两位男士与她们隔着点距离走在前头。

陈庭道：“其实我也觉得不戴墨镜还好，戴着墨镜反倒像是想告诉别人你有多酷。”

崔栩仟吮了口奶茶，回头问陈庭：“我口罩呢？”

“在我包里。”

陈庭从单肩大挎包里拿出一只黑色口罩递给崔栩仟。

“再来个口香糖。”崔栩仟嘿嘿笑了声。

陈庭挑了下眉，又从包里摸出口香糖分给每个人。

这里的夜空，星星很漂亮。

晚上，洗过澡，四个人穿着清凉的衣服找了一处空地坐下，听着海浪拍打着岸边的声音，一边吹着海风，一边看着天上的星星聊天。

姜西和陈庭坐在一起，两个男人坐在另一边。

姜西话多，小嘴就没停下来过。

她近期去研究院的时间长，知道了研究院许多好玩的事儿，她都告诉了陈庭，还说研究院的伙食比总部好很多，才去了几周，她的脸已经圆了一圈了。

陈庭则说姜西走了之后，灿灿很失落，只有在她回来的时候才会乐呵呵的。

灿灿向陈庭申请过，希望能转岗去研究院做运营。

姜西听到这个消息后有点诧异，因为灿灿之前从来没跟她提过。随之而来的是遗憾，她说：“很多事儿都很难两全，研究院的工作是我的专业，一开始我来总部的时候也很不习惯，遇到你们是我完全没想到的。灿灿年纪小，重感情，如果她来研究院是为了我……”她叹了口气，接着道，“我成天待在实验室里，她就算转过来也只能在研究院大楼里上班，其实我们见面的时间也只有中午的一小会儿。”

见姜西情绪低落，陈庭宽慰道：“她只是这么一提，你不要有压力，等空闲了就多回来。我跟你说些开心的。”

另一边，陈鹤予问起崔栩仟最近拍的戏。

崔栩仟本就是个对工作要求极高的人，他对自己的定位很清晰，烂片不接，口水综艺不接，工作自然比较少。从前一闲下来他就在京州休息，现在一闲下来则是在塘东老街住着。其实这样也不错，几个人见面的机会变多了。

一直聊到很晚，四人去吃了夜宵才回酒店休息。

房间门刚被打开，陈鹤予和姜西就开始热吻起来。

当然，主动的人是姜西。

刚才的夜宵陈鹤予一口没吃，他嘴里的味道还是清甜的，反倒是她口味有些重。

陈鹤予笑着推了她一把，说："刷牙。"

"啧啧啧，现在就嫌弃我了。"

"别冤枉我，早上刷牙前不给我亲的人是你，不是我。'每个吻都要是香的'，这话不是你说的吗？"

"哦！"姜西理亏，转身钻进浴室刷牙。陈鹤予也跟进来，站在她身后和她一起刷牙。

浴室的镜子干净又明亮，两个人的视线都落在镜子中对方的脸上。姜西不知道为什么，一直在笑。陈鹤予越过她弯腰去漱口，问她："你笑什么？"

姜西一边刷，一边含混不清地说："开心呀，真的好开心呀。你不觉得吗？和朋友在一起好开心。等灿灿找到男朋友了，我们就可以六个人一起玩儿了。"

"让陈庭给灿灿介绍一个。"陈鹤予提议。

"难哦，灿灿一直有在相亲的，庭姐也不是没介绍过，但都没成。"

"她眼光高？"

"介绍的都不错呢，我觉得是灿灿不自信。"

陈鹤予点点头："下次给她传授点儿你的经验？"

"我的？"姜西反应了几秒，随即扁着嘴在他腰上掐了一把。

即使被掐了一把，陈鹤予也只当是被蚊子叮了下，一点儿反应都没有。

他扯了两张纸，捏着姜西下巴替她擦刚漱过口的嘴。

然后，他低头，落下一个深吻。

全新番外

新年快乐，宝宝

这一年，陈鹤予在姜西乡下的家里过年。

他已经和姜西的家人吃过好几顿饭了，这一次的除夕也算不上正式拜访。

除夕那天，姜西早上一醒来就给陈鹤予打了个电话，问他什么时候到。

接到电话时，陈鹤予正在塘东老街的集市上买东西。

这几天他住在崔栩仟家里。

崔栩仟今天要去陈庭家拜年，一大早他把陈鹤予拖起来去集市买东西。两个大男人不知道要买什么，已经在集市上晃荡了一个早上了。

姜西在电话里笑他们两个大老爷们傻愣愣的，集市上那么多东西还不够他们挑，买水果最不会出错了。

陈鹤予觉得姜西说得有道理，说要挂电话去买水果了，挂之前他又问她爸妈和姜戈爱吃什么。

姜西回："不挑，都爱吃。"

挂了电话，姜西起床洗漱。妈妈在屋后的天井里洗菜，姜西撸起袖子过去帮忙抽井水。

天很冷，姜西脚上穿的是棉拖鞋，姜妈看见了，嫌弃道："去把鞋换了再过来。洗菜水往地上一倒，你脚往水坑里一踩，鞋铁定要湿。"

姜西讪讪地回屋换鞋。

进屋，她看见姜戈也起来了。高高瘦瘦的人穿着一身棕色的珊瑚绒睡衣正从楼梯上下来，他面上架着黑框的眼镜，但眼镜下的眼睛没睁开。

“大哥，你就剩三级台阶了，看路啊。”姜西在门口边换鞋边说。

姜戈很高，和陈鹤予个子差不多。有一回陈鹤予带姜西和姜戈出去吃饭，进商场的时候，姜西走在两个人中间，从背后看，三人的身型形成了一个“凹”字。虽然没被笑话，但姜西感觉左右都是高个儿很奇怪，从此不再走中间。有时候她让陈鹤予走中间，有时候她自己一个人走在他们俩前面，姜戈每次都很无语。

姜戈真的瘦，他从小就是一副营养不良的样子，成年后个子拔高，更加显瘦。姜西要不是他亲姐，还以为他从来都没有好好吃饭，但事实上他挺能吃的，至少比陈鹤予能吃。

“吃了吗？”姜戈在跨下最后一级台阶的时候睁开了眼，问姜西。

他昨晚大概又熬夜了，很没精神。

姜西把棉拖鞋放进鞋柜，说：“没。妈说桌上有饺子，让我们热一下吃。我先出去帮妈干活，你热完给我送点来。”

姜西在天井里帮妈妈抽了一会儿水，姜戈就端着盘子过来了。盘子上摆着六个冒着热气的饺子，他还贴心地帮她淋好了醋。

姜妈坐在小板凳上，头微微一抬，第一眼看到的就是姜戈的鞋，她嫌弃道：“啧啧啧，你们这一个个的，别穿着棉拖鞋过来啊，快换鞋去。”

姜戈站在高地上，一只手插兜，一只手端盘。他没打算换鞋，只是把盘子往前一送，对姜西说：“姐，你自己过来拿。”

姜西用力按了几下抽水杆，让井里的水出来得更猛烈些，然后她踮着脚过去接盘子。饺子刚刚出锅，烫嘴，姜西一小口一小口吃得小心翼翼的。

天井里晒不到上午的阳光，有些凉，姜戈将两只手都插进衣兜里，问姜西：“你老公说什么时候来啊？”

姜西听到那个称呼，“扑哧”一声笑了出来：“他还没有向我求婚，不是我老公，不过你可以叫他姐夫。”她嘴里吃着饺子含混不清地说，“可能下午来吧，他说晚点儿再说，他现在在买东西。”

姜戈眉梢一挑：“那你老公什么时候向你求婚？”

“你问这个干吗？急什么，我一开始是挺急的，现在倒是一点儿都不急了，我们恋爱都没好好谈呢。”

姜西端着盘子坐回妈妈边上的小板凳上。

姜妈妈洗着翠绿的生菜，笑眯眯地说：“过年要催你姐姐的人够多的了，姜戈你就别催她了。说快也真快，我这几天想起的都是你们两个小时候的样子，小小的人一下子就长这么大了。要说结婚也是很快的，都是一眨眼的事儿。况且，等她嫁人了啊，那感觉就不一样了，你估计还会哭鼻子呢。”

姜戈心想姜西又嫁不远，陈鹤予也不会把他姐拐到岛上去，两个人结了婚不还是住在塘东？想见的时候随时都能见着，而且他还会多一个能帮他解决论文难题的姐夫。

就比如现在，他就被论文难住了。

除夕这天还要为论文的事儿心烦，他也是没想到，所以今天早上的心情很一般。

姜戈回屋里之后给陈鹤予发了条微信，问他什么时候到，还殷勤地叫了声“姐夫”。

陈鹤予说大概下午来。

姜戈看着信息，请他早点来，来救命。

来救命的陈鹤予午饭前就到了。

他是开着艺术馆的工作车，带着姜颖陶一起来的。陈鹤予刚下车，远远地就看见姜西爸爸姜志滨的车也到了。天气冷，陈鹤予让老太太先进屋，他在门口等姜志滨停车。

姜志滨下车，笑呵呵地打招呼：“鹤予来了。”

“姜叔叔，过年好。”陈鹤予打了个招呼。

看着门前大包小包的礼物摆了满地，姜志滨“哟”了一声：“你怎么买了这么多东西？”

陈鹤予带的年货以水果居多，他还给三位长辈买了礼品。姜老太太来的路上就很开心，到了之后嘴也没合上过，进厨房帮姜家母女俩干活的时候也一直在笑。她一边笑，一边说今年是她这几年来过得最好的一个年，一家人都在一起，家里还多了一位亲人。

姜西出来跟陈鹤予打过招呼，而后让陈鹤予上楼找姜戈玩儿，她则回了厨房。

妈妈虽不催婚，但姑婆可不一样，她巴不得陈鹤予和姜西赶紧领证，好真真正正地成为一家人。

姑婆一来，姜西耳根子就没再清净过。连姜妈妈都有些看不下去，劝姑婆道："好啦，两个小孩的事儿，顺其自然，我看两个小孩现在谈得也挺好的。"

"是啦，是啦。"姜西赶紧应和。

姑婆还在念叨，姜西有些受不了了。好在这会儿客厅里的姜志滨打开了一部好片子喊老太太去看，她才放下手头的事，看电视去了。

陈鹤予和姜戈两个人吃过午饭之后又匆匆上了楼，再下楼的时候已经是下午四点多了。

楼下开了暖气，姜戈套了一件毛衣，整个人显得神清气爽。

两个人从楼梯上下来的时候，姜西正好端着洗完的水果从厨房出来。

姜戈站在台阶上，从姜西端着的盘子里拿了颗圣女果，心情大好地说："姐，还有我能帮上忙的吗？没有的话晚上的碗留给我洗，谁都别跟我抢。"

姜西心想谁跟你抢，就是留给你的。

"在干吗，帮他搭框架？"姜西知道陈鹤予早到是来给姜戈解决论文难题的。

陈鹤予从台阶上下来，接过她手上的盘子，说："没，你弟的论文原本的框架就挺好的。我下午在陪他找资料，他找资料的方向不太对。"

姜西说："他得意死了，有你这个姐夫，天天和他那帮研究生同学吹牛。”

陈鹤予笑了笑，没说话。

两个人一起把水果端过去，姜志滨和姑婆招呼陈鹤予快坐下，说一会儿就开饭了。陈鹤予坐下，姜戈去厨房帮姜妈妈的忙了。

窗户上贴了大红色的窗花，电视机、冰箱、饮水机，大大小小的家电、家具上都贴上了小小的“福”字。姑婆看着满室的红色很是感慨，说过不了多久，这些“福”字都要换成“囍”字了。

年夜饭，一家人围在一起吃着饭看着春晚，还不时地举杯，祈祷新年胜旧年，岁岁常平安。

饭后，姜戈主动留下来收拾碗筷，姜父、姜母陪老太太看春晚，姜西和陈鹤予各自套了一件羽绒服，准备去外面走走。

出门的时候，陈鹤予提醒姜西戴手套。

姜西不愿意，她将两只手插进羽绒服的口袋里。

陈鹤予无奈，只能给她的耳朵上套了一个保暖耳罩。

外面到处都在放烟花，两个人每往前走一段，就能听到别人家门前的烟花噼里啪啦地响起，似乎在快乐地宣告这一年即将结束。

这一年，是姜西和陈鹤予都认为很圆满的一年。他们各自“重生”，各有收获，也更爱对方了一点儿。

他们在寒风中牵着手，感受着彼此手心里的温度，一点儿也不觉得冷，因为爱人就在身边。

陈鹤予想，他真正觉得自己很爱姜西的时候，是在那些不能见面的日日夜夜，是在他航海行程中的无数个夜里，是在他离死亡一步之遥的无数个瞬间。那些时候他觉得更爱她了，加倍地爱她，百倍地爱她。

“新年胜旧年，新年快乐呀。”姜西抬头，冲身边的人笑眯眯地道。

云层似纱，悠悠地路过明月身畔，夜空中繁星点点，烟花的炸裂声四处响起。

烟火将夜空点缀，大地被照亮，浪漫此起彼伏。

星光闪闪的夜空下，一簇巨大、绚丽的烟花绽放在姜西身后。

陈鹤予在这样浪漫的情景中，情不自禁地低下头，亲吻她那被冻得通红的鼻尖。

“新年快乐，宝宝。”

下册预告

环保论坛上，因为要上台发言的姜西一句“你会在台下看着我吗”，陈鹤予便西装革履地出现在了第一排的贵宾席上，与旁边的重量级人物熟稔地交谈着。

姜西终于得知了他的荣耀，也终于得知了他的痛苦。

两人感情越来越深，却因为一次意外，陈鹤予病发，被带走治疗。

他让她等他回来，姜西就乖乖地等他回来。她相信他一定可以治好病，拍摄出《蔚蓝宝藏》第三季，找回他曾经的荣耀。

因为，他就在蔚蓝之巅。

“我永远都为你而感到骄傲。”

《他在蔚蓝之巅 2》2023 年夏天即将上市，敬请期待！